SEBASTIAN
SCHUSTER

NUR DIE
ANGST
ÜBERLEBT

novum pro

Dieses Buch ist auch als
e-book
erhältlich.

Bibliografische Information
der Deutschen Nationalbibliothek:

Die Deutsche Nationalbibliothek
verzeichnet diese Publikation in
der Deutschen Nationalbibliografie.
Detaillierte bibliografische Daten
sind im Internet über
http://www.d-nb.de abrufbar.

Gedruckt in der Europäischen Union
auf umweltfreundlichem, chlor- und
säurefrei gebleichtem Papier.

© 2024 novum Verlag

ISBN 978-3-99146-822-6
Lektorat: Mag. Eva-Maria Peidelstein
Umschlagfotos: Sebastian Schuster,
Blanscape I Dreamstime.com
Umschlaggestaltung, Layout & Satz:
novum Verlag

www.novumverlag.com

Druckprodukt mit finanziellem
Klimabeitrag
ClimatePartner.com/16547-2311-1001

INHALTSVERZEICHNIS

DER TAG DAVOR

Ein Lichtstrahl fiel auf mein Gesicht. Ich blinzelte, kniff die Augen aber sofort wieder fest zusammen. Wie spät war es? Wie lange hatte ich geschlafen? Ich wusste es nicht. Verschlafen griff ich nach meinem Handy und tappte dabei blind neben meinem Bett umher. Meine Pipe, jede Menge Kabel, etwas Raschelndes. Oh Mann, lag hier viel Müll herum. Nachdem ich halb blind alle leeren Verpackungsreste eingesammelt hatte, fand ich schließlich mein Telefon und versuchte, es einzuschalten. Einfach die Tastensperre lösen und schon weiß ich, wie spät es ist. Einfach, hmm. Keine Chance. Es war wie beim USB-Stick. Die Chance, es beim ersten Versuch gleich richtig herumzuhalten, ist fifty-fifty. Geschafft hatte ich das allerdings noch nie. Ich drehte das Telefon ungeschickt in der Hand und schaltete es ein. 9:13 Uhr, das ging ja noch. Gefühlt war es schon fast Mittag. Ich raffte die Decke weg und setzte mich auf. Ich brauche Kaffee, ganz viel Kaffee, dachte ich und rieb mir fest über das Gesicht. Ohne dieses Zeug durfte man mich am Morgen nicht ansprechen. Wäre nicht schlimm, denn es war Montag und ich war alleine im Haus. Es gab also nicht viele, die mir Morgenmuffel auf die Füße treten könnten. Ich stand auf, kramte frische Klamotten aus einer Schublade meines Kleiderschranks und schlenderte wie ferngesteuert ins Badezimmer. Ich sah morgens erschreckend grauenhaft aus. Ich hatte ein blasses Gesicht, aus dem tiefe, blaue Augenringe leuchten. Meine grünen Augen waren kaum zu erkennen, denn sie versuchten sich noch an das grelle Badezimmerlicht zu gewöhnen. Ich drehte mich zur Dusche, zog den Vorhang so weit zu, dass nur noch mein Arm hindurch passte und drehte das Wasser auf. Es musste warm sein, wenn ich hineinstieg. In diesem Haus dauerte es allerdings einige Zeit, bis es auf Temperatur kam. Ja, ich bin ein Warmduscher, na und? Während das Wasser prasselnd in die Badewanne regnete, versuchte ich mich auszuziehen. Mit einem Bein fest am Boden verankert und das andere durch die Hose ziehend, bekam der Boden plötzlich eine gewaltige Schräglage. Ich blickte auf und stützte mich instinktiv an die Wand, um nicht mein Gleichgewicht zu verlieren. Mit der Hose auf Halbmast und an die Wand gelehnt, rieb ich mir mit der anderen Hand erneut übers Gesicht. „Holy Shit", flüsterte ich leise und richtete mich wieder auf. Nachdem mir mein zweiter Versuch, mich von meinen Klamotten zu befreien, gelungen war, tastete ich noch mal kurz nach dem Wasser und stapfte unter die Dusche. Scheiße ist das heiß, schrie ich mich in Gedanken selber an und machte ein tiefes Hohlkreuz, um mich nicht zu verbrennen. Nur wenig später, auf dem Weg in die Küche, band ich mir den Bund meiner Jogginghose zu und zupfte mein Shirt zurecht, auf dem groß CLASSIC ROCK prangte. Lautes Kratzen, Schläge und das Geräusch von klapperndem Metall war zu hören. In der Luft lag noch ein leichter Duft von Kaffee, doch es war schon über eine Stunde her, dass der letzte hier das Haus verlassen hatte, um in die Arbeit zu fahren. Ich bog in die Küche ein und mit einem elegantem Armschwung schaltete ich im Vorbeigehen die Kaffeemaschine ein. Das Klopfen und Kratzen wurde lauter und ein Winseln pfiff durch die Luft. Ich lächelte, schob die Metallriegel der Gittertür auf und wurde sofort überrannt. Es schmerzte und mit einem lauten „Plumps" landete mein knochiger Hintern unsanft auf dem Boden. Ich rappelte mich wieder auf und trotz meines schmerzenden Hinterteils wurde mein Grinsen immer größer. „Hi Doggy!", sagte ich mit einem breiten Lächeln, als der Hund eilig über mich trampelte und in das Wohnzimmer eilte. Während Hans, ja sie haben den Hund wirklich Hans genannt, wild über den Teppich sprang und sich auf eines seiner Spielzeuge stürzte, widmete ich mich wieder meinem Kaffee. Nach dem Aufstehen auf den Kaffee warten, während man dessen Duft schon in der Nase hat, glich einer Folter. Ich hab' schon ein schweres Leben, scherzte ich in Gedanken über mich selbst, und mit Schwung schnappte ich mir meinen Becher, sodass ein bisschen überschwappte und mir fast die Hand verbrühte. Während die Tasse vom Umrühren klimperte, schlenderte ich ins Wohnzimmer auf das Sofa zu. Noch immer sehr verschlafen und mit meinem Kaffee bewaffnet, ließ ich mich darauf plumpsen und schaltete den Fernseher an. Das rote Licht der LED an der Spitze der Fernbedienung flackerte wild auf und auf dem großen Bildschirm erschienen die Nachrichten. Ich zuckte zusammen, als der Ton einsetzte, und vor Schreck verschüttete ich etwas Kaffee auf meine Hose. „Mann, hab' ich mich erschrocken", grummelte ich und strich über die Kaffeeflecken auf der Hose. Ich drehte die Lautstärke runter, bis das laute Dröhnen der Sprecherin von Channel5News auf ein leises Flüstern reduziert war. Ich stellte den Becher kurz ab, um mich besser auf das Sofa zu lümmeln, als ich einen Schatten links neben mir auf mich zuspringen sah. Schützend hob ich die Hände vor mich, doch es war zu spät. Ein stechender Schmerz lief über meine Brust, vom Schlüsselbein bis zum Hosenbund, und es fühlte sich an, als würde mich eine Klinge der Länge nach aufschneiden. Ich wurde zurückgeworfen und eine nasse Hundeschnauze traf mich mitten ins Gesicht. „Han ... HANS ... stopfff ... hör auf, mein Gesicht zu ... ppfff ...", zischte ich durch die zusammengepressten Lippen und warf den auf mir stehenden Pitbull zur Seite. Als ich die Augen wieder öffnete, sah ich ihn erneut auf mich zu springen. Der Schwanz wedelte wie eine Peitsche wild hin und her, als er mir über das ganze Gesicht leckte. Ich musste laut lachen, so sehr kitzelte es, was ihn nur noch mehr erfreute. Das war unser alltägliches Morgenritual. Ich versuche, meinen Kaffee zu trinken, während er versucht, mich davon abzuhalten. Nachdem die sehr lange Begrüßung abgeschlossen war, machte es sich Hans neben mir bequem. Seinen Kopf auf meinem Schoß legend, sah er sich mit mir zusammen etwas im Fernsehen an. Dieser war noch immer sehr leise eingestellt und die Stimmen kaum zu hören. Für mich war es absolut unmöglich zu verstehen, was sie auf Englisch redeten. Ich sah nur die Sprecherin, die mit einem Mikrofon vor dem Gesicht aufgeregt etwas in die Kamera rief. Sie stand vor einem riesigem Gebäude, vor dem Dutzende Polizeifahrzeuge mit Blaulicht parkten. Leute rannten eilig umher und die Kamera zoomte auf einen Mann in einem gelben Plastikanzug und einem riesigem Sichtfenster in seinem Helm, der langsam aus einem Gebäude schritt. „Guck mal, Hans. Ein Minion ist ausgebüxt", witzelte ich zur Bestie auf meinem Sch. Ich musste leise über meinen eigenen Witz lachen, denn er konnte es ja nicht. Trotzdem unterhielt ich mich mit ihm, denn ich hatte das Gefühl, dass er jedes Wort verstand, das man zu ihm sagte. „Hey, Hans, wie wäre es mit einem witzigen Film?", fragte ich ihn, wohl wissend er würde keinen Einwand dagegen vorbringen. Die hochgezogenen Augenbrauen, als er seinen Namen hörte, waren für mich Antwort genug. Ich griff erneut zur Fernbedienung, schaltete um. Das würde ein langer, entspannter Tag werden. Als am späten Nachmittag langsam alle zuhause eintrudelten, lag ich längst wieder oben in meinem Bett. Sämtliche Kissen unter meinen Rücken gestopft, zappte ich erneut durch belanglose YouTube Videos. Was die Leute nicht alles für dummes Zeug ins Internet stellten. Naja, es gibt ja auch genug dumme Leute, die sich so etwas gerne ansehen, dachte ich. Ich zuckte mit den Augenbrauen, als ich bemerkte, dass ich mich gerade selber als dumm bezeichnet hatte. Mein Blick wanderte um mich herum. Es sah so aus wie heute Morgen. Nur dass alles, was morgens nur noch aus Verpackung bestanden hatte, zum jetzigen Zeitpunkt gefüllt war. Ich war schon für eine weitere Nacht mit Dope und Filmen eingedeckt. Rechts von mir lag meine Pipe auf dem Bett, die zerknüllte Bettdecke halb darüber geworfen. Vielleicht versuchte ich so, sie aus meinem eigenen Blickfeld zu schaffen, sie vor mir selber zu verstecken. Wem machte ich was vor? Ich wusste ganz genau, dass sie neben mir lag. Nur einen Handgriff vom nächsten Rausch entfernt. Mein Blick schwenkte über meinen Laptop nach links. Im Augenwinkel sah ich ein hübsches, blondes Mädchen wild gestikulieren, während ein Lied von Aurora aus den Lautsprechern schallte. Durch das geöffnete Fenster hörte ich Hans laut bellen. Anika hielt eines seiner Spielzeuge in den Händen und versuchte, dem nervös hin und her springenden Pitbull zu sagen, er solle sich beruhigen. Als ob das je geschehen würde, denn dieser Hund war ganz heiß darauf, einem geworfenem Spielzeug hinterherzujagen. Man musste es immer werfen, jedoch ist ein Pitbull kein Apportierhund. Dieser ganz besonders nicht, denn nachdem man es geworfen hatte, jagte er, so schnell er konnte, hinterher. Sobald er es gefangen hatte und vor lauter Aufregung wild darauf herum kaute, brachte Hans es einem aber nicht zurück. Nein, er lief in eine Ecke des Gartens und versuchte, es zu verstecken. Das Spiel bestand im Grunde darin, dass man ein Spielzeug für den Hund warf, um es sich am Ende wieder selber zu holen. „Komm her, Hans", hörte ich meine Cousine rufen. „Komm her, Doggy", rief sie in einer sehr hohen Stimmlage, was seinen Namen verniedlichen sollte. Nein, keine Chance, dachte ich und konnte mir das Grinsen nicht verkneifen. Ein Geruch von heißem Fett und verbranntem Holz stieg mir in die Nase. Offenbar war ihr Mann auch gerade gekommen, denn ich konnte Anika und Jack reden hören, verstand aber nicht genau, was sie sagten. Anscheinend heizte er den Grill an. Heute war das perfekte Wetter dafür und auch der Hunger machte sich langsam bemerkbar. Jack war ein fantastischer Grillmeister. Er schaffte es immer, aus den einfachsten Zutaten die leckersten Gerichte zu zaubern. Jack war ein einfacher Kerl. Er war immer ehrlich und nahm nie ein Blatt vor den Mund und das schätzte ich sehr an ihm. Anika und Jack waren ein junges, aufgewecktes Pärchen. Einige hielten sie bestimmt für seltsam, doch ich fühlte mich hier pudelwohl. Ich gab mir einen Ruck, stand auf und ging nach unten. Als ich auf der Terrasse ankam, begrüßte mich Jack mit einem breiten Grinsen und einem Bier in der Hand. „Hey, Kumpel, bist du hungrig?", fragte er mich. „Nein, ich bin Chris", witzle ich mit einem gespielt irritiertem Gesichtsausdruck zurück. Natürlich wusste ich ganz genau, dass er mir auf diese Weise die leckeren Burger auf dem Grill zeigen wollte, doch bei dieser Steilvorlage konnte ich nicht widerstehen, ihm eine sarkastische Antwort zu entgegnen. Ich machte gerne Scherze über meine schlechten Englischkenntnisse, um zu überspielen, dass es mir peinlich war, bei vielen Konversationen nur die Hälfte zu verstehen und den Inhalt aus dem Kontext meist frei zu interpretieren. Anika, die neben mir stand, verschluckte sich vor Lachen so sehr an ihrem Bier, dass sie laut hustete. „Depp", stammelte sie und wischte sich mit dem Handrücken über ihr Kinn. Sie ging hinüber zum Tisch, auf dem eine Schachtel Gauloises lag, nahm zwei Stück heraus und hielt sie mir entgegen. „Willst du mit mir eine rauchen?", fragte sie, obwohl sie meine Antwort schon längst wusste. Ich ging zu ihr, nahm ihr eine Kippe aus der Hand und steckte sie in meinen Mundwinkel. „Danke", erwiderte ich leise und zündete sie an. Ich war kein Mann der großen Worte und zum Glück musste ich das auch nicht sein, denn Anika und ich verstanden uns blind. Wir waren derselbe Typ und hatten sehr viel gemeinsam. Wir setzten uns auf die Stufen der Terrasse, tauschten ein kurzes Lächeln aus und pusteten zusammen kleine blaue Wölkchen in die Luft. Kurze Zeit später nahm ich den letzten Bissen meines Burgers und kratzte mit der Gabel alle Reste des Kartoffelbreis zusammen. Das Essen war fantastisch gewesen. Satt und zufrieden lehnte ich mich im Stuhl zurück. „Wie sieht euer Plan für morgen aus?", fragte ich beiläufig in die Runde. „Ich bin den ganzen Tag in DC und muss arbeiten. Vielleicht bleibe ich über Nacht dort. Ich bin sicherlich nicht vor zehn Uhr fertig und nachts fahre ich ungern so weite Strecken", sagte Jack und nahm einen Schluck von seinem Bier. Anika schaute verdutzt auf. Sie fing langsam an, das Besteck auf dem Tisch einzusammeln. Sie war es gewohnt, die Nacht ohne Jack zu verbringen. Nicht, dass es öfter vorgekommen wäre, jedoch brachte es sein Beruf hin und wieder mit sich, dass er eine Doppelschicht einlegte, um im Zeitplan zu bleiben. „Ich muss wie üblich ins Geschäft. Wenn du mitkommst, kannst du mein Auto haben, wenn du möchtest. Du musst mich nur in der Arbeit absetzen", sagte sie und stapelte die leeren Teller übereinander. „Nein, ich hab' für morgen nichts geplant. Ich werde auf dem Sofa bleiben und faulenzen", antwortete ich knapp und lächelte verlegen. „Nein, ich denke ich werde das schöne Wetter nutzen, um mit Hans die Gegend zu erkunden." „Ich beneide dich. Du hast Urlaub, und ich muss mich in der Stadt mit den ganzen Idioten herumschlagen", sagte Jack lachend. „Wir können gerne tauschen", sagte ich, als ob ein harter, anstrengender Tag vor mir läge. Ich stand auf und räumte das Geschirr in die Spüle. Während Jack sich auf das Sofa setzte, machte ich mit Anika die Küche sauber. Wir hörten, wie er im Wohnzimmer mit dem Hund spielte. Sie waren immer so nett zusammen und wir hatten Riesenspaß, den beiden zuzusehen, wie sie um eines der Spielzeuge kämpften. Nachdem wir alles abgewaschen hatten, gesellten wir uns zu ihnen. Die Routine hatte mich fest im Griff. Jetzt noch einen Film ansehen und danach auf mein Zimmer. Dort, wo schon mein Laptop und meine Pipe warteten. Heute rauche ich noch mal. Ein letztes Mal. Ab morgen ist dann wirklich Schluss!

TAG 1

Ich blinzelte stark. Die Sonne strahlte wieder durch mein geöffnetes Fenster. Vögel zwitscherten und in der Ferne konnte man leise eine Sirene hören. Ich fühlte mich schlapp, streckte mich quer über das ganze Bett und gähnte übertrieben laut. So, als könnte mich jemand hören und daraus schließen, dass ich jetzt endlich wach war. Doch es war sicher keiner hier. Wie immer hatte ich keine Ahnung, wie lange ich geschlafen hatte. Bestimmt wieder eine halbe Ewigkeit. Bei mir in der Heimat könnte ich am Stand der Sonne die genaue Uhrzeit abschätzen, aber dort gab es auch genug Berge, welche man als Anhaltspunkt verwenden konnte. Hier gelang es mir noch nicht, allerdings war ich auch erst ein paar Wochen hier. Um hier zu sehen, wie spät es ist, musste ich mein Handy suchen. Verschlafen und mit sandigen Augen tastete ich erneut den Boden ab. Kabel, Verpackungen und … „FUCK!", schrie ich laut auf und schreckte hoch. Ich hatte ein Glas mit Cola neben dem Bett stehen, welches sich jetzt mit einem lauten platsch über den Teppich verteilte. „Na super", murmelte ich mit knirschenden Zähnen und zog die Augenbrauen hoch. „Das fängt ja gut an." Schnell stolperte ich rüber zum Schrank, riss ein Handtuch heraus und warf es auf den Fleck am Boden. Vorsichtig zog ich das Glas darunter hervor und begann, wie wild auf dem Handtuch herumzutreten. Jetzt war ich definitiv wach. Ich setzte mich aufs Bett und atmete einmal tief durch, um mich zu beruhigen. Ich reagierte sehr empfindlich, wenn etwas meine Ruhe nach dem Aufstehen störte. Draußen schallte noch immer die Sirene, oder waren es jetzt schon zwei? Ist vermutlich etwas Größeres passiert, mutmaßte ich und schüttelte den Kopf. Von unten aus dem Wohnzimmer konnte ich Hans in seinem Zwinger unruhig umhertapsen hören. Wie spät war es? War etwa schon jemand zuhause? Noch immer suchte ich nach dem Telefon. Es lag nicht auf dem Boden und so nahm ich die Bettdecke und schüttelte sie kräftig auf. Manchmal versteckte sich das Handy in einer der Falten darin, und genauso war es auch. Als die Decke aufschnellte, flog das Telefon quer durch den Raum und knallte mit voller Wucht gegen die Tür. „Ich halt's nicht aus", rief ich laut und ließ die Decke fallen. Genervt hob ich das Handy auf, zupfte meine Klamotten zurecht und ging nach unten. Nach einem solchen Start in den Morgen brauchte ich sofort einen Kaffee. Duschen konnte ich danach auch noch. Außerdem, warum sich umziehen, wenn man eh nur auf dem Sofa lümmelt, dachte ich und schlürfte über den Teppich im Flur. Das Geklapper der dünnen Zwingergitter zerriss die Luft und malträtierte meine am Morgen so dringend benötigte Ruhe. Ich ging wieder durch die Küche, schaltete den Wasserkocher für die Kaffeemaschine ein und schlenderte weiter zu Hans. Heute freute er sich aber besonders. Er tapste nervös im Käfig auf und ab. Gerade als ich mich nach unten beugte, um sein Gitter zu öffnen, bellte er mir lautstark ins Ohr. „Aua! Was ist denn los mit dir", schnauzte ich ihn an und steckte mir den Finger ins Ohr. Es schmerzte, das Ohr pochte und ich vernahm ein leises Pfeifen. Verdammt, konnte dieser Hund laut bellen. Erneutes Gebell schallte mir entgegen, doch diesmal war ich darauf gefasst. „Beruhig dich, meine Fresse. Warum drehst du denn so durch?" Doch er wollte sich nicht beruhigen. Sonst war er durch fast nichts aus der Fassung zu bringen, doch heute wirkte er sehr aufgekratzt und schien einfach nur aus seinem Zwinger herauszuwollen. Als der letzte Riegel zurückgeschoben war, drückte er die Türe auf, indem er sich mit seinem gesamten Körper dagegen warf. Sie knallte gegen meine angewinkelten Knie und riss mich zu Boden. „Was zum …?" Mann, war ich angepisst. Er stand nun bellend vor der Terrassentüre und wollte so dringend ins Freie, dass er vor der verschlossenen Türe hin und her sprang und mit seiner feuchten Nase leichte Schlieren über das Fenster zog. Ich öffnete ihm die Türe, und weg war er. Kopfschüttelnd schloss ich sie wieder und ging zurück in die Küche. Wenn man muss, dann muss man, dachte ich, wohl in der Annahme, er müsste sein Geschäft im Garten verrichten. Dabei konnte man es schon mal eilig haben. „Ich brauch jetzt einen Scheißkaffee!" Ich brühte wieder behutsam und wie in Zeitlupe den Kaffee auf. Ich machte das immer so, egal wie gestresst ich war. So schmeckte er einfach am besten. Das kochende Wasser muss ganz langsam und mit Gefühl in den mit gemahlenem Kaffee gefüllten Filter fließen. Wenn man alles auf einmal hineinschüttet, zerkocht das heiße Wasser das Aroma und alles wird am Ende bitter. Doch heute fiel es mir besonders schwer, darauf zu warten, bis die kleinen Seen auf dem Pulver versickerten. Mit grummelndem Magen und meinem Becher in der Hand schlenderte ich rüber zum Sofa und ließ mich vorsichtig darauf plumpsen. Noch immer bellte der Hund draußen im Garten und im Hintergrund schallten die Sirenen im Takt. Bestimmt flippte er deswegen so aus. Würde ich sicherlich auch, wenn ich so gute Ohren hätte und die ganze Zeit diesen Lärm hören müsste. Ich griff nach der Fernbedienung und schaltete den Fernseher an. Das Ladesymbol drehte sich hypnotisierend im Kreis, bis nach einigen Sekunden ein kleiner Text erschien. KEIN SIGNAL! „Wollt ihr mich verarschen?" Ich versuchte, die HDMI-Kanäle zu wechseln, doch nichts passierte. Der einzige belegte Platz war HDMI1 und der zeigte wieder dieselbe Störmeldung. „Fuck you!" Ich warf die Fernbedienung, so fest ich konnte, gegen das Sofakissen, wohl wissend, dass sie keinen Kratzer abbekommen würde. Jedoch fühlte ich mich damit einen Augenblick besser. Zurück in mein Zimmer, dachte ich und schnappte mir meinen Kaffee. Der Hund bellte draußen weiter laut umher und im Vorbeigehen riss ich die Türe auf. „Aus. AUS! Halt endlich deine Klappe, du Nerven fressender Zeckenteppich!", rief ich in einem aggressiven Tonfall zu ihm hinaus. Mit geschlossenen Augen rieb ich mir sanft die Schläfen. Wie spät war es, verdammt noch mal? Ich schaute jetzt zum ersten Mal auf mein Telefon. Einige meiner Spielbenachrichtigungen erschienen, als ich die Sperrtaste drückte. Xing_Lu69 hat ihr Dorf angegriffen. Ihre Elixiersammler sind randvoll. Bau des Dorfzentrums ist abgeschlossen. Ich wischte eilig alles beiseite, um die digitalen Zahlen betrachten zu können. Es war 10:02am. Der Tag hatte noch nicht mal angefangen und schon war er scheiße. Ich ging nach oben, setzte mich auf mein Bett und stellte die Tasse daneben ab. Mit einem weit ausgestreckten Finger schaltete ich meinen Laptop ein und nahm einen tiefen Zug aus meiner Pipe. Ich versuchte, die Luft anzuhalten, doch ich musste sofort husten. Oh Mann, war das Zeug stark. Leicht benommen lehnte ich mich etwas entspannter zurück und öffnete meinen Browser. Keine Internetverbindung! Ich öffnete die WLAN-Suchleiste. Kein Router angezeigt. Die Fläche, in der sich sonst Dutzende Adressen aufreihten, war jetzt wie leergefegt. Verdutzt prüfte ich mein Telefon. Nichts! Auch als ich auf die mobilen Daten zugreifen wollte, erschien wieder dieselbe Anzeige. Keine Internetverbindung! Meine Fresse, dachte ich. Ihr wollt mich wohl verarschen? „Fickt euch alle!", fluchte ich, knallte den Laptop zu und stellte ihn grob auf dem Boden ab. Das Blut kochte förmlich in meinen Ohren. Es war nichts im Zimmer zu hören. Lediglich die Geräusche von draußen schallten durch das geöffnete Fenster herein. Die Hunde der Nachbarn hatten sich jetzt unserem Krawallmacher angeschlossen und im Hintergrund wieder eine Sirene. Man konnte fast mitfühlen, wie schnell der Fahrer des Einsatzfahrzeugs über den Asphalt raste, denn das Geräusch bewegte sich sehr deutlich in der Ferne. Was war heute nur los? „Der hat's echt eilig", stammelte ich und schlug meinen Hinterkopf fest in mein Kopfkissen. Plötzlich war ein ohrenbetäubendes Krachen von unten zu hören. Es war so laut, dass die Wände zitterten und ich die Vibrationen der Wand im Rücken spürte. Ich sprang auf, zog meine Schuhe an und rannte nach unten, um zu sehen, was dort vor sich ging. Der Lärm von der Straße riss den ganzen Weg durch die Flure nicht ab. Ich nahm bei der Treppe drei Stufen auf einmal und verlor dabei fast den Halt, konnte mich aber mit einem beherzten Griff zum Geländer retten. Unten angekommen, musste ich mich mit den Armen an der Türe abbremsen, um nicht mit vollem Tempo dagegen zu laufen. Ich drehte den Knauf, ein Spalt öffnete sich und der dumpfe Lärm verwandelte sich urplötzlich in absolutes Chaos. Nun sah ich auch, was das Haus erzittern ließ. Eine Wasserfontäne ergoss sich von der rechten Seite zum Eingang, der Rasen war zerpflügt und dicke braune Erdklumpen waren überall verteilt. Zwei deutliche, tiefe Rinnen führten von der Straße quer über die gesamte Auffahrt zum Haus. Mein Blick folgte dieser Spur und sah ein Auto, welches zur Hälfte in unserer Kellerwand steckte. Es hatte die Leitung zum Gartenschlauch abgerissen, und mit einem leisen Zischen wurde das Wasser über die Wiese gespritzt. Weißer Dampf stieg aus dem Kühler auf und die Elektronik summte bedrohlich in der im Haus versenkten Motorhaube. Die Fenster waren zerbrochen und die Seitenairbags hingen wie geschmacklose Vorhänge herunter. Geschockt von dem Anblick, sah ich mich um, um zu verstehen, was passiert war, oder ob jemand in der Nähe war, um zu helfen. Wie in Zeitlupe wanderte mein Blick durch die Nachbarschaft. Meine Knie fingen an zu zittern und ich spürte, wie mein Blut aus dem Gesicht wich. Das war der mit Abstand schlimmste Trip, den ich je erlebt hatte. Bei unseren Nachbarn gegenüber war zersplitterndes Glas und lautes Gepolter zu hören. Es klang, als würden die Möbel ruckartig verschoben oder gar durch die Räume geworfen. Mrs. Keyel, die rechts neben uns wohnte, kam schreiend aus ihrem Haus gelaufen. Sie hielt eine Hand fest an den Hals gepresst, mit der anderen wedelte sie wild vor und zurück. Blut schoss zwischen den Fingern hervor und tränkte ihr langes, lavendelfarbenes Kleid in ein tiefes Rot. Als sie ihre Auffahrt hinunterstürmte, flogen ihre Pantoffeln im hohen Bogen davon und landeten in ihrem Blumenbeet. Noch immer schreiend, erreichte sie die Straße, auf der sie mit einem dumpfen Knall verstummte. Ein vorbeifahrendes Auto hatte sie mit vollem Tempo erfasst und in einem gestreckten Salto über das Fahrzeug katapultiert. Glas splitterte und Blut tränkte die Motorhaube des weißen Toyota Highlander, welcher sie gerammt hatte. Während Mrs. Keyel unsanft auf dem Boden landete, fuhr das Auto, ohne zu bremsen, weiter. Es machte noch einen leichten Schlenker um Sarah, die Nachbarstochter, welche eilig über den Fußweg Richtung Straße lief. Hinter Sarah rannte ihr Vater und holte sie mit schnellen Schritten ein. Er packte sie am Rücken, riss sie zu Boden und beide rutschten unsanft einen Meter auf dem Asphalt, bis sie zum Liegen kamen. Das kratzende Geräusch der am Boden schleifenden Gliedmaßen war zu hören und verpasste mir eine Gänsehaut am ganzen Körper. Sarah strampelte wild um sich und schrie, während sie mit den Beinen versuchte, sich unter ihrem Vater frei zu kämpfen. Dieser lag über ihr, drückte ihr Gesicht fest in den harten Boden und riss ihr mit den Zähnen ein großes Stück aus ihrem Rücken. Lange, rote Fäden zogen sich daraus hervor und ein großer Schwall Blut spritzte über die Straße bis zu einem neben ihnen geparktem Lincoln. Als rechts neben mir erneut die Haustüre von Mrs. Keyel auf geschmettert wurde, stolperte ich vor Schreck einen Schritt zurück. Der Türkranz, welcher von ihr mühevoll mit Blumen bestickt war, rollte hüpfend die Auffahrt hinunter. Eine raue Mischung aus Schrei und Grunzen war zu hören, als der Grund für Mrs. Keyels rasche Flucht ins Licht trat. Es war Mr. Keyel, doch er war kaum wiederzuerkennen. Sein Gesicht und sein grünes Poloshirt waren blutverschmiert. Seine Haut war Aschgrau und seine dunklen, blutunterlaufenen Augen suchten zielstrebig die Umgebung ab. Ich starrte ihn an, ohne einen Ton von mir zu geben. Ich konnte mich nicht bewegen und richtete meinen Blick weiter auf das bizarre, sich mir bietende Schauspiel. Mr. Keyels Kopf wandte sich herum, bis er mich erblickte. Er fixierte mich für den Bruchteil einer Sekunde und riss seine bis eben noch reglos am Körper baumelden Arme nach vorne. Seinen Körper vornüber gebeugt kam er mit weit aufgerissenem Mund auf mich zu gerannt. Seine Zähne schimmerten unter dem Blut, welches davon heruntertropfte. Mit einem gurgelnden Schrei und weit aufgerissenen Augen kam er immer näher, bereit mich in Fetzen zu reißen. Ich setzte alle Kraft ein, um mich zu bewegen, doch mein Gehirn schien den Befehl nicht weiterzugeben. Der Schock saß mir zu tief in den Knochen. Erst als Mr. Keyel mit lautem Gepolter über die Treppe hinauf zu unserer Haustüre fiel, zuckte ich zusammen. Ich stolperte rückwärts durch die geöffnete Tür und knallte sie im freien Fall zu. Das Schloss war fast eingerastet, als das gesamte Gewicht von Mr. Keyel dagegen prallte und er der Länge nach vor mir auf den Boden fiel. Ich robbte weiter rückwärts, Richtung Küche, so schnell ich konnte weg vom Eingang, doch ich kam nicht sehr schnell voran, denn mit meinen strampelnden Beinen schob ich nur den im Flur liegenden Läufer unter mir hervor. Mr. Keyel, welcher auf dem Bauch liegend vor mir war, richtete seinen Blick wieder auf mich. Er biss klappernd mit seinen Zähnen in die Luft und versuchte mich zu packen. Er erreichte mit seiner Hand meinen Schnürsenkel und zog mich hastig zu sich, immer weiter in die Reichweite seiner Zähne. Immer mehr Blut tropfte aus seinem Mund und sein furchterregendes Geschrei fuhr mir durch Mark und Bein. Ich strampelte, so fest ich konnte, mit den Füßen, trat und schlug um mich, um mich aus seinen Fängen zu befreien, doch ich konnte ihn nicht abschütteln. Ich zog mein rechtes Knie so weit an, wie ich konnte, um so viel Schwung wie möglich zu bekommen, und hämmerte mit voller Wucht meine Ferse in sein Gesicht. Durch meine alten, ausgelatschten Lacoste-Schuhe konnte ich spüren, wie sein Nasenbein zerschmettert wurde. Blut spritzte an die Wände des schmalen Flurs, doch der Angreifer ließ nicht von mir ab. Mit einem weiteren festen Tritt wurde er nach hinten geschleudert, der Schnürsenkel löste sich und ich war wieder frei. Ich sprang in meiner Panik auf, rannte in die Küche und hechtete hinter die Anrichte. Auch Mr. Keyel war wieder auf den Beinen und stürzte auf mich zu. Ich blickte mich verzweifelt um und griff den erstbesten Gegenstand, den ich packen konnte. Ich drehte mich zurück und schwang meine Arme wie ein Baseballspieler, bis das schwere Waffeleisen eine hässliche Beule in Mr. Keyels Kopf schmetterte. Mit einem dumpfen Geräusch prallte er gegen die Spüle und ging zu Boden. Das Waffeleisen noch immer vor mir haltend, beobachtete ich regungslos, wie sich eine kleine Pfütze aus Blut in meine Richtung ausbreitete, die wie in Zeitlupe meine Schuhe umschloss. Als wäre ich barfuß und könnte die Nässe an den Zehen spüren, wich ich einen Schritt zurück und zog dabei eine rote Spur über den Vinylboden, bis ich mit dem Rücken gegen den Herd prallte. Das hier war kein verdammter Trip ... das war kein verfickter Traum ... das passierte wirklich! Ich stellte in die geschützte Ecke neben dem Herd und zog mein Telefon hervor. Mit zittrigen Fingern versuchte ich den Kontakt von Anika zu wählen, während ich mit der anderen Hand große Mühe hatte, das Telefon nicht fallen zu lassen. Ich drückte den grünen Knopf auf dem Bildschirm und hielt mir das Telefon ans Ohr. Besetzt. Das ist jetzt nicht wahr, geh ran, verdammte Scheiße, dachte ich und tippte nervös auf dem grünen Knopf herum. "Komm schon ... komm, mach ..." Wieder besetzt. Klar, zwischen den beiden Anrufen waren gerade mal vier Sekunden vergangen. „Fuck!", schrie ich laut und fuhr mir mit der Hand durch die noch etwas verfilzten Haare. Ich versuchte, einen klaren Kopf zu bekommen, und drehte das Smartphone geschickt in den Händen umher. Was jetzt? Was sollte ich tun? Der Krach von draußen verstummte einfach nicht. Sirenen, Hupen, Schreie und lautes Gebell. Ich rieb mir nervös die Augen und versuchte zu überlegen, doch der Anblick des am Boden liegenden Mr. Keyel war zu irritierend. Was jetzt? Die Polizei, die musste mir helfen! Ich öffnete hektisch das Tastenfeld und wählte die 911. Belegt! „WAS? Was zum ..." Wie konnte die Notrufnummer besetzt sein? Das ging doch überhaupt nicht. Meine Angst verwandelte sich augenblicklich in blanke Panik. Reflexartig ging ich um die Anrichte herum und griff zum Schlüsselboard an der Wand. Ich muss hier sofort raus, dachte ich. Ich griff nach dem Schlüssel des Ford Titan, der daran baumelte. Es war das Auto von Jack. Er selber fuhr immer mit seinem Chrysler in die Arbeit. Es war ein Firmenauto und nicht gerade das Beste, aber er bekam immer seine Fahrtkosten zurückerstattet, wenn er es benutzte. Er hatte gestern Abend noch den Stellplatz mit Anika getauscht, da sie ihren Neuwagen gerne hinter verschlossenem Tor parkte. Doch heute stand der Titan dort, mit der Ladefläche Richtung Eingang. Jack hatte die restliche Woche einige Sick Days. Das nannte er so, wenn er sich den Rest der Woche krankmeldete, um mit seinen Kumpels campen zu gehen. Nicht, dass er ein fauler Mensch war, er wurde nur nie krank. Er war immer bei bester Gesundheit, deswegen nahm er die ihm zustehenden bezahlten Krankheitstage immer wahr, um mit seinen Freunden auf ein verlängertes Männerwochenende in die Wälder zu fahren. Keine Ahnung, was sie dort machten. Als ich ihn einmal danach gefragt hatte, war seine Antwort eher ausweichend. „Naja, Grillen, ... Bier, ... nichts Aufregendes ...", stammelte er vor sich hin. Er wollte nicht, dass man weiter darauf einging und versuchte, sich herauszureden oder schnell das Thema zu wechseln. Ich schnappte mir den Schlüssel vom Haken, riss die Tür zur Garage auf und sprang die Stufen hinunter zum Auto. Noch im Einsteigen drückte ich auf den Knopf für das Garagentor und knallte die Wagentüre zu. Das Tor öffnete sich knarrend und ich startete den Motor. Das dumpfe Dröhnen eines starken Dieselmotors war zu hören, während mehr und mehr Licht unter dem Tor hereinschien und die Garage erhellte. Ich schaute gerade auf den Schaltknüppel der Automatikschaltung, um zu sehen, wie ich in den Drive-Modus komme, als das Rolltor stark erschüttert wurde. Erschrocken wandte ich den Blick nach vorne, doch über die riesige Motorhaube konnte ich nichts erkennen. Ich schaute erneut zur Schaltung und stellte die Position auf D, als ein Schatten über den Boden neben dem Auto zuckte. Das Tor war gerade mal einen halben Meter weit geöffnet, als eine Gestalt darunter hindurchkroch. Auf meiner Seite angelangt, rappelte sie sich auf und blickte mich mit weit aufgerissenen Augen an. Sie öffnete den Mund und kam mit lautem Geschrei auf mich zugelaufen. Die Arme in meine Richtung gestreckt, um mich zu packen, prallte der Angreifer gegen die Seite des Trucks und hinterließ eine dunkle, rote Spur an der Scheibe. Ein abgebrochener Zahn klebte daran und rutschte langsam im Blut nach unten. Weiter darauf fixiert, mich zu beißen, hämmerte er seinen Mund gegen das Glas. Ich schrie kurz auf, betätigte die Zentralverriegelung und drückte mit geschlossenen Augen auf das Gaspedal. Als sich der Truck in Bewegung setzte, sah ich, wie sich eine weitere Gestalt unter dem jetzt eineinhalb Meter weit geöffneten Tor hindurch bückte. Der Titan stürmte blitzschnell los, drückte den Eindringling an die Motorhaube und durchstieß mit ihm das Garagentor. Mich hob es kurz aus dem Sitz, als ich mit dem zerquetschtem Mann am Kühler die Auffahrt hinunterrauschte und dünne Blechteile im Hof verteilte. Ruckartig riss ich das Lenkrad nach links, um nicht den an der Straße geparkten Lincoln zu rammen, und überfuhr zumeinem Entsetzen die Reste der zerfetzten Sarah. Ich konnte die Knochen bis ins Innere meines Wagens knacken hören, und mein Magen verkrampfte sich. Mit einem Satz rutschte der zermatschte Klumpen Fleisch nach rechts von der Haube und schlug eine gewaltige Delle in das geparkte Auto. Die Alarmanlage des Lincoln heulte mir hinterher, als ich unserem Haus und dem Geschehnis einen geschockten Blick durch den Rückspiegel schenkte. Ich blickte wieder nach vorne und raste, so schnell ich konnte, die Straße hinunter. Mit dem Scheibenwischer versuchte ich das Blut von der Scheibe zu wischen, doch ich verschmierte nur alles und verdeckte mir somit die Sicht. Laut fluchend suchte ich nach dem Hebel für das Wischwasser und tappte eifrig neben dem Lenkrad herum. Nachdem ich fast meinen Blinker aus der Verankerung gerissen hatte, zog ich den Hebel daneben fest in meine Richtung und Wasser spritzte auf die Scheibe. Mit einem kleinen Lächeln über diesen Erfolg wurde ich mit einem lauten Krachen gegen das Lenkrad geschleudert. Ich schloss vor Schmerz die Augen und konnte spüren, wie der Wagen nach rechts lenkte. Glas splitterte, die Reifen quietschten und nach einer Hundertachtzig-Grad-Drehung wurde der Titan mit dem Heck voran in einer Böschung versenkt. Ich war benommen, meine Rippen schmerzten und ich bekam keine Luft. Laut röchelnd öffnete ich vorsichtig die Augen. Der Scheibenwischer sprang auf höchster Stufe vor mir hin und her. Noch immer zog er rote Schlieren über das zerbrochene Fenster. Was war passiert? Es dauerte einen Moment, bis ich es realisierte. Vorsichtig blickte ich mich im Innenraum um. Ich fasste mir mit einer Hand an die schmerzenden Rippen, mit der anderen an mein Knie, welches beim Aufprall hart gegen den Fußraum geschlagen hatte. Ich blinzelte und erblickte vor mir das Objekt, welches mich gerammt hatte. Es war ein roter Minivan, der sich ebenfalls um hundertachtzig Grad gedreht hatte und auf dem Dach liegend zu mir zeigte. Ich blickte noch etwas verwirrt auf die Unterseite des Fahrzeugs, als ein Arm aus dem zerbrochenen Seitenfenster griff und über das verstreute Glas tastete. Eine kräftige Frau versuchte sich aus dem Wrack ins freie zu kämpfen. Ihre rosa Bluse war am Ärmel aufgerissen und rot gefärbt. Blut lief ihr von der Stirn über die Nase und tropfte vor ihr auf den Boden. Fassungslos starrte ich sie an, wie sie laut um Hilfe schreiend über das zerbrochene Glas robbte, doch ich war nicht in der Lage mich zu bewegen. Wie angewurzelt saß ich auf meinem Sitz und versuchte mit aller Kraft zu atmen. Die Frau richtete ihren Blick auf mich und sah mich durchdringend an, als sie mit einem lauten Hilfeschrei wieder bis zur Hüfte ins Wageninnere gezogen wurde. Sie drehte sich auf den Rücken und hielt die Hände schützend vor ihr Gesicht, als ein Mann aus dem Auto krabbelte. Eine seiner Schultern hing in Fetzen, der rechte Arm war abgerissen und ich konnte das Schultergelenk in der Sonne aufblitzen sehen. Mit seiner linken Hand packte er nach der kreischenden Frau, zog sich an sie heran und verbiss sich in ihrem Bauch. Blut quoll wie aus einer sanften Wasserquelle hervor, als er ein großes Stück aus ihrer speckigen Wampe riss. Wild kauend rammte er seine verbliebene Hand in die aufgerissene Wunde und zerfetzte die Bauchdecke der sich verzweifelt vor Schmerz windenden Frau. Während ihr Mitfahrer größte Mühe hatte, all ihre Innereien herauszuwühlen, versuchte sie blutend und röchelnd, sie wieder zurückzustopfen, bis sie regungslos zusammensackte. In meiner Panik atmete ich einmal tief ein, was einen lauten Schmerzensschrei zur Folge hatte. Ich kniff die Augen zusammen, hielt meine Rippen fest, als würden sie mir sonst aus der Hand fallen und knirschte mit den Zähnen. Verdammt, tat das weh. Als ich den Blick wieder aufrichtete, ließ der Angreifer von der Frau ab und starrte in meine Richtung. Seine dunklen und blutigen Augen starrten mich aggressiv an, während er noch auf einem Stückchen der Frau herumkaute. Er sprang auf, rannte los und warf sich gegen meine Wagentüre. Verzweifelt versuchte ich den Motor zu starten, als er wild hämmernd gegen meine Scheibe biss. Ich tippte hastig auf dem Gaspedal herum, doch der Motor wollte nicht anspringen. „Automatik, du Idiot!", sagte ich zu mir selbst. Eine dicke, schwarze Rauchwolke zog vom Auspuff an mir vorbei. Ich schaltete auf D und mit quietschenden Reifen zog sich der Truck aus dem Gebüsch, während sich das Gebrüll von meiner Scheibe verabschiedete. Ich fuhr die Straße bis zum Ende und bog auf die Millers AV Richtung Interstate 81. Mir fiel nur ein einziger Ort ein, wo ich hinkonnte. Hoffentlich sind Anika und Jack dort, dachte ich und presste meinen Fuß weiter auf das Gaspedal. Nach kurzer Zeit bog ich um eine Anhöhe auf die 81, weiter Richtung Süden. Als die ersten Fahrzeuge vor mir auftauchten, musste ich hart in die Eisen steigen. Die Straße war total verstopft und keines der Fahrzeuge bewegte sich auch nur einen Meter. Die Sonnte prallte auf mein Dach und ich öffnete das Seitenfenster, um etwas frische Luft hereinzulassen. Vielleicht sehe ich so etwas besser, warum es vor mir nicht weitergeht, hoffte ich. Quietschend verschwand das Fenster in der Türverkleidung, als ich auf den Knopf drückte. Das leicht angetrocknete Blut schabte sich davon ab wie überflüssiger Leim zwischen zwei Holzbrettern und lief an der Türe hinunter. Der Lärm der Straße wurde ohrenbetäubend. Viele waren ausgestiegen und reckten weit ihre Hälse, um zu sehen, warum es nicht weiterging. Andere prügelten wie wild auf ihre Hupe ein, als würde sich dadurch der Stau auflösen. Ich beugte meinen Kopf vorsichtig aus dem Fenster, wohl bedacht, auf keinen Fall den blutigen Matsch neben mir zu berühren. Doch alles, was ich sehen konnte, war der Mann vor mir, der in seiner offenen

Wagentüre lehnte und mit der rechten Hand ins Wageninnere griff, um sich dem Hupkonzert anzuschließen. Seine schwarzen Shorts flatterten leicht im Wind und wickelten sich um seine schmalen Oberschenkel. Das weiße Hemd mit einem geschmacklosen, beigen Blümchenmuster klebte schweißnass an seinem schlaksigen Rücken. Weiter energisch hupend, schrie er etwas zu seinem Beifahrer ins Wageninnere und verzog sein Gesicht zu einer Grimasse. Ich schaute in den Rückspiegel und auch hinter mir waren weitere Autos eingetroffen, deren Fahrer lautstark auf ihr Lenkrad drückten. Als ich meinen Kopf wieder ins Innere zog und mich etwas zurücklehnte, sah ich wie der vor wenigen Sekunden noch aufdringlich hupende Möchtegern-Surfer-Boy sich kurz an seiner Türe nach oben wuchtete, um noch mehr zu sehen. Was er erblickte, musste ihn schockiert haben, denn er ließ los, drehte sich herum und rannte los. Seine in seine Haare gesteckte Sonnenbrille rutschte ihm vom Kopf und seine Flipflops flogen durch die Luft, als er in Panik an mir vorbeilief. Ich richtete mich wieder auf und kniff die Augen zusammen, um in der Ferne besser zu sehen. Die Autotüren vor mir öffneten sich und die Menschen liefen schreiend auf mich zu. Eine Frau versuchte, sich zwischen meinem Titan und einem Prius neben mir zu zwängen, den Blick weiter nach hinten gerichtet. Laut scheppernd, prallte sie mit ihrem Kopf gegen meinen Seitenspiegel, der sich durch die Wucht nach innen klappte. Sie streckte die Füße in die Luft und blieb regungslos am Boden liegen. Als ich mich zu ihr drehte, sah ich im Augenwinkel, was sie so verstörte. Dutzende Leute waren aus den Autos gestiegen und rannten zu Fuß zwischen den Autos hindurch. Sie schrien wie am Spieß und schubsten sich gegenseitig durch die engen Fahrzeuggassen, als ich mein Fenster hastig schloss. Einer der Fahrer vor mir zog eine Pistole und feuerte sein Magazin leer. Eine Horde blutverschmierter Menschen rannte erbarmungslos wie eine Welle auf uns zu. Sie stürzten sich auf die Autos und Menschen, sie verbissen ihre Zähne in ihrem Fleisch und rissen sie auf offener Straße in Fetzen. Mir stockte der Atem und mein gesamtes Blut rauschte in meine Beine. Ich legte den Gang ein und stieß mit dem Pickup zwischen dem links neben mir stehenden Prius und dem davor geparktem Auto hindurch. Mein Puls raste und Adrenalin schoss mir durch die Adern. Weg hier, so schnell wie möglich weg von hier, dachte ich und krallte meine Finger fest in das Lenkrad. Das Metall ächzte und das Glas meiner Scheinwerfer splitterte auf den Asphalt. Die Reifen quietschten beim Versuch, mich zwischen dem Prius und seinem Vordermann hindurchzuzwängen, als auf meiner Beifahrerseite ein Schatten auftauchte. Kurz danach rammte eine Gestalt ihren Kopf mit dem Gesicht voran durch das Seitenfenster. Das Glas flog durch den Innenraum und landete auf meinen Beinen und im Fußraum. Mit einem schmatzenden Geräusch hämmerte der Angreifer die Zähne zusammen, während er weiter versuchte, ins Wageninnere zu gelangen. Ich presste das Gaspedal, so fest ich konnte, nach unten und der Titan schob die Autos vor ihm auseinander. Der Kopf wurde ruckartig aus dem Fenster gerissen, als sich der Körper zwischen meinem Truck und dem demolierten Prius verfing. Kleine Fetzen seines Gesichts fielen auf die Armlehne der Tür, als ich mit durchdrehenden Reifen über den Grünstreifen die Auffahrt verlies. Der Titan ächzte nach den Torturen, die er hinter sich hatte, und etwas weißer Dampf kam aus der Motorhaube. „Bitte halte durch ... Bitte! ... Du schaffst das!", stammelte ich leise und tätschelte vorsichtig mein Lenkrad. Ich fuhr über schier endlose Seitenstraßen, weiter Richtung Süden. Ich versuchte, immer parallel zur 81 zu bleiben, und da ich weder Navigationsgerät noch Karte oder Handy hatte, blieb mir nur sie als Orientierung, bis ich in die Nähe des Berges kam, zu dem ich wollte. Die Fahrt war ein Albtraum. Auf fast jeder Straße ergab sich das gleiche Bild. Erst als ich an einer Exxon-Tankstelle in ein fast unbewohntes Gebiet am Fuße des Berges einbog, wurde es ruhiger. Mit zitternden Händen lenkte ich den Titan die steile, dicht bewaldete Straße hinunter und folgte ihr ein paar Kilometer. An die letzte Strecke bis hierher habe ich so gut wie keine Erinnerung mehr. Wie in

Trance bin ich der engen Landstraße bis zur Abzweigung zum Lagerplatz gefolgt. Tiefhängende Äste prallten hart gegen meine Windschutzscheibe, als ich in die Seitenstraße einbog, die sich den flachen Berg hinaufschlängelte. Es war eigentlich weniger eine Straße als vielmehr ein ausgetrocknetes Flussbett. Die Regenschauer der vergangenen Jahre hatten der Schotterpiste ordentlich zugesetzt. Große Steinbrocken waren darunter frei gespült und die Ladefläche meines Trucks klapperte beängstigend laut, als ich darüberfuhr. Ich war in der zweiten Woche meines Besuches zum ersten Mal hier gewesen. Jack und Anika fuhren hier mit mir zum Campen herauf. Von oben auf dem Gipfel hatte man trotz einiger Bäume einen fantastischen Rundumblick auf die gesamte Gegend, das Camp selber war aber kaum zu finden, wenn man nicht wusste, wo es lag. Hier sei ihr persönlicher Platz im Paradies, erklärte mir Jack, als wir abends am Lagerfeuer saßen. Klar war es das, hier konnten sie mit Feuer spielen, mit ihren Waffen in der Gegend umherballern und machen, was sie wollten. Kein Mensch verirrte sich sonst hierher. Daher kam mir dieser Ort am ehesten geeignet vor, um zu verschnaufen. Kurz hob es mich aus meinem Sitz und mein Kopf streifte den Himmel meines Innenraums, als ich erneut einen großen Stein am Fahrbahnrand überfuhr. Ich sollte vielleicht etwas langsamer fahren, dachte ich und nahm vorsichtig den Fuß vom Gas. Beim letzten Mal waren wir hier mit Anikas Auto hinaufgefahren. Sie hatte einen BMW X5M, ein absolutes Monster, wenn es um die Motorleistung geht, und eine Wohlfühloase im Innenraum. Damit war die Fahrt auf den Berg ein Genuss. Mit dem Titan von Jack hatte ich dank seiner Größe alle Mühe, den Koloss auf der schmalen Straße zu halten. Erneut ein Schlag auf meinen rechten Vorderreifen. Er riss mir fast das Lenkrad aus der Hand und eine der Kisten auf der Ladefläche sprang aus ihrer Befestigung. Was zum Teufel hat Jack da nur alles draufgeladen? Eigentlich hätte ich anhalten und die entlaufene Box wieder festzurren müssen, doch rechts von mir war eine steile Wand aus brüchigem Kalkstein, an der ich so dicht entlangfuhr, dass mein Seitenspiegel daraus vorragende Wurzeln und Pflanzen streifte. Keine Chance dort auszusteigen. Und links von mir? Dort war kein direktes Hindernis. Dort war nichts. Leider auch kein Boden mehr. Der linke Vorderreifen war gerade noch so auf der befestigten Straße, doch um das Fahrzeug zu verlassen, hätte ich weiter außen auf den rutschigen Grünstreifen steigen müssen, der über dem Abgrund wuchs. Jedoch war die Aussicht gigantisch. So hatte ich sie zumindest in Erinnerung, denn in diesem Moment war mein Blick konzentriert darauf gerichtet, in der Spur zu bleiben. Als der Truck erneut über einen Stein fuhr, rollte dieser nach links und versetzte meine Vorderachse gute dreißig Zentimeter zum Abgrund. Mein Puls raste und der Schweiß perlte mir von der Stirn. Ich hätte mir fast in die Hose geschissen, zischte es mir durch den Kopf. Verdammt, war das knapp. Ich drehte das Lenkrad vorsichtig nach rechts, um wieder in die alte Fahrrinne zu gelangen, und lächelte vor Freude, als die Straße wieder nach rechts in den Wald einbog. Gute zwanzig Meter weiter konnte ich schon die Einfahrt zum Camp sehen. Ich manövrierte den Titan vorsichtig durch die jungen Bäume und stellte ihn knapp neben der Feuerstelle ab, die aus vielen flachen Steinen aufgestapelt war. Ich schaltete auf P, stellte den Motor ab und zog meine Füße etwas näher an mich heran. Ich ließ eine Hand in meinen Schoß fallen, während ich mir mit der anderen den Schweiß aus dem Gesicht wischte. Erst als ich mit der Hand über meinen Mund fuhr, bemerkte ich, dass ich lächelte. Meine Atmung wurde sprunghaft und ich schluchzte etwas. Meine Augen füllten sich mit Tränen und ich lachte und weinte zugleich. Langsam begann ich zu realisieren, was passiert war. Erst als das meiste Adrenalin aus meinem Körper gewichen war, fing mein Verstand wieder an, klar zu denken. Ich ließ die Bilder des Vormittags noch einmal Revue passieren, doch mir fiel beim besten Willen keine Erklärung ein. Menschen, die sich gegenseitig attackierten, sich mit dem Auto überfuhren und aufeinander schossen. Das war zu viel für mich. Ich lehnte mich im Sitz zurück und brauchte ein paar Minuten, um mich zu sammeln. Ich öffnete die Tür, stieg aus und sah mich um. Kleine Glassplitter funkelten grün und weiß auf dem sandigen Boden. Die Spuren vieler Camper hatten den Platz geebnet, auf dem kaum mehr Gras wuchs. Einige abgeschnittene Baumstümpfe standen im Kreis um die Feuerstelle wie kleine Sitzhocker, und verbrannte Blechdosen schimmerten aus der Asche. Ich legte den Kopf in den Nacken und sah in die Baumkronen, durch die leise der Wind raschelte. Vögel zwitscherten fröhlich ihre Melodien und verliehen der Umgebung auf magische Weise eine friedliche Atmosphäre. Doch wirklich wirken konnte sie nicht auf mich. Meine Gedanken rasten noch immer durch die Szenen, die sich vor mir abgespielt hatten. Ich zog erneut mein Telefon aus der Hosentasche und entsperrte es. 14:53 leuchtete dort in großen, digitalen Zahlen auf dem Display, doch Empfang hatte ich auch hier keinen. Ich hielt das Telefon in die Luft und drehte mich angespannt im Kreis, aber es tat sich nichts. Genervt stopfte ich es zurück in meine Tasche und ging zur Ladefläche des Titans. Wenn ich Anika und Jack schon nicht erreichen konnte, konnte ich wenigstens nachsehen, was alles auf der Ladefläche verstaut war. Eine tiefe Delle prangte über dem linken Hinterreifen und der Lack war an einigen Stellen abgeplatzt. Diese Irre mit ihrem Minivan hätte uns beinahe umgebracht, murmelte ich in Gedanken, als ich den Blick über die vielen Armeekisten schweifen ließ, die kreuz und quer verteilt waren. Fast jede einzelne hatte sich aus der Verankerung gelöst und lag lose auf der Ablage. Die Heckklappe war ebenfalls verbogen und ließ sich nicht öffnen. Ich benutzte den Hinterreifen als Tritthilfe und schwang mich hinauf. Glasscherben und aufgeplatzte Dosen knirschten unter meinen Schuhen und es roch stark nach schalem Bier. Einige der Boxen waren aufgegangen und der Inhalt war herausgefallen. Ein Campingstuhl hatte sich tief in eine der Kisten gebohrt und eine Plane klebte zusammengefaltet auf dem nassen Boden. Ich richtete die Boxen wieder auf und fing an, die noch unbeschädigten Sachen einzuräumen. Den Campingstuhl warf ich im hohen Bogen hinunter zur Feuerstelle.

Unter ihm kam eine silberne Metallkiste zum Vorschein. Sie war die Einzige, die noch an ihrem angestammten Platz war. Sie sah massiv aus und war am Boden festgeschraubt. Ein gigantisches Vorhängeschloss mit Zahlenkombination baumelte am Verschluss. Was er wohl darin hat, fragte ich mich, als ich mit dem Fuß gegen das Schloss tippte. Als ich alles wieder zurechtgerückt und mir einen Überblick verschafft hatte, wuchtete ich ein paar kleinere Kisten auf die Erde und öffnete die Deckel. Erst einmal würde ich mich hier einrichten, bis die anderen kamen, machte ich mir selber Hoffnung. Sie mussten einfach kommen und ich würde hier warten. Sie würden mich finden. Das Feuer knisterte leise und der Schein der Flammen flackerte kaum merkbar in meinem Gesicht. Es wurde langsam dunkel und die Sonne warf ihre letzten Strahlen in die Baumkronen. Wie hypnotisiert starrte ich auf das lange Stück Holz in meiner Hand, in das ich mit einer kleinen Axt dünne Verzierungen ritzte. Ich hatte meinen Campingstuhl neben einen der Baumstümpfe gestellt, den ich als Tisch nutzte. Eine Flasche Wasser und eine Hand voll Proteinriegel lagen darauf, welche ich in den Boxen gefunden hatte, doch ich hatte nichts davon angerührt. Nach und nach hatte ich verfolgt, wie der Lärm aus den Tälern um mich verschwand. Keine Hubschrauber mehr, keine Autos, keine Menschen … Alles, was ich hörte, waren die langsam verstummenden Vögel und das Feuer. Noch immer gingen mir die schrecklichen Bilder nicht aus dem Kopf. Während der ganzen Zeit, in der ich das Camp einrichtete, hoffte ich, etwas zu hören, doch niemand meldete sich. Ich war allein. Als sich die Sonne hinter dem Horizont verabschiedete und den Himmel in ein grelles Rot tauchte, stand ich auf und ging an den Rand des Camps. Mit dem zu einem Speer angespitzten Ast in meiner Hand, tastete ich mich vorsichtig durch das Dickicht. Ich hatte in der Ausrüstung von Jack eine Hängematte, Säge und Axt, Instant Food, Bacon und eine unfassbare Menge an Bier gefunden, doch keine einzige Taschenlampe. Nervös kratzte ich mit meinem Fingernagel über die in die dünne Rinde eingeritzte Verzierung, als ich mich dem Abhang näherte. Eine schroffe, dünn bewachsene und mit scharfen Felsen bespickte Landschaft fiel vor mir steil ab. Kein Mensch könnte dort heraufklettern, ohne sich sämtliche Knochen zu brechen, ging es mir schaudernd durch den Kopf. Die Straße, welche in diesen Hang gegraben war, bot eine Art Schutzwall um dieses Camp. Jeder, der hier heraufwollte, musste unweigerlich die Straße benutzen, und selbst dann war das Camp nicht leicht auszumachen. Von hier aus konnte man gut erkennen, wer sich dem Berg näherte. Langsam ließ ich meinen Blick in die Ferne schweifen. In den wenigen Stunden, in denen ich hier war, stand ich nun zum siebten Mal hier. Die ersten Male war ich noch zu Tode erschrocken bei dem Anblick, der sich vor mir bot. Nach einiger Zeit schaffte ich es jedoch, meine Gedanken zu sammeln und ruhig zu bleiben. Über die vor mir nun in ein tiefes Schwarz getauchten Waldflächen war nichts mehr zu sehen. Nur ein kleines, orangefarbenes Licht leuchtete in der Ferne. Als ich hier ankam, war das noch etwas anders. Man sah, wie es an mehreren Stellen brannte. Dicke, schwarze Rauchschwaden stiegen auf und hüllten das gesamte Tal in einen leichten Schleier. Auf einigen Straßen konnte man Autos vorbeirasen sehen, auf anderen war dagegen alles verstopft. Nach und nach verstummte der Klang der Sirenen und es wurde totenstill. Es erinnerte mich an einen Komponisten, der seine Arie ganz langsam und wie in Zeitlupe ausklingen ließ, bis sie endgültig verstummte. Mir lief ein kalter Schauer über den Rücken, als ich an die anderen dachte. Wo waren sie? Waren sie noch dort unten? Waren sie wie alle anderen geflohen und hatten mich zurückgelassen? Ging es ihnen gut? Ich knirschte mit den Zähnen, während mir Fragen über Fragen durch den Kopf schossen. Missmutig wandte ich mich um und ging zum Lagerfeuer zurück. Die langen Schatten der dünnen Bäume tänzelten eifrig umher, während ich durch den Farn schlürfte. Jetzt, da ich das leere, spärlich durch das Feuer beleuchtete Camp sah, machte sich meine Angst wieder bemerkbar. Trotz der Wärme des Feuers stellten sich meine Haare auf, als ich zu meinem

Stuhl ging. Ich war hier ganz alleine. Wo sollte ich die Nacht verbringen? In der Hängematte, die ich zwischen zwei Bäumen neben dem Feuer gespannt hatte, sicherlich nicht. Es hatte mich eine halbe Ewigkeit gekostet, sie zu befestigen. Beim ersten Versuch löste sich mein Knoten, und noch bevor ich mich richtig hineinsetzte, krachte ich unsanft auf den Boden. Beim zweiten Versuch war der Knoten zwar fest genug, aber die Matte hing zu tief, sodass mein Hintern auf dem Bogen kratzte, als sie im Takt hin und her pendelte. Der dritte Anlauf gelang mir schließlich, doch auch wenn ich stolz darauf war, diesen kleinen Kampf gewonnen zu haben, wollte ich dort auf keinen Fall schlafen. Die Hängematte bestand nur aus dünnem Polyester und bot keinerlei Schutz, sondern brachte mich höchstens in eine bequeme Beißposition für jeden, der hier vorbeikam. Nein, keine Chance, dachte ich und schüttelte dabei energisch den Kopf. Somit blieb mir nur eine Möglichkeit übrig. Knarzend öffnete ich die Fahrertüre des Titan und das grelle Licht der Beleuchtung erhellte den Raum. Wehmütig schweifte mein Blick umher und begutachtete das während der Fahrt entstandene Chaos. Kleingeld lag neben den Pedalen auf dem Boden verstreut. Ein Ladekabel steckte im USB-Anschluss und war um die Gangschaltung gewickelt. Dreckige, ausgelatschte Wanderstiefel lagen im Fußraum der anderen Seite und der daran getrocknete Schlamm war auf dem Weg hierher abgeplatzt und tauchte die Fußmatte in dreckiges Beige. Zwischen dem Schmutz und vielen Glassplittern lagen ein kleines Glücksschweinchen und einige zusammengeknüllte Junkfood-Reste. Ich hob das Schweinchen auf und betrachtete es. Eines der Ohren war abgebrochen und es war mit Erde verschmiert. „Viel Glück hast du uns ja nicht gebracht", sagte ich und musste schmunzeln. Ich versenkte den Glücksbringer in meiner Tasche und wandte mich der Rückbank zu. Ich glaubte nicht wirklich an Glück und doch fühlte ich mich mit ihm etwas sicherer. Viel besser sah es im hinteren Bereich des Wageninneren nicht aus. Eine alte Armeejacke und ein altes Handtuch lagen zerknüllt am Boden. Darum herum einige Kabel

und jede Menge Dreck der letzten Campingausflüge. Ich krabbelte auf den Fahrersitz, schloss die Tür und legte die Jacke
als Decke über mich. Mit den Schuhen kehrte ich etwas Glas
und Überreste des Angreifers vom Sitz, der mit seinem Kopf
durch das Fenster gerannt war. Mich schüttelte es vor Ekel,
als ein Fetzen Fleisch am Stiefel kleben blieb, der am Boden
lag. Das Licht im Inneren erlosch und der Schein des Feuers
flackerte über den Stoffhimmel des Wagens. Ich verriegelte
das Fahrzeug und fuhr den Sitz ganz nach hinten, um so viel
Beinfreiheit wie möglich zu bekommen, doch wirklich bequem
war das nicht. Den Stock mit dem spitzen Ende zum zerbrochenen Seitenfenster gewandt, versuchte ich eine bequeme
Position zu finden und als langsam der Schein von draußen
verblasste, fielen mir die Augen zu. Mr. Keyels weit aufgerissener Mund biss knapp vor mir mit klappernden, blutver-
schmierten Zähnen in die Luft. Ich lag auf dem Rücken und er
hatte sich auf mich geworfen. Mit aller Kraft presste ich meine in sein Shirt gekrallten Fäuste gegen seinen Hals, um ihn
auf Abstand zu halten. Ich versuchte mich von ihm weg zu
winden, doch er war einfach zu schwer und seine wild nach
mir grabschenden Arme kratzen mir über Brunst und Gesicht.
Ich warf den Kopf nach hinten, um zu sehen, ob ich etwas zu
meiner Verteidigung greifen konnte, doch der Flur war leer.
Nur ein leerer Schirmständer in ungreifbarer Entfernung und
einige Jacken an der Garderobe über mir. Verzweifelt schrie
ich auf, als mir Mr. Keyels Hals zwischen den Händen hin-
durchglitt. Ich versuchte erneut ihn zu packen, doch es war zu
spät. Mit seinem gesamten Gewicht plumpste er auf mich und
verbiss sich tief in meine rechte Brust. Mein Schmerzensschrei
durchschnitt die Luft, als seine Zähne tief in mein Fleisch glitten und er ein großes Stück davon herausriss. Mit beiden Händen fuchtelte ich wild umher und fasste mir dann an meine
Wunde, um sie abzudrücken. Mit Mr. Keyels blutverschmier-
tem Gesichtsausdruck vor Augen, während er auf mir herumkaute, schreckte ich auf. Die Jacke, welche ich als Decke be-
nutzt hatte, lag zerknüllt am Boden. Es war kühl im Auto, doch

ich war schweißgebadet. Mein T-Shirt war nass und klebte unangenehm an meinem Rücken. Ich konnte förmlich spüren, wie es in meinem Schlafanzug dampfte, den ich seit dem gestrigen Morgen trug. Ich rückte mein Shirt zurecht und konnte einen Augenblick nicht fassen, was passiert war. Alles war so real. Ich blickte nach draußen, doch es war alles in ein unheimliches Schwarz getaucht. Das Feuer war mittlerweile ausgegangen und ein letztes kleines Glutnest glomm vor sich hin. Ich schnappte mir die Jacke, warf sie mir über und stieg aus dem Auto. Der Schreck des Traums steckte mir noch in den Knochen, während die Details langsam zu verschwimmen begannen. Was für ein Horror, dachte ich. Ich wünschte mir nichts sehnlicher, als jetzt ein bekanntes Gesicht vor mir zu sehen und mich zu unterhalten, doch ich war alleine. Ich dachte an Jack und Anika, wie sie nebeneinander am Feuer saßen und lachten, während sie gemeinsam ein Bier tranken. Ihr fröhliches Gemüt und das Strahlen in ihren Gesichtern, wenn sie sich nach einem langen Arbeitstag zum ersten Mal sahen. Doch das Einzige, was ich jetzt sah, war mein leerer Campingstuhl und ein paar alte Äste, die ich neben dem Steinkreis aufgeschichtet hatte. Ich ging am Stuhl vorbei, nahm einige Zweige in die Hand und begann, sie in kleine Stücke zu zerbrechen, bevor ich sie auf die mager zusammengekratzte Glut lag. Ich reckte meinen Kopf nach unten und blies in den kleinen, knochigen Haufen, bis die ersten orangen Flammen daraus hervorzüngelten. Hastig griff ich nach mehr Holz und schürte das Feuer wieder auf eine beachtliche Größe an. Ein Schauer überfuhr mich, als ich die erste Wärme der Flammen durch die Jacke hindurch spürte und sich das Camp erhellte. Der Mond war weit am Himmel und sein bläulicher Schein funkelte durch die Baumkronen. Der Wind raschelte leise, als er hindurchfuhr, und in der Ferne hörte ich eine Eule ihren bizarren Schrei in die Dunkelheit schallen. Es klang wie eine Art Morsecode und der in unregelmäßigen Abständen klingende Pfiff war kilometerweit zu hören. Es dauerte nicht lange, bis sich eine weitere Eule der Unterhaltung anschloss und wie ein Echo exakt dieselben Laute wiederholte, als wolle sie aufgeregt zustimmen. Während ich dem Schall durch die Täler lauschte, streckte ich die Finger Richtung Feuer aus, um mich wieder aufzuwärmen. Jetzt machte sich langsam Hunger bemerkbar und mein Magen stimmte dem mit lauten, gurgelnden Geräuschen zu. Ich schnappte mir einige der Proteinriegel und die Wasserflasche neben meinem Stuhl und ging wieder zurück ins Auto. Nachdem ich es mir erneut auf dem Fahrersitz gemütlich gemacht hatte, schlang ich hastig die nach Vanille schmeckenden Riegel hinunter. Meine Gedanken kreisten noch immer um Anika und Jack. Wo waren sie nur abgeblieben? Hoffentlich ging es ihnen gut und sie kamen bald hierher. Mit diesem letzten Gedanken schloss ich meine Augen.

Lautes Dröhnen riss mich aus dem Schlaf. Der Truck vibrierte und etwas Schnelles donnerte über mich hinweg. Ich schreckte vom Sitz auf und war sofort hellwach. Eine weitere Druckwelle zog über das Camp, gefolgt von lautem Donner. Hastig schlüpfte ich in meine Schuhe und die Armeejacke und sprang ins Freie. Es war gerade erst hell geworden und die Sonne versteckte sich noch hinter der Hügelkette im Osten. Der Himmel war in Rot und Lila getaucht, als ein weiteres Flugzeug über meinen Kopf flog. Es waren schnelle Militärflugzeuge, die im Tiefflug über die Gipfel der Bäume glitten. Der Lärm ihrer Turbinen war unfassbar laut und ließ alle anderen Geräusche verschwinden. Ich schaute nach oben, fasziniert und geschockt zugleich von ihrem Anblick. Sie flogen Richtung Norden und verschwanden augenblicklich hinter den Bäumen. Ich schloss die Jacke, schnappte mir meinen Speer und rannte ihnen hinterher. In der Hoffnung, zu sehen, wo sie hinwollten, rannte ich, so schnell ich konnte, durch das Unterholz. Leichte Lichtblitze schienen vor mir durch die Bäume, als ich den Rand des Plateaus erreichte. Ich krallte verzweifelt meine Finger in den Stock und blickte fassungslos in die Ferne. Meine Augen waren vor Schreck weit geöffnet und mein ganzer Körper verkrampfte sich. Gleißend helles Licht blitzte auf, als eine weitere Feuersäule in den Himmel stieg. Nur wenige Sekunden später zuckte ein lauter Knall durch die Luft, der mich wie ein Schlag ins Gesicht traf. Der gesamte Landstrich hinter den Hügeln war in helles Orange getaucht und erhellte die dunkle Morgenstimmung. Dicke Rauchschwaden stiegen empor, gefolgt von weiteren Einschlägen. Die Erschütterung war selbst hier noch im Boden zu spüren. Ich sank auf die Knie und betrachtete ungläubig die ersten Sonnenstrahlen, die sich in den sich zum Himmel streckenden Säulen abzeichneten. In diesem Moment wurde mir eines sehr deutlich bewusst. Niemand würde kommen. Ich war allein. Die Gegend, aus der ich gekommen war, wurde soeben von der Landkarte gebrannt. Meine Augen füllten sich mit Tränen, die im gleißenden Licht der Explosionen glitzerten. Die letzte Hoffnung, doch noch auf die anderen zu stoßen, war augenblicklich zerstört. Einige Stunden später kniete ich an der Feuerstelle und kratzte etwas Glut auf die Seite. Die Flammen der darüber gekreuzten Äste versengten mir die Haare auf dem Handrücken. Schnell zuckte ich mit der Hand zurück und rieb mir die schwarzen Reste von der Haut. Ich stellte einen alten, verbeulten Topf auf die von mir vorbereitete Stelle und leerte eine Dose mit Bohnen und Speck hinein, die ich in einer der Kisten auf dem Truck gefunden hatte. Mein Magen knurrte bedrohlich unter meinem Shirt, als ich mit einem Stock im Topf rührte. Es war mühselig gewesen, die Dose ohne einen Öffner zu knacken. Ich musste mit meinem Messer ein Loch in das Blech hacken, doch das Ergebnis sprach für sich, als mir der Duft des Essens in die Nase stieg. Als es zu köcheln begann, leerte ich mir den gesamten Inhalt in eine durchgeschnittene Plastikflasche und schlürfte die Bohnensuppe daraus. Jack war wohl mit seinen Vorbereitungen fürs Campen noch nicht fertig gewesen, denn es war nirgendwo Geschirr oder ähnliches zu finden. Nur ein mit Ruß bedeckter Topf und mein Einfallsreichtum verhalfen mir zum Essen. Ich lehnte mich in meinem Stuhl zurück und hob die Füße näher ans Feuer. Ich hatte mir Jacks alte Wanderstiefel angezogen, da meine ausgelatschten und löchrigen Lacoste-Schuhe nicht für den Wald geeignet waren. Glücklicherweise hatte Jack dieselbe Schuhgröße wie ich, auch wenn mein Fuß übermäßig viel Platz hatte. Das war eben der Nachteil, wenn man so ein Gerippe ist wie ich, dachte ich spottend über mich selbst. Den gesamten Vormittag hatte ich damit verbracht, alles, was ich bei mir hatte, genau unter die Lupe zu nehmen. Ich stellte Jacks gesamte Ausrüstung auf den Kopf, um zu sehen, was ich davon gebrauchen konnte. Ich hatte zwar genug zu essen für die nächsten Tage, doch nur noch 2 Flaschen Wasser und eine Dose mit Monster Energy zu trinken.

Bier gab es im Überfluss, doch das kam für mich nicht in Frage. Ich lehnte Alkohol ab. Nicht nur wegen des herben Geschmacks von Bier. Zu sehr wusste ich, was Alkohol aus Menschen machen kann. Lange genug jobbte ich nebenbei als Barkeeper, immer darauf bedacht, den größtmöglichen Gewinn zu machen, indem ich mein Gegenüber mit Schnaps und Bier vollpumpte. Unser Motto lautete meist: Kannst du laufen, kannst du saufen. Mit diesem Leitspruch füllten meine Kollegen und ich Abend für Abend die immer wiederkehrende Stammkundschaft ab, keinen Gedanken daran verschwendend, welche Unsummen sie sich hinter die Binde gossen. Wir zogen jedem Gast mit Trinkspielchen und guter Laune den letzten Cent aus der Tasche, bis sie am Ende laut lallend und taumelnd aus unserer Bar stolperten. Das war meist ein sehr lustiger Anblick für uns, denn wir Barkeeper hatten genug Tricks auf Lager, um trotz der vielen Schnäpse, die wir auf deren Rechnung mittranken, nüchtern zu bleiben. Der Name Bar leitet sich von dem Wort Barriere ab und stammt noch aus der Zeit, in dem man sich mit einem Revolver am Gürtel in den Krämerladen aufmachte, um sich zu betrinken. Lange bevor es die ersten Saloons gab. Dank dieser Barriere, die der Tresen bildete, war auch der Arbeitsbereich der Barkeeper gut verdeckt und nicht einsehbar und schon gar nicht, wenn man auf den meist viel zu tiefen Barhockern saß. Dahinter waren viele Schnapsgläser aufgereiht und fertig befüllt. Jedoch nicht mit Schnaps, sondern mit einem gleichfarbigen, alkoholfreien Getränk. Für klare Spirituosen, wie zum Beispiel Wodka oder weißen Tequila, war Wasser darin eingefüllt und für dunklere Drinks, wie Whiskey oder Rum, hatten wir Eistee in die Shotgläser gegossen. Gut versteckt warteten sie unter der Anrichte auf ihren Einsatz. Wenn ein Gast eine Runde Shots bestellte, zu der er die Barkeeper meist einlud, um zu zeigen, wie großzügig er doch war, reihten wir die Gläser des Bestellers auf dem Tresen auf und unseres auf der tieferen Ablage. Nachdem wir die Runde aufgefüllt hatten, tauchten wir die Flasche kopfüber in unser vorbereitetes Glas, hielten dabei aber den

Lufteinlas des Ausgusses unbemerkt zu, damit ja kein Tropfen des Hochprozentigen herauskam. Mit Schwung und einem breiten Lächeln streckten wir das Glas in die Runde, um unter lautem Gegröle mit anzustoßen. Dabei ist es wichtig, seine Miene streng zu verziehen, als würde sich der süße Eistee wie Feuer die Kehle hinunterbrennen. Jeder Gast ist in Versuchung den Barkeeper abzufüllen. Nicht nur um seinen Promillewert, sondern auch die damit zusammenhängende Anzahl an Freigetränken zu erhöhen. Als dies aber meist am Ende des Abends nicht klappte und unser laut schallender Freund vom Hocker rutschte, brachten sie alle denselben Satz. „Isch würde ausch mehr vertragn, wennisch jeden Tag inderarbeit saufm könne", lallten sie auf dem Weg nach draußen, niedergeschlagen über den fehlgeschlagenen Versuch, uns abzufüllen, aber doch glücklich. Mit einem breiten Grinsen verabschiedeten wir sie, während wir im Kopf schon das bombastische Trinkgeld ausrechneten, welches wir mit dieser Trickserei gemacht hatten. Schließlich wurde die Kasse nach Bestand abgerechnet und nicht nach Bonierung. Das ermöglichte es uns, aus einer Flasche Lipton Eistee und etwas Leitungswasser einen enormen Gewinn zu schlagen. Wie sehr wünschte ich mir, die Zeit zurückdrehen zu können und noch einmal mit den Taschen voller Trinkgeld in meine sichere Wohnung zurückzugehen, um in der Morgendämmerung müde und erschöpft ins Bett zu fallen. Es war eine sehr anstrengende Zeit. Jeden Tag bis zu zwölf Stunden arbeiten, immer im stressigem Laufschritt von Gast zu Gast hetzend, bei laut schallender Musik im Hintergrund, und doch dachte ich voller Wehmut daran zurück. Es war die schönste Zeit meines Lebens. Jetzt, den Blick auf meinen Schoß gerichtet, kratzte ich den letzten Rest der Bohnen in meinem selbstgebastelten Becher zusammen und leerte ihn mit Schwung in meinen Mund. Diese Zeit war lange vorbei. Jetzt saß ich hier, alleine und völlig abgeschnitten von allem. Ich stützte mich auf meinen Speer und schwang mich aus dem Stuhl. An diesem Tag war ich schon einige Male am Rand des Camps gewesen, doch ich hatte keine große Hoffnung, etwas Neues zu erblicken. Schon von Weitem konnte ich die aufsteigenden Rauchschwaden erkennen. Sie waren jetzt viel kleiner als zu Anfang und hatten sich von einem dunklen Schwarz zu einem weißen Schleier gewandelt. Stundenlang konnte man die Flammen wüten sehen, nachdem die Flugzeuge durch die Luft schossen. Jetzt war es fast friedlich, wenn man die Gegend betrachtete und sich die letzten Rauchschwaden als Nebel vorstellte. Die Sonne brannte auf mich nieder und ließ den Schweiß auf meinen Armen schimmern. Ich setzte mich an die Kante des Abhangs, ließ die Füße baumeln und öffnete meine letzte Flasche Wasser. Oh Mann, jetzt hätte ich gerne einen Kaffee und eine Zigarette. Seit ich mit Anika auf der Terrasse saß, hatte ich nicht mehr geraucht, und die Sucht nach Nikotin ließ mich nervös zappeln. Ich hatte noch immer keine Idee, wie ich weiter vorgehen sollte, und wusste nur, dass mir bald etwas einfallen musste. Mit der spärlichen Ausrüstung halte ich keine zwei Tage mehr durch und schon gar nicht bei dieser Hitze. Es war erst Ende Mai und es wurde schon jetzt unerträglich heiß am Tag. Ich muss in die Stadt und Hilfe suchen, redete ich mir den ganzen Tag über ein. Irgendwo ist bestimmt eine Anlaufstelle oder ein Krisenzentrum, an das man sich wenden kann. Noch während mir diese Gedanken durch den Kopf schossen, kramte ich mein Telefon aus der Hosentasche und entsperrte es. Eine große, rote Batterie auf dem Display gab mir unmissverständlich zu verstehen, dass sich der Akku fast vollständig entleert hatte. Als ich die Anzeige wegdrückte, tauchte wieder in großen, digitalen Zahlen die Uhrzeit auf. Es war kurz nach zwei und auch jetzt hatte ich keinerlei Empfang damit. Gebannt starrte ich auf die Stelle, an der normalerweise vier Balken und ein 4G prangte, als das Display erlosch. Na super, das verdammte Telefon war meine einzige Hoffnung gewesen, mit Anika und Jack in Kontakt zu treten. Sofort kreisten wieder die Gedanken über ihren Verbleib in meinem Kopf, als ich mich aufrappelte. Ich trank den letzten Schluck Wasser aus und stapfte zurück durch den Farn ins Camp. Ich kann hier auf keinen Fall bleiben. Doch was sollte ich machen? Mit dem Titan erneut die schmale Schotterpiste hinunterfahren? Zumal er gestern sehr in Mitleidenschaft genommen wurde und sich schon mit letzter Kraft hier heraufquälen musste. Nein, das würde ich nicht noch einmal mitmachen, unter keinen Umständen. Immerhin war dort die einzige Ausrüstung verstaut, die ich hatte, und wenn der Truck unterwegs den Geist aufgab, bekäme ich das Zeug nie wieder hier herauf auf den Berg. Ich schnappte mir den Beutel, aus dem ich gestern die Hängematte gezogen hatte, und stopfte alles, was ich für nützlich empfand, hinein. Die letzte Dose Monster Energy, die Armeejacke und zwei leere Wasserflaschen. Das große Armeemesser, mit dem ich die Konservendose malträtiert hatte, heftete ich mit der Kunststoffscheide an den Bund meiner Jogginghose, schwang den Beutel über die Schulter und stapfte Richtung Straße davon. Der Speer, den ich wie einen Wanderstock neben mir hin und her schwang, klapperte eifrig auf dem harten Weg. Ich bog nach links um die erste Kurve und stand wieder an dem Fleck, an dem ich fast meinen Truck vom Abhang manövriert hatte. Während des Abstiegs durch die steilen Serpentinen schweifte mein Blick immer wieder über die jetzt so ruhig wirkende Landschaft. Auch die letzten Rauchschwaden hatten sich gelegt, und die Hektik und das Chaos vom Vortag waren verstummt. Der Abstieg zog sich eine halbe Ewigkeit hin und ohne Wasser in der prallen Sonne war ich jetzt schon sehr erschöpft. Leichte Kopfschmerzen machten sich bemerkbar und ich schwitzte kaum noch. Am Fuße des Berges angekommen, bückte ich mich durch die Sträucher am Ende des Wegs und ging auf der Straße, von wo ich gekommen war. Wie auf einem Schwebebalken balancierte ich auf dem gelben Seitenstreifen der Fahrbahn, hoch konzentriert, um nicht danebenzutreten. Ich habe das als Kind schon immer gerne gemacht und diese Begeisterung, auf dem Randstein zu schlendern oder die Fugen von gepflasterten Wegen zu überspringen, ist bis heute geblieben. So verging für mich die Zeit etwas schneller und ich konnte mich mit diesem kindlichen Spielchen etwas ablenken. Kein einziges Auto kam mir unter, als ich die schattige Straße durch das Tal lief. Nach einiger Zeit tauchte vor mir eine alte Baracke auf, die im Laufe der Jahre sehr verwittert war. Sie war in der typisch amerikanischen Fertigbauweise gefertigt, mit Plastikbrettern und Dachpappe zusammengeschustert. Die Farbe an den Wänden und auf dem Geländer der Veranda war an vielen Stellen abgeblättert und die darauf stehenden Schaukelstühle waren ausgeblichen. Hier war offenbar schon länger niemand mehr gewesen. Allerlei Schrott hatte sich um das Haus angesammelt und verschandelte das unter anderen Umständen sehr schöne Anwesen. Auch wenn wenig Hoffnung bestand, jemanden anzutreffen, ging ich die schmale Einfahrt zum Haus hinauf. Die alten, staubigen Dielen knarzten unter meinen Füßen, als ich die Stufen zur Haustüre erklomm. Ich versuchte, einen Blick durch eines der Fenster zu werfen, doch im Inneren war alles dunkel, und ich konnte durch die verdreckten Fenster nichts erkennen. „Hallo ... ", rief ich laut und klopfte durch das zerrissene Fliegengitter an die Türe. „Hallo ... ist jemand zuhause?", rief ich in einem höheren Tonfall. Doch niemand antwortete. Ich zog das Gitter auf und versuchte die Türe zu öffnen. Abgeschlossen. „Hallo, ich ... ich brauche Hilfe ... bitte ...", rief ich erneut und klopfte weiter auf die Türe ein. Nichts, das Haus war verlassen und leer. Etwas enttäuscht, aber nicht allzu überrascht, machte ich ein paar Schritte rückwärts, damit ich in die oberen Fenster blicken konnte, doch außer noch mehr Dreck war nichts zu erkennen. Ich drehte mich um und machte mich wieder auf zur Straße. Mein Blick wanderte im verwahrlosten Garten umher, in dem das hohe Gras wild um das Gerümpel wuchs. Alte Fernsehantennen, Propangasflaschen und ein verrosteter Rasenmäher schimmerten in der Sonne aus dem Dickicht. Nein, hier war seit einer Ewigkeit keiner mehr gewesen. Irgendwo muss doch jemand sein, der mir helfen kann, dachte ich und tänzelte jetzt mit etwas weniger Begeisterung erneut auf der gelben Seitenlinie. Mein Puls raste und meine Atmung wurde schwerer, als ich fast eine Stunde später angestrengt eine Anhöhe hinauf wanderte. Ich wusste, wo ich war. Nach

dieser Anhöhe, in ein paar hundert Metern, würde die Tankstelle wieder in Sicht kommen und gleich daneben die Interstate 81. Seit bestimmt mehr als vier Stunden war ich nun
schon unterwegs und niemand hatte meinen Weg gekreuzt.
Meine Kehle brannte vor Durst und mein ausgetrockneter
Mund klebte unangenehm zusammen. Ich war starker Raucher und vernichtete knapp eine Schachtel am Tag, wohl wissend, wie ungesund das war. Doch ich hatte auf alles eine schein-
bar schlaue Antwort. „Wer will schon ewig leben?",
antwortete ich immer mit einem breiten Grinsen, wenn mich
jemand nach meinem Laster fragte. In diesem Moment ver-
fluchte ich mich selbst dafür, meine Lungen mit diesem Gift
vollgepumpt zu haben. Früher war ich ein ausgezeichneter
Sportler gewesen. Ich war lange Zeit ein Biathlet gewesen.
Sportliche Feiglinge, nannten wir uns spaßeshalber selbst im
Verein, da wir zuerst schießen und dann weglaufen. Heute,
gute zwölf Jahre nach meiner letzten sportlichen Betätigung,
füllte sich nach etwas Bewegung die Lunge mit Feuer und ich
war sofort außer Atem. In diesem Moment wünschte ich mir
nichts sehnlicher, als mich in den Schatten zu setzen und bei
einer eiskalten Dose Red Bull eine Zigarette zu genießen. Alleine beim Gedanken daran fing ich an, mit meinem trockenen Mund zu schmatzen. Schwer auf meinen Stock gestützt
hielt ich am Ende der Anhöhe an, als die Tankstelle in Sicht
kam. Ich musste einen kurzen Moment verschnaufen, also ließ
ich den Speer unter lautem Klappern auf die Straße fallen und
stützte meine Hände auf die Knie. Ich versuchte, wieder zu
Atem zu kommen und lauschte angestrengt der Umgebung.
Nichts, nur ein paar wenige Vögel zwitscherten fröhlich ihren
Gesang, und im hohen, von der Sonne gelb gebrannten Gras
zirpten Grillen im Takt. Sonst war es totenstill. Keine Autos,
die auf der Interstate vorbeirasten, keine Menschen, die sich
unterhielten, und kein Baulärm auf den umliegenden Höfen
einiger Firmen. Ein Schauer lief mir über den Rücken, als ich
diese unwirkliche Kulisse betrachtete. Ich schnappte mir den
Speer vom Boden, rappelte mich auf und ging hinüber zur

Tankstelle. Die Straße machte einen weiten Bogen nach rechts, um dann in eine Kreuzung zu münden. Um die Strecke abzukürzen, kletterte ich über die Leitplanke und schlenderte durch das hüfthohe Gras. Gräserpollen schwebten wie eine Bugwelle vor mir her, als ich eine tiefe Schneise in das Feld trampelte. Am anderen Ende angekommen, stand ich unmittelbar vor der Ausfahrt der Zapfsäulen, auf denen in großen, roten Buchstaben das Firmenlogo prangte. Einige Autos standen mit offenen Türen daneben. In einem steckte sogar noch der Tankstutzen. Der kräftige Wind vom Vortag hatte den Müll einer umgestoßenen Abfalltonne über den Platz geweht. Der Schatten des riesigen Vordachs teilte einige Ölflecken entzwei und ließ sie wie ein Ying-und-Yang-Symbol auf dem Boden schimmern. Ich blickte mich reflexartig um, bevor ich die Straße überquerte. Auch wenn sich definitiv kein Auto nähern würde, so hatte man uns doch schon als Kinder darauf getrimmt, immer nach links und rechts zu sehen, wenn man eine Straße überqueren wollte. Mit prüfendem Blick sah ich mich weiter um, als ich auf den Eingang in das Geschäft zuging. Es war alles wüst und leer. Eine leichte Brise ließ eine Zeitung vor mir auf dem Boden tanzen. Auf der Titelseite stand in großen Buchstaben der Name Washington Post und darunter ein ähnliches Bild, welches ich vor zwei Tagen flüchtig in den Nachrichten gesehen hatte. Ein Mann in einem gelben Anzug, der einen kleinen Koffer aus einem Gebäude trug. Vor ihm eine Polizeiabsperrung und jede Menge Polizisten, die eifrig damit beschäftigt waren, die neugierige Presse auf Abstand zu halten. Mehr konnte ich nicht mehr erkennen, als der Wind das Papier weiter über den gepflasterten Hof wehte, bis es sich an einer auf dem Boden liegenden Damenhandtasche verfing. Der Inhalt war herausgefallen, so als hätte man sie im Laufen fallen lassen, und erstreckte sich einige Meter bis zu einem auf dem Boden liegendem Motorrad. Es war leider kein Schlüssel im Zündschloss und auch bei den Autos konnte ich keinen finden. Ich richtete meinen Blick wieder zum Eingang, mit einer Hand den Stock fest umklammernd und die andere in der Hosentasche. Nervös kratzte ich an dem sich darin befindenden Glücksbringer, den ich am gestrigen Abend darin versenkt hatte. Kleine Gummistückchen verfingen sich unter meinen Nägeln, während ich den dunklen, unbeleuchteten Innenraum der Tankstelle musterte. Der Strom war weg und es war kaum etwas zu erkennen. Zerbrochenes Glas knirschte unter meinen Stiefeln, als ich um die Hausecke ging. Die automatischen Türen funktionierten nicht mehr, doch von hier aus konnte ich einen genaueren Blick durch ein zerborstenes Fenster werfen. Viele der Lebensmittel waren auf dem Boden verteilt, so als wäre hier ein gewaltiger Andrang gewesen. „Hallo?", rief ich durch das Loch der Scheibe. „Hallo, ist hier jemand?" Doch es war keine Menschenseele hier. Ich schob meinen Stock durch das Fenster und stützte mich fest auf ihn, als ich hindurchkrabbelte, um mich nicht am Glas zu schneiden, welches noch vereinzelt in der Fensterdichtung hing. Ich machte einen kleinen Sprung und landete laut klirrend mit beiden Beinen im Inneren. Es dauerte eine Weile, bis sich meine Augen an das schattige Innere gewöhnten. Ich kniff die Augen zusammen und ging vorsichtig an den Regalen vorbei, jeden einzelnen Gang genau musternd. Ich hatte so unfassbaren Durst, dass ich für einen Augenblick jegliche Bedenken fallen ließ, als ich die halb gefüllten Kühlschränke am Ende des Raumes erblickte. Schwer atmend stürmte ich über alle möglichen Chipstüten, Regalschienen und Glasscherben hinweg, um endlich etwas trinken zu können. Ich griff mir beherzt mit jeder Hand ein Gatorade, öffnete mit dem Mund den Verschluss und stürzte den Inhalt in einem Zug herunter. Dieses Gefühl war unbeschreiblich, als sich mein ausgedörrter Mund mit der noch kühlen, blauen Flüssigkeit füllte. In aller Hast leerte ich einiges daneben, was sich langsam über meinen Hals hinunter zum Shirt als blauer Fleck ergoss. Als die erste Flasche leer war, ließ ich sie mit lautem klappern auf den Boden fallen und griff hastig nach einer neuen. Ich ließ meinen Blick nun etwas konzentrierter durch den Laden schweifen. Es sah aus, als hätte eine Bombe eingeschlagen. Die meisten Regale waren leergeräumt oder umgefallen. Der restliche Warenbestand lag zerbrochen und zertrampelt überall verstreut. Jede Menge Glassplitter von zerbrochenen Flaschen klebten in Pfützen aus Cola, Bier und Saft fest. Es knirschte und schmatzte unter meinen Schuhen, als ich langsam, noch immer eine Flasche Gatorade am Mund, die schmalen Gänge entlangging. Ich schlenderte an einem langen Tresen vorbei zum Eingang. Hinter dem Tresen war eine spärliche Küche eingerichtet, in der ein Franchiseunternehmen Fastfood an die hungrigen Reisenden verkaufte. Die Pommes waren noch immer in der Fritteuse und zu schwarzen, knochigen Zweigen zusammengeschrumpft. Gleich daneben befand sich hinter einer kleinen Schutzscheibe aus Plexiglas der Grill. Kleine verkohlte Fleischbriketts lagen darauf und die Abzugshaube war voller Ruß. Offenbar musste der Strom ausgefallen sein, bevor hier alles in Flammen aufgehen konnte. Ich reckte meinen Hals, um den Boden hinter dem Tresen zu sehen. Dutzende Servietten und Strohalme waren runtergeworfen und hektisch überrannt. Hier muss die Hölle losgewesen sein, dachte ich mir und freute mich heimlich, die Nacht über in Sicherheit gewesen zu sein. Die Sonne schien durch die defekte Schiebetüre und tauchte den Kassenbereich in grelles Licht. Ich ging um die Registrierkasse herum und strahlte vor Freude. „Da seid ihr ja, meine Lieblinge", sagte ich, strahlend wie ein kleines Kind unter dem Weihnachtsbaum. Ich öffnete meinen Beutel, der noch immer um meine Schulter hing und leerte den Inhalt heraus. Die leeren Flaschen brauchte ich nicht mehr und die Jacke zog ich mir rasch über. Hastig stopfte ich eine Stange Marlboro hinein und sah mich um. Was brauche ich noch, fragte ich mich. Langsam trat ich wieder hervor und ging schon fast fröhlich in die Mitte des Verkaufsraums. Es kam schließlich nicht jeden Tag vor, dass man sich nehmen konnte, was auch immer man wollte. Also ließ ich meinen Beutel und Stecken mit einer übertriebenen Handbewegung zu Boden fallen und atmete tief ein. Mit einem beherzten Griff schnappte ich mir einen großen Rucksack, der auf einem Warentisch vor mir lag und schritt den

Gang entlang. Die Sonne stand schon tief, als ich meinen Stock durch das zerbrochene Fenster streckte. Mit einem langen Schritt stieg ich auf den Fensterrahmen und hievte mich und das schwere Gepäck durch die Öffnung. Als ich mich nach vorne beugte, um das Gleichgewicht zu halten, hätte mich der riesige Rucksack fast zu Boden gerissen. Ich hatte alles eingepackt, was ich gebrauchen konnte. Getränke, Trockenfleisch, ja sogar Essbesteck hatte ich gefunden. Natürlich viele Konserven, zwei Stangen Marlboro und eine Handvoll Feuerzeuge. Es wirkte schon irgendwie ironisch, dass ich auf einem Twizzler herumkauend wieder Richtung Camp lief, mit einem breiten Grinsen im Gesicht und einem leichten Anflug von Heiterkeit. Doch das war der einzige Platz, an dem ich bleiben konnte. Wenn ich zu Fuß versuchen würde, weiter zur Stadt zu laufen, würde mich die Dunkelheit einholen. Darauf hatte ich keine Lust und schon gar nicht in einer Gegend, in der ich mich nicht auskannte. Also legte ich einen Zahn zu und ging schnellen Schrittes mit meiner Beute die Straße zurück, von der ich gekommen war. Ich war noch nicht sehr weit gekommen, als es dämmerte. Die Schatten der Bäume verblassten langsam auf dem Asphalt und hüllten die Umgebung in dunkles Blau. Der Schein der Abenddämmerung ließ mich gerade noch so den Fahrbahnrand erkennen, auf dem ich entlangeilte. Ich hätte genauso gut mitten auf der Straße laufen können, denn ich rechnete nicht gerade mit Verkehr. Doch meine inneren Schutzinstinkte lenkten mich automatisch auf die Seitenlinie, damit ich nicht überfahren würde. Mittlerweile hatte sich mein schneller Schritt zu einem mäßigen Joggen verwandelt, und mein prall gefüllter Rucksack sprang wild auf und ab. Ich hatte mich ohne eine Uhr wohl sehr in der Zeit geirrt. Es war kaum mehr etwas zu erkennen und die ersten Sterne zeichneten sich in den Nachthimmel. Nur eine leicht schimmernde, gelbe Linie, der ich vor Anstrengung schnaufend folgte. Ich musste bald an der Einfahrt zum Camp sein, dachte ich mir. Ich verlangsamte meine Schritte und zückte eines der Feuerzeuge. Leider hatte ich nicht an eine verdammte Ta-

schenlampe gedacht, als ich in der Tankstelle war. Dort lagen
mit Sicherheit welche herum, aber ich Depp nehme keine mit,
schimpfte ich mich in Gedanken selbst. Ich drehte ein paar
Mal das Reibrad, bis sich eine kleine Flamme daraus empor-
züngelte, die sogleich vom Wind verweht wurde. „So eine …
Scheiße", wollte ich sagen, doch das letzte Wort beendete ich
nicht. Immer wieder versuchte ich, mit dem kleinen BIC-Feuerzeug in die Böschung rechts von mir zu leuchten, doch der
Wind machte mir dabei einen Strich durch die Rechnung. Wann
kommt endlich diese Einfahrt? Sie kann doch nicht mehr so
weit weg sein, dachte ich, während ich die gemachten Schritte im Kopf überschlug. War ich etwa schon vorbei? Es wurde
langsam kalt und ich zog den Reißverschluss der Armeejacke
zu. Das viel zu große Shirt lugte wie ein Rock darunter hervor. Was sollte ich tun, fragte ich mich. Sollte ich weitergehen
und versuchen, die Böschung abzusuchen, oder sollte ich um-
kehren? Nein, die Einfahrt musste hier irgendwo sein. Ich ging
um eine weitere Linkskurve, auf die der hinter dem Berghang
aufsteigende Mond sein erstes Licht warf. Die jetzt ausgeleuchtete Straße mündete in ein offenes Feld und führte weg vom
Berg. Es war ein wunderschöner Anblick, den ich durch meinen Ärger über die zu weit gelaufene Strecke nicht wirklich
wahrnehmen konnte. Enttäuscht, erschöpft und völlig orientierungslos ließ ich meinen Blick über das Feld schweifen. Das
Getreide sprießte schon hüfthoch und der Tau glitzerte im
Mondlicht. Weiter hinter dem Feld stand an einer Baumreihe
eine alte Scheune. Nichts als Felder und Bäume. Ich rückte
meinen Rucksack zurecht. Die Halme raschelten leise, als ich
in das Feld trat. Der Geruch von kaltem, feuchtem Gras stieg
mir in die Nase, als ich mich mit letzter Kraft zur Scheune
schleppte. Alleine der Gedanke an den steilen Aufstieg ins
Camp zog mir den Magen zusammen. Noch dazu war nicht
einmal gesagt, dass ich die Einfahrt finden würde, wenn ich
die Straße zurück liefe. Der jetzt voll am Himmel stehende
Mond warf einen langen Schatten hinter mich, als ich mich
dem alten Heuschuppen näherte. Er wirkte wie aus einem

Kindermalbuch, nur verlieh ihm die Nacht ein unheimliches Aussehen. Die rote Farbe war an vielen Stellen aufgeplatzt und das blanke Holz schien silbrig darunter hervor. Das am Rand entlang wachsende Gras umschloss einige Bretter, Eimer und ein hölzernes Wagenrad. Das riesige, morsche Tor hatte zwei kopfgroße Löcher, durch die es mit einer Eisenkette verschlossen war. Ich stellte mich davor und rüttelte kräftig daran. Die Balken knarzten bedrohlich und mit schrillem Klimpern sauste die Kette zu Boden. Eine dicke Kette, aber kein Schloss daran, das macht Sinn, dachte ich sarkastisch. Ich öffnete einen Flügel und streckte meinen Kopf in das Innere. Es war nichts zu sehen. Nur ein kleiner Fleck auf dem Boden wurde durch ein gigantisches Loch im Dach beleuchtet. In diesem schwachen Schein erkannte ich nicht sehr viel. Einige alte Werkzeuge und eine Schubkarre waren an die Wand gelehnt. Auf dem gesamten Boden lag altes, zertretenes Stroh herum und in einer Ecke befand sich noch ein kleiner Haufen Heu in einer Art Pferdebox. Doch es war schon lange niemand mehr hier gewesen. Alles war staubig und die Luft war dick. Lange, vom Staub eingefärbte Spinnenweben waren überall. Ich schob mich hindurch und zog mir erschöpft den Riemen des Rucksacks von der Schulter. Ein kalter Schauer lief mir über die schweißnasse Druckstelle am Rücken. Ich musterte das Wirrwarr an getrocknetem Gras und trat ein paar Mal mit meinem Fuß dagegen, um den Untergrund zu prüfen. Es staubte heftig, doch es befand sich sonst nichts darin. Ich warf meinen Rucksack darauf und setzte mich daneben. Meine Beine schmerzten und fühlten sich ohne das zusätzliche Gewicht des Rucksacks sehr leicht an. Kurz tastete ich mit der Hand den Boden hinter mir ab, um sicher zu gehen, dass auch wirklich nichts unter dem Heu lag. Es war kratzig und pikste mir in die Finger, doch es war ein Schlafplatz. Es war nicht das erste Mal, dass ich in einer Scheune übernachtete. Als Kinder hatten wir das oft beim benachbarten Bauernhof gemacht, wenn auch nicht immer mit seiner Zustimmung. Auch als wir etwas älter waren und auf dem Weg von der Dorfdiskothek nach Hause waren, kam eine Scheune sehr gelegen. Falls man zu betrunken zum Laufen war, bot sie einem stets eine gemütliche Unterkunft, bis man wieder nüchtern genug war, um die Heimreise fortzusetzen. Ja, ich hatte nicht immer eine Abneigung gegen Alkohol. Mit sechzehn haben wir uns Dank der lockeren Gesetze, was den Konsum von Bier und Wein betrifft, gerne völlig abgeschossen. Erst als ich achtzehn wurde und meinen Führerschein bekam, hörte ich strikt damit auf. Nur allzu gern spielte ich für meine betrunkenen Freunde am Wochenende das Taxi. So hatte ich viel Gelegenheit, mit meinem selbstaufgemotztem Auto anzugeben. Jetzt in diesem Moment wünschte ich mir nichts sehnlicher als ein Auto, mit dem ich zurück in das Camp fahren konnte. Oder besser noch, nach Hause in mein warmes Bett. Mit dem Laptop auf dem Schoß und meiner Pipe in der Hand, gemütlich darauf herumlümmeln. Doch ich konnte mir kaum vorstellen, wie es jetzt dort aussehen sollte. Hatten die Flieger auch das Haus meiner Familie getroffen? Oder machte ich mir die ganze Zeit sinnlos Sorgen, während Anika und Jack mit den Hunden spielend auf dem Sofa saßen und sich etwas im Fernsehen ansahen? Wieder fingen all diese Fragen an, in meinem Kopf herumzuschwirren, und ließen mich nicht zur Ruhe kommen. Wieder wurde mir bewusst, dass ich hier ganz alleine und auf mich selbst gestellt war. Ich raffte etwas Stroh zusammen und schob es an die Wand. Mit überkreuzten Beinen lehnte ich mich zurück und saß jetzt so wie die letzten Wochen oft in meinem Zimmer. Anstelle des Laptops hatte ich den Rucksack auf dem Schoß, aus dem ich ein paar Sachen kramte. Ich öffnete eine Dose Red Bull, zog eine Zigarette aus einer halb aufgebrauchten Schachtel und steckte sie mir in den Mund. Mit kleinen Funken entzündete sich eine Flamme aus dem BIC-Feuerzeug und ließ den Tabak leise knistern. Ich inhalierte tief, nahm einen großen Schluck Red Bull und atmete beim Schlucken durch die Nase aus. Die Zigarette in den Mundwinkel geklemmt, suchte ich im Rucksack nach dem Trockenfleisch, das ich jetzt dringend brauchte. Ich hatte seit einer halben Ewigkeit nichts mehr gegessen. Ich zog eine der Packungen heraus, stellte die Dose auf dem Boden ab und riss das Plastik auf. Der süße Geruch von Teriyaki Beef stieg mir in die Nase und ließ mir das Wasser im Mund zusammenlaufen. Mit einer Hand die Zigarette und die Dose haltend, stopfte ich mir mit der anderen hastig etwas in den Mund. Heftig kauend lehnte ich mich zurück und überlegte, wie ich morgen weiter vorgehen würde.

TAG 3

Die Kälte hatte mich an diesem Tag geweckt. Die Sonne war noch nicht aufgegangen, doch Licht fiel vom Dach herein und erhellte den Raum ein wenig. Offenbar hatte die Dämmerung bereits eingesetzt. Verschlafen rieb ich mir meine steifen Gelenke und stopfte meine Sachen in den Rucksack. Vor Kälte zitternd und müde von der unbequemen Nacht verließ ich die Scheune in der Richtung, aus der ich am Abend zuvor gekommen war. Für einen Kaffee würde ich jetzt töten, dachte ich und rieb mir die kalten und leicht zitternden Hände. Die Nacht davor im Truck war auch nicht besser gewesen, redete ich mir ein, um mich etwas aufzuheitern. Durch das kaputte Seitenfenster wurde es schnell kalt und der Lärm der Vögel schallte die ganze Nacht hinein. Noch dazu schreckte ich bei jedem kleinen Knacken und Rascheln im Unterholz auf, aus Angst, jemand hätte doch den Weg hinauf zu meinem Lager gefunden und wollte mich fressen. Doch im Camp hatte ich ein Feuer, an dem ich mich aufwärmen konnte. In der Scheune ging das nicht, und so machte ich mich wieder auf, durch das taunasse Feld. Das Gras raschelte unter meinen Füßen und meine Jogginghose klebte nass an meinen Beinen. Ich hatte am Abend lange überlegt, wohin ich gehen sollte. Mein Plan lenkte mich wieder die Straße zurück, auf die Suche nach dem Weg auf den Berg. Im Camp würde ich den Tag noch abwarten, ob nicht doch jemand auftaucht, auch wenn die Hoffnung darauf langsam verblasste. Die Sonne ging hinter den mit Kiefern bewaldeten Anhöhen auf und warf ihre ersten Strahlen auf die Bäume vor mir, als ich der Straße zurück in den Wald folgte. Wie weit war ich gestern vorbeigelaufen? Ohne ein Zeitgefühl und im Dunkeln der Nacht, war ich gefühlte Stunden unterwegs. Jetzt schritt ich lustlos fast mittig auf der Straße entlang. Auf das Spielchen mit der Seitenlinie hatte ich keine Lust mehr und auch die kleine Stimme im Kopf, die einen auf den

Straßenrand bewegen möchte, ignorierte ich bewusst. Sollen sie mich doch überfahren, dachte ich missmutig und schlecht gelaunt. Mir ist mittlerweile alles egal. Der Rucksack war kaum leichter geworden und heftete sich schnell wieder mit viel Schweiß an den Rücken. Fieberhaft hatte ich den ganzen Vormittag auf der linken Seite nach der versteckten Abzweigung gesucht, doch ich fand nichts als dichten, fast undurchdringlichen Wald. Nachdem die Sonne schon wieder sehr hoch stand und gnadenlos in die zuvor schattigen Schluchten und Täler brannte, hielt ich mitten auf der Fahrbahn inne. Mein Magen knurrte und meine Muskeln schmerzten bei jedem Schritt unter der schweren Last. Mittlerweile hatte ich die Orientierung völlig verloren und konnte von meinem Standort nicht mal mehr den Berg ausmachen, der nach dem vielen Auf und Ab durch die Täler nicht mehr auszumachen war. Ich ging an den Rand der Straße und ließ den schweren Rucksack fallen, als neben mir etwas zu hören war. Leises Rascheln, nein ... Plätschern ... war zu hören. War das ein Bach? Bin ich gestern auch an einem vorbeigekommen? Nicht auf dem Weg zur Tankstelle und auch nicht zur Scheune. Als ich ein paar Schritte weiterging, wurde das Rauschen des Wassers immer lauter, bis sich nach einer kleinen Biegung ein in der Sonne glitzerndes Band neben der Straße entlang züngelte. Nein, den hätte ich mit Sicherheit bemerkt. Kühle Luft wehte mir vom Bachbett entgegen. Er war gut drei Meter breit und hatte eine dünne Sandbank, auf der im Laufe der Zeit zahlreiche Felsbrocken frei gespült worden waren. Die Sonne erleuchtete die grauen Felsen und der Geruch von nassem Moos stieg mir in die Nase. Hier mache ich Rast, dachte ich und kletterte über einen umgefallenen Baumstamm die steile Böschung hinab. Vorsichtig sprang ich von Stein zu Stein, bis ich mit einem großen Satz auf dem Sand landete. Ich warf mit viel Schwung den Rucksack zu Boden und zog hastig Jacks Stiefel aus. Mir verzog es das Gesicht, als mir der Geruch meiner Socken in die Nase stieg. „Original deutscher Hüttenkäse", zischte ich mit gerümpfter Nase und warf sie bei einer seichten Stelle ins Wasser. Ich krempelte die Jogginghose hoch, kräuselte noch einmal die Zehen im weichen Sand und stapfte mit einem lauten Seufzer in das kühle Nass. Mir zeichnete es ein breites Grinsen ins Gesicht, so gut fühlte es sich an. Nachdem ich so lange über die glitschigen Steine geschlittert war, bis die Kälte an den Füßen jeden Nerv betäubt hatte, setzte ich mich ans Ufer und mampfte eine Packung Twinkys. Die Fersen tief im nassen Sand vergraben, ließ ich mir die Sonne ins Gesicht scheinen. Der Rauch meiner Zigarette, die auf einem Stein neben mir lag, zog feine, blaue Schleier durch die Luft, die von kleinen Windstößen zerrissen wurden. Wo jetzt wohl die anderen sind, fragte ich mich erneut. Was machten sie in diesem Moment? Vor mir im Wasser betrachtete ich einige Flaschen und Dosen, die ich zum Kühlen hineingelegt hatte. Verträumt lauschte ich dem Klang des Baches und malte mir aus, wie Anika mit den Hunden hier herumtollen würde, als mit lautem Gebrüll ein Fahrzeug auf der Straße vorbei rauschte und das hochstehende Gras am Straßenrand wild umherwehte. Ich zuckte vor Schreck zusammen und sprang auf, um zur Straße zu laufen. „Hey ...", rief ich laut. „Halt, wartet, ... halloooo!" Eilig stapfte ich durch das Bachbett, sodass meine Jogginghose nach unten rutschte und sich mit Wasser vollsog. Doch nach dem umständlichen Aufstieg aus der Uferböschung war das Auto schon zu weit weg, um meine wild fuchtelnden Arme sehen zu können. Es war doch noch jemand da, dachte ich und ein freudiger Schauer überkam mich. Ich sprang mit einem Schritt zurück in den Bach und hechtete, so schnell ich konnte, zu meinen Sachen. Vielleicht waren dort vorne noch mehr Autos. Die nehmen mich bestimmt mit, schoss es mir durch den Kopf. Sie müssen einfach. Ich wrang meine Socken aus und stieg mit ihnen in meine Schuhe. Es war unbequem, und lautes Schmatzen war zu hören, als ich hastig um den Rucksack lief, um alles einzusammeln. Ich schnappte mir meinen Speer und die geöffnete Monster-Dose und klemmte die Zigarette in meinen Mundwinkel. Den Stock fest umklammert kletterte ich den Hang hinauf, immer darauf bedacht, nicht das Gleichgewicht zu verlieren und rückwärts in den Bach zu stürzen. Als ich über den umgestürzten Baum zurück auf die Straße kletterte, war das Auto schon lange weg. Zielstrebig begab ich mich in die gleiche Richtung, in der es verwunden war. Gestärkt von der Pause und mit neuer Hoffnung, endlich auf andere Leute zu treffen, flogen meine Schritte förmlich über die Straße. Sie führte gut einen Kilometer geradeaus, bis sie im Wald verschwand. In einer Kurve angekommen, musste ich kurz stehen bleiben und atmete tief durch. Ich war, so schnell ich konnte, hierhergelaufen, die Szene schon vor Augen, wie ich ein weiteres Auto sah. Wie sie anhielten, mich mitnahmen und mir auf der Fahrt in ein Notzentrum erklärten, was passiert war. Doch alles, was ich sehen konnte, waren mehr Bäume, durch die sich die graue Piste schlängelte. „Ich halt's nicht aus", sagte ich und faltete die Hände auf der Stirn. „Kommt zurück!", schrie ich die Straße entlang, doch es kam keine Antwort. „Aahhh ... Wixer!", kreischte ich und warf meinen Stock durch die Luft, der gute zehn Meter weiter taumelnd in der Erde am Straßenrand steckenblieb. Ich setzte mich auf einen am Straßenrand platzierten Wegstein, vergrub mein Gesicht in den Händen und schluchzte. Die Hoffnung, doch noch jemanden anzutreffen, war augenblicklich wieder verflogen. Die Anspannung und der Stress der letzten Tage platzten aus mir heraus. Der Schatten meines Kopfes war genau unter mir und ein paar dicke Tropfen zeichneten sich auf dem Teer. „Reiß dich zusammen", nuschelte ich leise und ballte meine Hände zu Fäusten. „Du gehst jetzt so lange diese verfickte Straße entlang, bis du auf jemanden triffst", redete ich mir selber ein und stand wieder auf. „Du schaffst das, Chris ... ich ... ich schaffe das!" Meine Beine schmerzten und meine rechte Ferse brannte. Durch die nassen Socken in den Schuhen hatte ich mir eine dicke Blase gelaufen, die jetzt bei jedem Schritt unangenehm scheuerte. Doch ich war viel zu sehr damit beschäftigt, mir auszumalen, was ich vor mir finden würde. Für gewöhnlich war ich mehr der Einzelgänger, doch im Augenblick wünschte ich mir nichts sehnlicher, als ein anderes Gesicht zu sehen. Ich war eine ganze Weile neben dem Bach gewandert, der mittlerweile zu einem kleinen Fluss anwuchs, doch es gab keine Spur über den Verbleib des Autos, welches vor ein paar Stunden an mir vorbeigerast war. Ich hatte keine Ahnung, wo ich war. Den Weg zum Camp würde ich nicht wieder finden. Ich musste gestern in der Dunkelheit eine Abzweigung übersehen haben, denn nichts kam mir hier bekannt vor. Als sich der Wald lichtete, kamen ein paar vereinzelte Häuser zum Vorschein. Es waren kleine Landhäuser, mit langen Auffahrten und riesigen Grundstücken. Die sauber gemähten Wiesen hätten von einem Golfplatz stammen können und wurden offenbar mit viel Hingabe gepflegt. Bei ihrem Anblick fiel mir vor Freude eine schwere Last von den Schultern, als ich mit schnellen Schritten zu ihnen eilte. Ich hatte so viele Fragen und hoffte, jemand könne sie hier beantworten. Was war in dieser Gegend vorgefallen und wo waren all die Menschen. Hatten sie hier überhaupt etwas von dem Chaos in der Stadt und auf der 81 mitbekommen? Und wo zum Teufen war ich gerade? Konnten sie mir den Weg zurück zum Lager oder vielleicht wenigstens zur Tankstelle zeigen? Die Luft war trocken und die Sonne brannte erbarmungslos auf mich nieder, während meine Stiefel staubige Abdrücke in die Auffahrt zeichneten. Vielleicht konnte ich von hier aus Anika oder Jack anrufen, dann könnten sie mich abholen und wir führen nach Hause. Als ich mein Spiegelbild auf einem der vor dem Haus geparkten Autos sah, hielt ich erschrocken an. Ich war schmutzig und roch bestimmt auch nicht viel besser. Mein Shirt war übersät mit Flecken und Staub. Meine Jogginghose war dunkelbraun an den Knien und meine Haut schien hell durch ein kleines Loch hervor. Mit dem Stock in der Hand und dem mittlerweile fettigen Haar sah ich fast wie ein Landstreicher aus. Ich ging weiter die Veranda hinauf und drückte auf die Türklingel. Hastig wischte ich mir mit meinem Ärmel etwas Staub und Schweiß aus dem Gesicht. „Hallo?", rief ich, den Stoff meines Shirts über die Wange reibend. „Hallo, ist jemand zuhause? Ich ... ich brauche Hilfe! Bitte ... helfen sie mir!" Ich klopfte mehrmals einen schnellen Takt an die

Tür, doch niemand öffnete. Ich drehte an dem Knauf und leise knarzend schwang sie auf. Im Inneren brannte kein Licht und es war nur schwer etwas zu erkennen. „Hallo?", rief ich erneut. „Ist denn keiner zuhause? Die Tür war offen und ich … ist das bei euch so üblich?", rief ich den letzten Satz mit einem sarkastischen Tonfall die Treppe im Flur hinauf. Doch es blieb still. Das Haus war leer. Enttäuscht warf ich einen letzten Blick den Flur hinunter und ging den staubigen Schotterweg zurück zur Straße. Vielleicht würde ich bei den Nachbarn mehr Glück haben. Die wenigen Meter an einem weißen Holzzaun entlang zum nächsten Gebäude kamen mir wie ein Tagesmarsch vor. Mein schwerer Rucksack drückte seine billigen, kaum gepolsterten Riemen tief in meine Schultern, sodass ich meine Daumen darunter klemmen musste, um sie zu entlasten. Mein Stock hämmerte mir leicht gegen das Knie, als ich mit Schwung in die nächste Auffahrt einbog. Schon vom Nachbarsgrundstück aus hatte ich meinen Blick die gesamte Strecke nicht von dem Haus genommen, in dessen Schatten ich jetzt trat. Auch hier standen noch einige Autos auf dem Hof. Ein alter Impala war auf dem Rasen abgestellt. Die Witterung der letzten Jahrzehnte hatte ihm sehr zugesetzt, denn die Scheiben fehlten und er war über und über mit Rost bedeckt. Die einst verchromte Stoßstange hing lose in der Verankerung und bohrte sich schlapp herabhängend in die Erde. Rings herum sprießte hoch das Gras und ließ ihn wie ein Relikt aus grauer Vorzeit wirken. Nein, dieses Auto fuhr keiner mehr. Es wurde wohl eher als Dekoration in der Wiese abgestellt, denn der rustikale Schein dieses Wracks versprühte einen gewissen Charme. Um mich herum war ein idyllisches Bild, wie aus einem Magazin. Das Haus war sauber und der Garten gepflegt. Neue Gartenmöbel standen auf der Veranda und der Duft von Rosen stieg mir in die Nase, als ich mich vorbei an einem Blumenbeet dem Eingang näherte. Das Fliegengitter war geschlossen, doch die Haustüre dahinter stand offen. Vorsichtig warf ich einen Blick in den Eingang. Auch hier brannte kein Licht, doch am Ende des geräumigen Flurs warfen große Fenster helles Sonnenlicht in den Raum. „Hallo?", rief ich vorsichtig ins Innere und klopfte mit dem Stock an den schmalen Holzrahmen der Tür. „Hallo ... ist jemand zuhause?" Keine Antwort. Vorsichtig zog ich das Fliegengitter auf, um einen besseren Blick ins Innere zu bekommen. „Hallo", rief ich erneut, jetzt etwas energischer. „Ich brauche Hilfe!", doch niemand antwortete. Ich trat einen weiteren Schritt hinein und unter leisem Quietschen flog das Gitter hinter mir zu. Jetzt im Inneren und ohne das blendende Sonnenlicht ließ ich meine Augen durch den Raum schweifen. Mintgrün gestrichene Wände führten zu einem Wohnzimmer mit hoher Decke. Eine braune Ledergarnitur stand vor einem aus Stein gemauerten Kamin, dessen Wände vom Ruß geschwärzt waren. Auf dem fast schwarzen und alt wirkenden Holzboden war ein großer Perser ausgebreitet, in den ein gläserner Beistelltisch seine Beine bohrte. Riesige Panoramafenster mit grünen Vorhängen boten eine gigantische Aussicht auf die dahinter liegenden Felder. Eine alte Eiche stand im Garten, an der eine Reifenschaukel im Wind baumelte. Ich trat in das Wohnzimmer und musterte den Raum. Wunderschöne alte Möbel aus der Kolonialzeit standen an der Seite und waren mit immergrünen Pflanzen dekoriert. Als ich neben mir einen alten Schreibtisch entdeckte, griff ich beherzt nach dem darauf liegendem Telefon, das zusammen mit einem Computer und einem Modem angeschlossen war. Ich hielt mir den Hörer ans Ohr und klopfte mehrmals auf den Mechanismus zum Auflegen. Nichts. Kein Freizeichen, kein Pieps, ... nichts. Das Telefon war tot und auch an den übrigen Geräten leuchtete kein Lämpchen. Ich rüttelte wild am Lichtschalter, doch der Strom funktionierte nicht. Ich ließ das Telefon wieder auf die Station sinken und schlenderte vorsichtig durch den Raum. Es war ein mulmiges Gefühl, ohne Einladung durch ein fremdes Haus zu gehen. Was, wenn das mein Haus wäre? Ich würde ausrasten, dachte ich, und trat in die sich ein Zimmer weiter befindende Küche mit Esszimmer. Auch die Küche war aus dunklem Holz gefertigt und ihre weiße Arbeitsfläche aus Marmor stach grell heraus. In der Küche war es sauber, lediglich einige Küchengeräte waren in den Ecken eingesteckt und eine Tüte mit Einkäufen lag umgefallen auf der Theke. Tomaten und ein Blumenkohl waren herausgerollt und verteilten sich auf dem Boden. Auf dem Tisch im Esszimmer war vor jedem der sechs Stühle ein Gedeck ausgebreitet und frisches Obst stapelte sich in einer Schale. Einer der Stühle war umgeworfen und hatte einen tiefen Kratzer in die Wand dahinter geritzt. Als ich um den Tisch herumging, um den Stuhl wieder geradezurücken, sah ich ein kleines Tuch auf dem Boden liegen. Ich hob es zusammen mit dem Stuhl auf und betrachtete es. Rosa Bären waren darauf gedruckt, die zwischen Regenbogen und gelben Sternchen umhersprangen. Einige Flecken ergossen sich durch den saugstarken Stoff, der sicherlich schon einige Jahre auf dem Buckel hatte. Offenbar eine alte Kuscheldecke eines Kindes, dachte ich und warf das Tuch auf den Tisch. Langsam schlenderte ich weiter, immer wieder mit einem zaghaften Ruf durch die Räume. Hinter der Küche befand sich ein kleines Büro, mit großem Schreibtisch und einem Computer. Der Bildschirm war umgefallen und lag quer über die Tastatur. Die hohen, prall gefüllten Bücherregale spiegelten sich auf der flachen, dunklen Plasmafläche und aus dem Anschluss baumelte ein abgerissenes Kabel. Unwohlsein überkam mich, während ich durch die leeren Räume des Untergeschosses schlenderte, und so machte ich mich auf den Weg zurück zur Haustür. Als ich die letzte Stufe zurück Richtung Eingang betrat, knarzte eine der Dielen beträchtlich unter meinem Schritt, sodass ich vor Schreck zusammenzuckte. War das nur der alte Holzboden gewesen? Mir war, als hätte ich es über mir wahrgenommen, doch sicher war ich mir nicht. Ich hielt still und spitzte die Ohren. Meine Atmung war flach und leise, als ich meinen Blick an die Decke fixierte. Wieder ein dumpfes Poltern, kaum zu hören, doch es war da. „Hallo, ist da jemand?", schallte meine Frage die schmalen Stufen hinauf in das Obergeschoss. Wieder ein klopfendes Geräusch, welches mit jedem Schritt lauter wurde, den ich die Treppe nach oben machte. Meinen Stock in der Hand fest umschlossen, betrat ich die oberste Stufe, angestrengt lauschend, von wo das Geräusch kam. Vorsichtig glitten meine Finger über das Geländer, als ich an zahlreichen verschlossenen Türen vorbeischlich. Bums. Jetzt ganz deutlich zu hören, so als würde man mit der Faust auf ein Holzbrett schlagen, durchbrach es die Stille. Meine Stiefel versanken tief in dem weichen Teppich, als ich angestrengt die letzte Tür im Gang musterte. Eine bunte Zeichnung aus Wachsmalkreide hing daran, auf der ein Hund in einer Blumenwiese spielte. Eine strahlende Sonne mit einem breiten Lächeln schwebte darüber und beobachtete ihn. Vorsichtig näherte ich mich der Tür und hielt mein Ohr daran. Durch die Stille konnte ich meinen eigenen Herzschlag hören und meine Schläfen pochten, als ich an die Zimmertür klopfte. „Hallo…" Ich hatte das Wort kaum beendet, als ein weiterer dumpfer Schlag die Türe traf. Instinktiv machte ich einen Schritt zurück und starrte gebannt auf den golden schimmernden Türknauf vor mir. Meine Gedanken rasten und malten sich verschiedenste Bilder aus, was vor mir in dem Raum war. Was, wenn sie einen Hund hatten und er mich angriff, sobald ich die Türe öffnete? Doch ein Hund würde bestimmt bellen, erst recht, wenn ein Fremder in sein Haus trat. Gebannt lauschte ich weiter, doch das Klopfen war verstummt. Mit verkrampften Fingern streckte ich die Hand nach dem Knauf aus und drehte ihn gegen den Uhrzeigersinn. Es machte leise klick und die Tür wurde mir mit Schwung an die Hand geschmettert. Erschrocken zog ich die Arme zurück und das Gewicht des Rucksacks riss mich zu Boden. Laut scheppernd flog mein Speer den Flur entlang und verabschiedete sich wild strauchelnd durch das Geländer, hinunter ins Erdgeschoss. Mit den Händen fest auf den Boden gestützt, versuchte ich meinen Sturz zu bremsen, als die Türe an die Wand krachte. Das Licht schien aus dem sonnendurchfluteten Raum heraus und ein Schatten flog auf mich zu. Ich schloss die Augen und hielt schützend die Arme vor mich, als sich jemand auf mich stürzte. In meiner Verzweiflung krallte ich meine Finger in den Hals des Angreifers, der sich mit fletschenden Zähnen und laut gurgelnd auf mir wand. Lange Fäden aus Speichel und Blut tropften auf meine Brust und die kleinen roten Zähne schnappten gierig nach mir. Mit aller Kraft versuchte ich, mich zu befreien, doch ich hatte größte Mühe, ihn auf Abstand zu halten. Verklebte blonde Strähnen streiften über meine Stirn und aus dem schattigen Gesicht funkelten mich zornig blutunterlaufene Augen an. Die zu einer faltigen Grimasse verzogen Gesichtszüge zuckten eifrig mit dem schnappenden Kiefer, der weiter versuchte, mich zu beißen. Ich streckte meine Arme aus und drehte meinen Kopf nach vorne. Mir stockte der Atem und in meiner Panik strampelten meine Beine wild umher. Ein kleines Mädchen, nicht älter als fünf oder sechs Jahre, versuchte, ihre scharfen Milchzähne in mein Fleisch zu rammen. Wie paralysiert starrte ich in die gelblich schimmernden Augen, aus denen blaugraue Pupillen leuchteten, bis ich sie mit Schwung zurück ins Zimmer schleuderte. Sie landete unsanft auf dem Boden und rutschte bis an das Ende des Zimmers, wo sie mit dem Kopf hart gegen ihr Bett prallte. Jedes Kind wäre regungslos und schwer verletzt, wenn nicht sogar tot, liegen geblieben. Doch mit einem erneuten grauenhaften Aufschrei rückte die Kleine ihre verdrehten Gliedmaßen zurecht und sprang auf, um mich erneut zu attackieren. Ihr Knurren wurde immer lauter, als sie sich mit nach vorne gebeugtem Oberkörper auf mich zubewegte. Ich kroch noch immer auf dem Boden sitzend ein Stück zurück und wuchtete mit meinem Fuß die Türe zu. Kaum geschlossen, schnappte das Schloss ein und das kleine Mädchen krachte im Sprung dagegen. Gebannt starrte ich auf das dunkel lackierte Holz vor mir, in das sich laut scharrend ihre Fingernägel vergruben. Das Gepolter und Röcheln schallte durch den jetzt wieder schattigen Gang, in dem ich mit dem Rucksack am Geländer lehnend saß. Ich zitterte und konnte meinen Blick nicht von dem klappernden, goldenen Türknauf nehmen, der durch die Wucht des dagegen prallenden Körpers wackelte. Ich rollte mich zur Seite, sprang auf und rannte los. Mit der linken Hand glitt ich über den Handlauf der Treppe, als ich drei Stufen auf einmal nehmend hinunter und aus dem Haus stürmte. Ich rannte, so schnell mich meine Beine tragen konnten, das Gewicht auf meinem Rücken wild schaukelnd. Ich wollte nur weg. So schnell wie möglich weg von hier. Der Kies knirschte unter meinen Schritten, als ich eine steile Kurve auf die Straße machte. Meine Lunge brannte und ich keuchte laut, als der weiße Zaun an mir vorbeizog. Ich drehte meinen Kopf nach rechts, um im Augenwinkel zu sehen, ob mich jemand verfolgte, bis ich ins Straucheln geriet. Ich warf die Arme in die Luft und landete der Länge nach auf der Straße. Mein schweres Gepäck donnerte mir in den Rücken und meine Brust brannte, als sie über den Asphalt schliff. Mich vor Schmerzen windend und völlig erschöpft krümmte ich mich zusammen und blieb am Straßenrand liegen. Bitte lass mich aufwachen, dachte ich. Bitte mach, dass es aufhört. Ich zog den Rucksack zur Seite und legte mich auf den Rücken. Meine aufgeschürfte Brust hob und senkte sich schnell und meine Rippen fühlten sich an, als hätte man sie mit einem Vorschlaghammer aus meinem Leib geprügelt. Schweißnass und außer Atem starrte ich regungslos in die Luft. Die am Straßenrand stehenden Bäume tauchten mein Gesicht in Schatten, während ich mit aufgerissenen Augen in den Himmel starrte. Keine Wolke war zu sehen, kein Vogel flog seine Bahnen und kein Flugzeug zog seine Kondensstreifen. Alles, was ich sehen konnte, war das grelle Türkisblau, das sich schier endlos bis zum Horizont erstreckte. Jeder von uns hatte schon mal einen Albtraum, aus dem man unbedingt erwachen wollte. Meist schreckte man mit einem nass geschwitzten Pyjama im Bett auf, rieb sich erschrocken die Augen und ließ sich dann zurück ins Kissen sinken, wohl wissend, dass einem die eigene Fantasie einen grauenhaften Streich gespielt hatte. Doch ich wachte nicht auf. Das hier war kein verfickter Traum. Ich wäre gerade fast die Mahlzeit eines Kindes geworden. Das war, wohl gemerkt, nicht das erste Mal diese Woche. Das Mädchen sah genauso aus wie Mr. Keyel oder Sarahs Vater. Sie hatten diese schrecklich stechenden und blutunterlaufenen Augen, weit aufgerissene Münder, aus denen das Blut tropfte, und ihre

Gesichter zu einer aggressiven Miene verzogen. Ganz besessen darauf, jeden anzufallen, der in ihrer Nähe war. Und sie waren schnell. Fuck, konnte Mr. Keyel, der für gewöhnlich mit einem Gehstock anzutreffen war, auf den er sich stützte, schnell laufen. Ja, er rannte wie von der Tarantel gestochen über unseren Vorgarten. Wie war das möglich? Ich war auch nicht der Einzige, dem das passierte, denn jeder, der mir untergekommen war, versuchte seinen Arsch in Sicherheit zu bringen und rannte um sein Leben. Ich hatte einfach nur mehr Glück als andere. Nicht nur, dass Jacks Truck zuhause war, mit dem ich abhauen konnte, sondern ich hatte auch einen versteckten Platz zum Übernachten. Doch was passierte mit den Menschen? Waren sie krank? Passierte das überall oder nur hier? Wo war die Regierung, warum tat sie nichts dagegen und was zum Teufel hatten die Flugzeuge hinter der Hügelkette bombardiert wie Bush im März 2003 Bagdad? Die endlosen Fragen in meinem Kopf rissen nicht ab, als ich regungslos den Wind in den Bäumen beobachtete. Ich musste mir etwas zur Verteidigung suchen und ein Fahrzeug wäre auch nicht schlecht. Ich richtete mich auf und blickte zurück zum Haus. Erst jetzt fiel mir auf, dass ich bei meiner Flucht den Speer zurückgelassen hatte. Auch die Autos der Bewohner standen noch in dem Hof, doch keine zehn Pferde würden mich dorthin zurückbringen. Meine Angst vor dem kleinen Mädchen war viel zu groß. Ich starrte noch einen Augenblick auf die Fassade des schönen Landhauses und kroch ins Dickicht am Straßenrand. Mit einem neuen Stock in der Hand schlenderte ich die Straße entlang. Mein Messer, mit dem ich den jungen, dünnen Baum gekürzt und entastet hatte, war mit einem Gummiband von meinem Rucksack an einem der Enden festgezurrt. Die Klinge blitzte in der Sonne, als sie neben meinem Kopf hin und her schwang, während ich die Straße entlangschlenderte. Damit konnte mir keiner was anhaben, freute ich mich über meine neue Errungenschaft, immer einen schweifenden Blick in die Umgebung. Es war früher Nachmittag und die Hitzespiegelungen auf dem Asphalt schimmerten wie kleine Seen in der Ferne. Vorbei an mehreren Weizenfeldern ging ich mit der Sonne im Rücken, immer weiter Richtung Norden. Ich konnte nie weiter als ein paar Hundert Meter sehen, denn nach jeder kleinen Kuppel kam dahinter eine weitere oder ein erneutes Waldstück, das die Sicht versperrte. Ich folgte der Straße, bis ich an eine Gabelung kam und vor einem großen Wegweiser stehenblieb. Ratlos betrachtete ich die Namen der Ortschaften, auf die er verwies. Keine davon sagte mir etwas und ohne Google Maps ist heutzutage jeder aufgeschmissen. Ich blickte kurz auf den Stand der Sonne und machte mich schließlich weiter auf Richtung Norden. Mit etwas Glück würde ich eine Straße nach Winchester Town erreichen. Dort kannte ich mich wenigstens aus, dachte ich. Doch wollte ich wirklich nach Hause zurück? Dorthin, wo ich zwei Tage zuvor in Panik die Flucht ergriffen hatte? Es blieb mir kaum eine andere Wahl und so stapfte ich erneut auf der gelben Seitenlinie davon. Kurz darauf wurde die Straße breiter und ein Fußweg verlief parallel zur Fahrbahn. Ich sprang den Bordstein in einem weiten Schritt hinauf, sodass der Rucksack weit über meinen Kopf hüpfte. Der nassgeschwitzte Rücken überzog sich mit einer Gänsehaut, als zum ersten Mal seit Stunden eine kühle Brise über die Haut streifte. Die Luft war stickig und es roch stark nach Grillkohle. Ich folgte einer hohen Hecke bis zu einer Kreuzung und blieb stehen. Ein beißender Geruch wehte mir entgegen und ich schauderte. Jedes einzelne Haar hatte sich trotz der sengenden Hitze aufgestellt. Mit geschockter Miene blickte ich voller Entsetzen die Straße entlang. Der hellgraue Teer verwandelte sich nach einigen Metern in tiefes Schwarz. Kleinere Bäume säumten den Rand, deren kahle und verkohlte Äste wie knochige Hände in die Luft ragten. Ausgebrannte Autos reihten sich zu beiden Seiten, als würden sie auf etwas warten. Ihre Lackierung war in ein dunkles Grau und Braun verwandelt und die blanken Felgen drückten sich in Reste aus verschmortem Gummi und Asphalt. Es wirkte wie die Kulisse eines Films, in dem die Welt in Flammen stand. Neben der Straße häufte sich hinter einigen Parkplätzen ein Schuttberg nach dem anderen. Es waren kleine Geschäfte, deren dünne Bretterbauweise keine Chance gegen die Flammen hatten. Zwischen einigen der verbrannten Wracks lagen schwarze, leblose Körper, die halb zu Asche zerfallen waren. Der beißende Geruch von verbranntem Fleisch wurde immer stärker, je mehr ich mich ihnen näherte. Fassungslos tappte ich Schritt für Schritt durch diese unwirkliche Landschaft, zu den noch leicht schwelenden Gebäuden. Die Schuhe knirschten unter dem zerklüfteten Untergrund und hinterließen deutliche Abdrücke in der vom Wind verwehten Asche. Nur bei wenigen, aus rotem Backstein gemauerten Häusern ragten die Balken der ausgebrannten Dachstühle wie schwarze Zahnstocher in die Luft. Alles war leise und leer, nur das Knistern des langsam abkühlenden Holzes war zu vernehmen. Ein wahres Inferno hatte die gesamte Stadt dem Erdboden gleich gemacht. Offenbar hatte sich keiner mehr die Mühe gemacht, die Brandherde zu löschen, und so griff das Feuer rasch auf alles über, was ihm in die Quere kam. Das Ergebnis war schockierend. Suchend ließ ich meinen Blick umherwandern, doch es war nichts Verwendbares mehr übrig. Weiter auf meinen Stock gestützt wanderte ich über den Hof einer First-National-Bank-Filiale, als ich vor mir Fußspuren entdeckte. Sie stammten nicht von mir und die Abdrücke waren sehr deutlich zu erkennen. Da hier immer ein starker Wind wehte, konnten sie noch nicht besonders alt sein. Es waren kurze Schritte eines Erwachsenen, der es offenbar nicht eilig gehabt hatte, und sie führten hinter die Bank. Zielstrebig die Abdrücke fixierend, folgte ich der Spur im Laufschritt. Vielleicht war diese Person noch hier und vielleicht konnte sie mir helfen. Möglicherweise braucht sie auch selber Hilfe, denn je weiter ich den Abdrücken folgte, desto mehr fiel mir ein Schlingern darin auf. „Hallo? Ist hier jemand?", rief ich laut und mein Herz pochte. Die Schritte machten einen Bogen und führten an einer verrußten Backsteinwand entlang in einen Hinterhof. Kaum war ich um die Ecke gebogen, sah ich jemanden vor mir entlangschlendern. Meine Augen brannten von dem Geruch, der aus dem zerstörten Gebäude kam, und ich musste mehrmals blinzeln, als ich in den Schatten trat. Nur wenige Meter vor mir ging jemand neben einigen Abfalltonnen schlürfend durch den staubigen Hof. Ich fing an zu rennen und konnte mein Glück kaum fassen, endlich Hilfe gefunden zu haben. „Hey, halt, ... warte ...", rief ich laut und wedelte wild mit den Armen. Die Person vor mir blieb stehen und drehte sich mit einem knackenden Geräusch zu mir um. Ich bremste so hart ab, wie ich nur konnte, doch ich rutschte über den mit Asche bedeckten Boden und landete hart auf dem Steißbein. Meinen irritierten Blick starr auf mein Gegenüber gerichtet, schrie ich vor Schmerz und Angst laut auf. Hinkend und krachend wankte er auf mich zu. Sein Oberkörper war schwarz verkohlt und es hatte ihm die Kleidung vom Leib gebrannt. Rosafarbenes Fleisch blitzte zwischen der aufgebrochenen Haut hervor und an seiner rechten Seite lagen die Rippen blank, sodass man in das Innere seines Brustkorbes sehen konnte. Sein gebrochener Unterschenkel knirschte bei jedem Schritt, mit dem er sein Bein belastete, und winkelte seine angesengten Nike-Schuhe weit nach außen ab. Sein Kopf war kahl und völlig verbrannt und sein Schädelknochen funkelte darunter hervor wie ein weißer Helm. Ich kroch, so schnell ich nur konnte, zurück, doch mein schwerer Rucksack presste mich wie ein Gewicht aus Blei zu Boden. Mit zitternder Hand streckte ich meinen Speer mit dem Messer voran in seine Richtung, als er mit weit aufgerissenem Mund auf mich zuwankte. Seine Wange riss dabei auseinander und legte seinen Kiefer frei, der unnatürlich weit nach unten klappte. Halb geronnenes Blut sprudelte aus einem großen Loch in seinem Hals bei jedem gurgelnden Schrei, den er von sich gab. Er beugte sich nach vorne und streckte seine zu dürren Ästen verkohlten Arme gierig zu mir herunter. Ich hielt meinen Speer noch immer fest in der Hand. Ein grauenhaftes Knirschen war zu hören, als sich die Klinge des Messers langsam in sein Brustbein schob, als er sich darauf lehnte. Schwarz verbranntes Fleisch platzte von ihm ab und fiel auf meine Füße, während er auf den Speer gestützt über mir stand. Ich zitterte und schrie, doch er ließ nicht ab von mir. Blanke Panik erfasste mich und ich wuchtete ihn mit aller Kraft zur Seite. Sein gebrochenes Bein löste sich nun vollständig, wodurch er seine Balance verlor und hart auf den Boden prallte. Knochen knackten und Teile seines Körpers bröckelten von ihm ab, doch er ließ nicht ab von mir. Nur noch aus Teilen bestehend und mit meinem Messer in seiner der Brust zog er sich immer weiter in meine Richtung. Ich strampelte wild mit meinen Beinen und drehte mich, so gut ich konnte, auf die Seite, um aufzustehen. Die Asche um uns herum hüllte uns in einen grauen Schleier, als ich aufsprang und mit den Händen auf den Boden gestützt losrannte. Ich richtete meinen Blick in die entgegengesetzte Richtung, um zu dem Weg zurück zu fliehen, von dem ich gekommen war. Kaum wieder auf den Beinen hielt ich inne. Meine Beine waren schwer wie Blei und mein mit Adrenalin gefluteter Körper verkrampfte sich bis in den letzten Muskel, als ich Dutzende Gestalten hinter mir erblickte. Sie mussten mir gefolgt sein, ohne dass ich es bemerkt hatte. Auch sie waren schwarz gefärbt und ihr blankes Fleisch hing in Fetzen an den hastig schaukelnden Knochen, die sich auf mich zu bewegten. Ich war umzingelt. Das war's für mich, dachte ich und schloss die Augen. Meine Gedanken schwirrten um Anika und Jack, die ich nie wieder sehen würde. Es tut mir leid, murmelte ich leise, stets darauf wartend, dass diese Kreaturen ihre Zähne in mein Fleisch rammten. Ich habe mein Bestes getan, doch es war nicht genug. Ich habe versagt. Ich habe es nicht geschafft. Es tut mir leid. Mit einem ohrenbetäubenden Knall schoss mir dieser letzte Gedanke durch den Kopf. Klebrige Stückchen von Fleisch, Gehirn und Knochen spritzen mir ins Gesicht. Ich riss meine Augen wieder auf und blickte auf den leblosen, schwarzen klumpen Fleisch, der vor mir wie ein nasser Sack zu Boden ging. Seine Gliedmaßen waren seltsam verdreht und an der Stelle, wo sich normalerweise der Kopf befinden sollte, waren nur noch zerfetzte Überreste eines gesplitterten Unterkiefers. Geschockt starrte ich auf das fast schwarze Blut, dass sich wie zähflüssiger Schleim einen Weg durch die Asche bahnte. Ein weiterer Knall durchbrach das grauenhafte Geschrei um mich herum und ein riesiges Loch prangte mittig im Gesicht einer nur wenige Zentimeter von mir entfernten Gestalt. Dort, wo sich die Nase befinden müsste, konnte ich durch den Kopf hindurch einen Mann erkennen, der mit einem riesigen silbernen Revolver auf mich zielte. „LAUF!", schrie er mir entgegen und feuerte erneut. Ich war unfähig, mich zu bewegen. Erst als der schwere Körper der nasenlosen Kreatur gegen mich prallte und mich fast zu Boden warf, reagierte ich. Ich wich ihm aus und rannte zu dem Schützen, der mir mit wild gestikulierenden Armen zu verstehen gab, dass ich mich verdammt noch mal beeilen soll. Ich presste mich an einer weiteren Kreatur vorbei, deren Brustkorb etwa einen halben Meter neben mir in tausend Teile explodierte. Erst eine halbe Sekunde später donnerte der Schall des Schusses durch die Luft. „Lauf, verdammte Scheiße noch mal. Lauf, du Idiot, oder willst du als Snack draufgehen?" Er packte mich an der Jacke und schleifte mich hinter sich her, quer über den Parkplatz zum Waldrand am Ende der Häuser. Die schnappenden Kiefer der hinter uns her schlurfenden Kreaturen waren bald nicht mehr zu hören, als wir uns so schnell wie möglich von ihnen entfernten. Meine Beine stapften orientierungslos hinter dem kräftigen Kerl her, der mich noch immer fest im Griff hatte. Gebannt starrte ich auf sein rotes Shirt, auf dem sich ein großer Schweißfleck über den Rücken ergoss. Als wir das Ende des Parkplatzes erreichten, wuchtete er uns über einen Randstein, an dem sich meine Füße verfingen. Ich kam ins Straucheln, glitt ihm aus den Fingern, und mein Gesicht vergrub sich tief in der verbrannten Erde. „Steh auf, verdammt, wir müssen hier weg! Steh auf, sag ich ... komm ...", schrie er mich an und wuchtete mich, mich am Arm ziehend, wieder auf die Beine. Ich begriff nicht, was gerade passierte, doch mein Körper reagierte automatisch wie eine Maschine. Ich rappelte mich auf und folgte ihm bis hin zu einigen Bäumen, die vom Feuer kahl gebrannt in den Himmel ragten, bis die Häuser kaum mehr zu sehen waren. Er blieb hinter einem dicken Stamm stehen und schubste mich dagegen, wo ich wortlos auf den Boden sackte. Mein Puls raste und das Blut pochte in meinen Ohren, während ich laut keuchend versuchte, zu Atem zu kommen. „Was hast du denn jetzt schon wieder angeschleppt?", vernahm ich dumpf eine weitere Stimme neben mir. „Ich hab' dir doch gesagt, du sollst keine Haustiere anschleppen. Wasser und Essen! Hast du das schon vergessen oder willst du etwa das schlaksige Geripppe hier auf den Grill werfen?" „Halt die Klappe, Sarah, schließlich hab' ich dich ja auch mitgenommen", lachte der Mann sichtlich außer Atem zurück, der mich musternd betrachtete und seinen Revolver in einem Halfter am Gürtel versenkte. „Pah, dass ich nicht lache", fauchte sie zurück. „Ohne mich wärst du schon längst ein leckerer Imbiss für diese Viecher geworden und das weißt du genau." „Jaja, rede dir das nur selber ein", sagte er mit zusammengekniffenen Augen und hielt mir eine Flasche Wasser entgegen. „Kannst du sprechen?", fragte er mich und wedelte mit der Flasche vor meinem Gesicht herum. „Wie heißt du, hmm?" „Meine Güte, lass diese Memme doch erst mal verschnaufen oder willst du, dass er nach deiner beschissenen Rettungsaktion an einem Herzinfarkt krepiert?" Ich starrte gebannt auf die Flasche, die er mit einer leichten Handbewegung zwischen meine Beine warf. Ich schnappte sie mir und stürzte den Inhalt hastig in einem Zug hinunter. Meine Kehle lockerte sich nun etwas und ich räusperte mich stark, sodass sich der Schleim in meinem Hals löste. Als ich die leere Flasche neben mich sinken ließ, wandte ich den Blick zu dem Mädchen, welches an einem Baum neben mir Platz genommen hatte. Sie hatte lange, grau gefärbte Haare, war aber bestimmt erst Mitte zwanzig. Eine lila Strähne lief über ihr Gesicht, die sie sich mit den Fingern hinter das Ohr strich. Sie hatte ein weißes Top mit Spagettiträgern an, das sich kaum von ihrer blassen Haut abhob. Auf dem Top waren in schwarzen Pinselstrichen die Worte FOXTROT, UNIFORM, CHARLY und KILO untereinandergeschrieben, deren rote Anfangsbuchstaben mir ein deutliches FUCK zuschrien. Aus dem Hosenbund einer schwarzen Lederjeans blitzte ein dicker Nietengürtel und ihre hohen schwarzen Stiefel ragten lang ausgestreckt vor ihr auf dem Boden. Neben ihr am Baum gelehnt war ein braunes, langes Gewehr mit kurzem, breitem Magazin und einem gigantischen Zielfernrohr. „Gefällt dir, was du siehst?", fragte sie ausdruckslos und zwinkerte mir zu. Erst jetzt bemerkte ich, dass ich sie anstarrte, und wandte den Blick schüchtern von ihr ab zu meinem Helfer, der noch immer mit verschränkten Armen vor mir stand. „Hast du einen Namen?", fragte er mich und musterte mich kritisch. Sein rotes Shirt klebte an seinem kräftigen Körper und raffte sich unter dem Holster am Gürtel zusammen. Um seinen Arm hatte er einen dicken Verband gewickelt, an dem er nervös kratzte. Seine blaue Jeans und beigen Cowboystiefel ließen ihn fast wie den Marlboro Man aussehen, den ich noch aus der Fernsehwerbung in meiner Kindheit kannte. „Hey", er schnippte mit dem Finger vor meinem Gesicht, damit ich meine Aufmerksamkeit auf ihn lenkte. „Ich hab' dich was ..." „Ich ... ich heiße Chris ...", brachte ich leise und heiser hervor. „Schau an, es spricht", lachte Sarah leise, während sie sich etwas Dreck unter den Fingernägeln herauskratzte. Ich blickte an mir herunter und erschauderte. Mein graues Shirt war völlig mit Asche, Dreck und Blut beschmiert. Kleine weiße Splitter von Knochen klebten daran, die bei meiner schnellen Atmung langsam abfielen. „Ich bin Sam, die Zicke dort drüben ..." „Wen nennst du hier Zicke, du Penner?", fuhr Sahra ihm ins Wort. Er seufzte leise, verdrehte die Augen und begann seinen Satz von Neuem. „Ich bin Sam und diese junge Dame dort ist Sarah. Wasch dir erst mal dein Gesicht, Mann. Du siehst echt beschissen aus!" „Ja, und dreckig ist er auch", ergänzte Sahra seinen Satz. Sam verdrehte erneut genervt die Augen und setzte sich im Schneidersitz vor mich. „Bist du hier ganz alleine unterwegs?", fragte er mich und sah mir zu, wie ich vorsichtig das Wasser in mein Gesicht schüttete. Ich nickte nur und rieb mir mit meinem Ärmel kräftig über die nasse Haut. Starr und stumm betrachtete ich den Boden vor mir. „Du hattest echt Glück, weißt du das? Wenn dich Sarah nicht durch Zufall entdeckt hätte, wärst du jetzt nicht mehr in einem Stück." „Eigentlich wollte ich ihn ja aus den Socken pusten, aber du ..." „Sarah, bitte ...", sagte er mit gefalteten Händen und warf ihr einen väterlichen Blick zu. „Schon gut, schon gut", schnaubte sie entnervt zurück und schnappte sich ihr Gewehr. Sie stand auf und stapfte hinter mir vorbei, in die Richtung, aus der wir gekommen waren. „Schenke ihr nicht zu viel Beachtung. Sie ist ein Großmaul, aber du hast ihr dein Leben zu verdanken. Sie war diejenige, die dich entdeckt hat, und sie hat mir vom Waldrand aus Feuerschutz gegeben. Also sei lieber nett zu ihr", sagte er und lächelte mich an. Seine großen braunen Augen waren zusammengekniffen und seine Mundwinkel waren zu kleinen Grübchen verzerrt. Er schnappte sich einen Müsliriegel aus seiner Hosentasche, riss das Papier herunter und nahm einen großen Bissen. Wild kauend und mit vollem Mund wandte er sich wieder mir zu. „Also Chris, erzähl mal. Wo kommst du her und was machst du ganz alleine auf der Straße zwischen diesen Dingern?" Nachdem ich einen weiteren Schluck Wasser genommen hatte, fing ich an, ihm alles zu erklären. Dass ich aus Deutschland stammte und hier war, um meine Cousine in den Staaten zu besuchen. Dass die kleine Ortschaft, in der sie wohnten, vor zwei Tagen völlig im Chaos versunken war und ich aus Angst die Flucht ergriffen hatte, bis ich schließlich zwischen den ausgebrannten Ruinen der Häuser wanderte, in denen sie mich aufgegabelt hatten. „Scheiße, du musst ja völlig fertig sein, Mann. Aber wenn es dich beruhigt, Sarah und mir erging es auch nicht besser. Ich komme ursprünglich aus North Carolina", fing er an zu erzählen. „Ich war auf dem Weg zu einer Tagung, als der Highway überrannt wurde." Er berichtete mir davon, wie er versucht hatte zu fliehen und mit seinem Auto an einer Tankstelle hielt, als er angegriffen wurde. Das war der Ort, an dem er Sarah zum ersten Mal traf. Er erzählte, wie sie ihm aus der Patsche geholfen hatte und sie zu Fuß unterwegs waren, auf der Suche nach anderen Leuten. Sarah war alleine unterwegs und hatte kein Wort darüber verloren, woher sie kam oder was ihr passiert war. Er wusste nur, dass sie eine begnadete Schützin war und nichts von sich preisgab. Genau in diesem Moment, in dem wir zwei wie alte Bekannte zusammen in dem Wald saßen, uns unterhielten und Geschichten austauschten, wurde mir zum ersten Mal bewusst, was wirklich los war. Das, was mir vor meiner Haustüre und auf dem Weg zum Camp passierte, war kein lokales Ereignis. Es war überall um uns herum. Und die Menschen? Die verschwanden nicht nur. Sie wurden entweder zu einem dieser Dinger oder zumindest zu ihrer Malzet. Egal wo wir hingehen würden, egal auf was oder wen wir treffen würden, es würde nicht besser werden. Manch einer würde mich jetzt bestimmt einen unverbesserlichen Pessimisten nennen, vielleicht stimmte das sogar, doch wenn man innerhalb von nur drei Tagen fast vier Mal zu einer Mahlzeit geworden wäre, änderte sich das Bild des Geschehens in jedermanns Kopf. Dabei half es auch nicht, wenn man sich die Dinge schönredete. „Ich hatte gerade versucht, mein Auto zu tanken, als sie aus gut zwanzig Metern Entfernung eines dieser Biester von meinem Rücken schoss. An diesen Selbstbedienungstankstellen ist ohne Strom kein Sprit zu holen und aus lauter Zorn gegen die Zapfsäule hatte ich die Kreatur hinter mir nicht bemerkt. Hätte sie ihm nicht die Rübe weggeblasen, wäre ich nicht nur mit ein paar Schrammen davongekommen" Er deutete auf seinen Verband am Unterarm und kratzte erneut daran. Etwas Blut schien darunter hindurchzusickern als er ihn ein Stückchen zurechtrückte. Als er meinen Gesichtsausdruck sah, fing er wieder an zu lächeln. „Keine Sorge, ist wirklich nur ein Kratzer. Ich hatte schon schlimmere Verletzungen." Er lupfte sein Shirt ein wenig nach oben und eine gut vierzig Zentimeter lange Narbe erstreckte sich quer über seinen Bauch. Vorsichtig strich er mit seinem Finger über die rosa Linie, die sich über seine braun gebrannte Haut zog. „Ein kleiner Zwischenfall mit einem Stahlträger", sagte er und ließ sein Shirt wieder sinken. „Hätte mich fast in zwei Teile gerissen, aber wie du siehst, bin ich noch hier." Während er mir seine Geschichte in allen Einzelheiten beschrieb, knackte es laut im

Unterholz hinter mir. Sam sprang auf, zog seinen Revolver und spannte den Hahn. Er zielte energisch an mir vorbei, als Sarah aus dem Dickicht sprang und zu ihrer Tasche hechtete. „Wir müssen hier sofort weg", kreischte sie und schulterte ihr Gepäck. „Am besten schon gestern, also schwingt eure faulen Ärsche hoch, verdammt!" „Warum, was ist denn ..." „Frag nicht, ... LAUF!", unterbrach Sarah Sams Frage und rannte im Eiltempo voraus. Fassungslos starrte ich ihr hinterher, bis ich Sams Gesicht sah. Er war kreidebleich und seine rechte Augenbraue zuckte nervös, als er seinen Revolver erneut zückte. Ich sprang auf, drehte mich um, und da sah ich es. Direkt hinter uns rannten unzählige dieser Kreaturen den kleinen Hügel zum Wald hinauf, auf den mich Sam vor Kurzem gezerrt hatte. Ich griff nach meinem Rucksack und schwang ihn auf meine Schulter, genau am Lauf von Sams Revolver vorbei, als dieser den Abzug drückte. Die Kugel zischte durch meine Deckeltasche und sprengte eine Dose Monster Energy, bevor sie in eine dieser Kreaturen krachte. Mit einem schmatzenden Geräusch versenkte sich die Kugel in ihrem Brustkorb. Der Angreifer fiel wie ein nasser Sack zu Boden und prallte dabei gegen einen Baum. Sam zog erneut am Abzug und das leise Klicken, als der Hahn auf eine leere Patronenhülse schlug, ließ mir alles Blut aus dem Gesicht weichen. Ich rannte los, so schnell ich nur konnte. Rannte durch die ausgebrannten Bäume hindurch. Neben mir war Sam, der wie ein Hase auf der Flucht im Zickzack durch den Wald sprang. Nicht weit vor uns sah ich Sarah, deren Haare deutlich aus der dunklen Umgebung herausleuchteten und wie eine Fahne im Wind wehten, bis sie schließlich mit einem weiten Sprung in der Erde verschwand. Als wir näherkamen, sah ich sie durch einen kleinen Fluss schwimmen, der sich unter einer kleinen Klippe zu unseren Füßen befand. Sam blieb wie angewurzelt stehen und starrte ihr hinterher, wie sie flussabwärts getrieben wurde und ihre Waffe hoch über den Kopf hielt, damit sie nicht nass würde. „Auf was wartest du?", fragte ich Sam, doch er bewegte sich keinen Meter. „Ich ... ich ... kann nicht schwimmen", stammelte er leise, starrte auf das wirbelnde Wasser unter ihm. Die starke Strömung hatte Sarah schon fast außer Sichtweite getrieben, als sie auf der anderen Seite ans Ufer krabbelte und sich nach uns umsah. Ich drehte mich um, ließ meinen Rucksack fallen und stieß Sam ins Wasser. Kaum war er über die Kante gerutscht, rammte mir jemand in den Rücken und ich stürzte zu Sam hinunter. Alles drehte sich und ich verlor kurz die Orientierung, als etwas mit voller Wucht auf meinen Kopf prallte. Ich strampelte, so fest ich konnte, um wieder aufzutauchen, doch etwas krallte sich in meinen Rücken. Mit einem kräftigen Schlag mit dem Ellbogen schaffte ich es, mich zu befreien, und tauchte wieder auf. Meine nasse Kleidung war wie ein Gewicht an einem Taucheranzug und machte es mir deutlich schwerer, über Wasser zu bleiben. Immer mehr dieser Kreaturen stürzten sich zu uns in die reißenden Fluten und wurden unter Wasser gezogen. Ich wischte mir mit der Hand über das Gesicht und suchte die Wasseroberfläche nach Sam ab, doch ich konnte ihn nirgends entdecken. Das laute Geplätscher der kreischenden Körper, welche sich immer weiter in den Fluss warfen, wurde immer leiser, je mehr ich abgetrieben wurde. „Sam", rief ich aus voller Kehle. „SAAAM", doch ich bekam keine Antwort. Ich ruderte hart mit den Armen, um mit der Strömung abwärtszuschwimmen, als ich Sarah neben mir auf der anderen Seite sah. „Chris", schrie sie laut und deutete knapp neben mich auf das Wasser, wo ein rotes Stückchen Stoff aufblitzte. Ich kraulte, so schnell ich konnte hinüber, griff mit beiden Händen unter Wasser und tastete nach Sam. Ich packte ihn unter den Armen und zog ihn an die Oberfläche, wo er sofort gierig nach Luft schnappte. Sarah rannte über die schmale Uferböschung neben uns her und streckte die Hand nach ihm aus, um ihn an Land zu ziehen. Laut hustend kroch er über den weichen Sand und blieb auf dem Rücken liegen. Völlig außer Atem stieg auch ich kurz darauf aus dem Wasser und ließ mich erschöpft zu Boden fallen. Ich blickte zu Sam und Sarah. Sam sah mich an, stand mit wackeligen Beinen auf und ging auf mich zu, sodass seine gewaltige Erscheinung einen großen Schatten auf mich warf. Ich duckte mich und wich zurück, als er mir seine Hand entgegenstreckte. „Danke", sagte er mit zittriger Stimme. Einen Moment starrte ich ihn verdutzt und verängstigt an, dann ergriff ich seine Hand und mit einem Ruck war ich wieder auf den Beinen. Damit hatte ich jetzt nicht gerechnet. Er zog mich ganz nah zu sich heran und blickte mir streng ins Gesicht. „Vielen Dank, aber wenn du das noch mal machst, bringe ich dich um", sagte er mit grimmiger Miene, die sich nur einen Augenblick später in ein breites Grinsen verwandelte. Ich blickte ihn irritiert an und erwiderte es. „Ich musste mich doch revanchieren, oder nicht? Sonst wärst du es gewesen, der als Snack herhalten musste", antwortete ich schwer atmend. Er musterte mich kurz und fing laut zu lachen an. Es war ein herzliches Lachen, das jedes Gemüt erhellte, der es hörte. Es war ehrlich. „Wenn ihr zwei Turteltauben fertig seid mit Flirten, würde ich hier gerne weg, bevor diese Dinger das Schwimmen lernen", zischte Sarah ganz beiläufig mit gesenktem Kopf. Sie wrang ihre Haare aus, band sie zu einem Pferdeschwanz zusammen und schulterte ihre Waffe. Sam sah mich kurz an, nickte in ihre Richtung und gab mir damit zu verstehen, dass sie nicht auf uns warten würde. Ich blickte noch einmal auf das Wasser, in dem immer weitere zappelnde Körper vorbeitrieben, und für eine Sekunde empfand ich so etwas wie Glück oder Zufriedenheit. Ich war nicht mehr allein. Ich hatte endlich jemanden gefunden, der sich mit mir zusammen auf die Suche nach Hilfe machte. Es dämmerte langsam, als wir die schmale Uferböschung hinaufkletterten und flussaufwärts einer Straße folgten. Keiner von uns wusste genau, wo es hingehen sollte. Wie wussten nur, dass wir nicht aufhören würden zu suchen, und so machten wir uns gemeinsam auf den Weg. Je mehr die Nacht hereinbrach, desto schneller wurden Sarahs und Sams Schritte. Trotz meiner langen Beine und meiner enormen Schrittlänge musste ich fast joggen, um mit ihnen mithalten zu können. „Wo genau gehen wir denn hin?", fragte ich die beiden. „Wir? Du bist noch da?", fragte Sarah und zog die Augenbrauen hoch. „Hör gar nicht auf sie", sagte

Sam. „Sie tut so, als wäre sie supertaff, doch sie hat ein Herz aus Gold, das garantiere ich dir." „Wie wäre es, wenn ich dir dein Herz herausreiße und es dir zeige, während es noch schlägt?" „Siehst du, was ich meine?" Ein breites Grinsen zeichnete sich erneut in Sams Gesicht ab. Sarah pustete genervt eine Strähne aus ihrem Gesicht und schüttelte den Kopf, als wolle sie eine schlagfertige Antwort geben, doch etwas ließ sie verstummen. Sie blieb abrupt stehen, sodass Sam und ich wie in einer Massenkarambolage in sie hineinliefen. Verdutzt sahen wir sie an, als sie sich umdrehte. Sie lächelte verschlagen, ihre Augen funkelten in der Abenddämmerung. „Wer von euch Pussys hat Lust auf fünf Sterne?" Wir tauschten kurz fragende Blicke aus, doch dann sahen wir es auch. Ganz am Ende der Straße, kaum zu sehen, stand ein riesiges Gebäude inmitten vom Nirgendwo. „Ihr wollt sicher nicht hier draußen bleiben, wenn es dunkel wird, also hopphopp. Legt einen Zahn zu, ihr Weicheier", sagte sie fröhlich und trabte vor uns davon. Sam und ich folgten ihr mühselig zu dem gigantischen Anwesen, auf dem ein großes Schild mit dem Namen HEMILTON stand. Jeder kannte diese Hotelkette oder hatte zumindest schon mal davon gehört. Nicht zuletzt, weil die skandalträchtige Hotelerbin öfter eine Schlagzeile machte als ein Politiker im Puff. Und wir alle hatten dringend etwas Ruhe nötig. Ganz besonders Sam sah nicht gut aus. Nach unserem unfreiwilligen Bad im Fluss und dem langen Marsch war er kreidebleich und schwitzte. Noch immer kratzte und zupfte er an seinem Verband herum, der durch die Feuchtigkeit einen großen hellroten Fleck zeigte. Die letzten Sonnenstrahlen zeichneten sich in einer malerischen Landschaft ab. Eine frisch geteerte Allee führte an einem Golfplatz vorbei zu einem schmiedeeisernen Tor, das in einer Ziegelmauer verankert war. Vergoldete Spitzen ragten wie Dolche daraus hervor und ließen es wie eine Krone wirken. An den Stäben war ein kleines rotes Schild befestigt, in dem weiße Buchstaben eingraviert waren. Wegen Renovierungsarbeiten bis einschließlich Mai geschlossen! Bei Rückfragen besuchen sie unsere Website oder kontaktieren uns un-

ter der Telefonnummer 555-HEMILTON. Die knapp zwei
Meter große Mauer umringte das Anwesen und in kurzen Abständen thronten Kameras auf kleinen Sockeln, welche durch
den Stromausfall schlapp nach unten hingen. Sarah packte
das Tor an den Gitterstäben und rüttelte fest daran, doch es
war verschlossen. Sie trat vor Wut fest mit dem Fuß dagegen,
dass das Schild laut klapperte, wuchtete ihre Tasche in hohem
Bogen auf die andere Seite und steckte ihr Gewehr durch das
Gitter. Beherzt umklammerte sie die Gitterstäbe und fing an
sich daran hinaufzuziehen. Ohne große Mühe erreichte sie die
Spitzen, hievte elegant die Beine darüber und sprang in einem
Satz auf die andere Seite, wo ihre Stiefel hart auf dem Boden
aufschlugen. Sie rappelte sich auf, warf ihre Haare zurück und
drehte sich zu uns um. Mit ausdrucksloser Miene starrte sie
uns an. „Was ist? Braucht ihr eine schriftliche Einladung?",
fragte sie und ihr Mund verzog sich zu einem Lächeln. Sam
und ich blickten uns an. „Was die kann, können wir auch", sagte Sam und stemmte einen seiner Cowboystiefel zwischen die
Gitterstäbe. Er war so breit, dass er fast steckenblieb und es
machte ein quietschendes Geräusch bei jedem Schritt. Oben
angekommen, stieg er einfach auf die großen Spitzen, so als
wären sie gewöhnliche Stufen und sprang hinunter zu Sarah.
„Komm schon Chris, auf was wartest du noch?" „Ich kann dir
auch eine Decke hier herausbringen, wenn du lieber unter frei-
em Himmel schläfst", ergänzte Sarah. Das ließ ich mir nicht
zweimal sagen. Ich warf noch einen flüchtigen Blick über die
Schulter und schwang mich hinauf. Es sah bei den zweien so
einfach aus, doch oben angekommen bedrohten mich die vergoldeten Dornen, als wollten sie mir sagen: versuch es gar nicht
erst, Chris. Wenn doch, spießen wir dich auf! „Mach schon,
wir haben nicht den ganzen Tag Zeit", fauchte mir Sarah entgegen. Ich schwang meinen rechten Fuß hinüber und der Saum
meines Hosenbeines verfing sich in einer der Spitzen. Unfähig, mich in dieser Position zu befreien, schwang ich das andere Bein hinterher, rutschte ab und fiel in die Tiefe. Mit ei-

nem lauten Plumps schlug ich mit dem Rücken auf dem Boden auf. Mit einem vor Schmerz verzogenem Gesicht rieb ich mir die aufgeschürften Knochen und betrachtete ungläubig meine zerfetzte Jogginghose, die wie eine Fahne im Wind über unseren Köpfen wehte. „Sehr elegant, das muss ich neidlos zugeben", lachte Sarah amüsiert über meinen jämmerlichen Anblick. Nur mit Boxer Shorts und Shirt bekleidet, richtete ich mich auf und zupfte an den mir verbliebenen Klamotten herum. Ich spürte, wie mir das Blut in die Wangen schoss und mein Gesicht in ein helles Rot tauchte. Sam, der sich das Lachen ebenfalls nicht verkneifen konnte, streckte mir seine Hand entgegen und half mir auf die Beine. „Komm schon, Kleiner, wir finden dort drinnen sicherlich etwas anderes zum Anziehen für dich." Es war mir fürchterlich peinlich, und nervös zog ich mein XL-Shirt nach unten, das jetzt wie ein schlabbriges Kleid bis zu meinen dünnen Knien ragte. Gemeinsam stapften wir die mit einigen Buchsbäumen versehene Auffahrt hinauf und standen vor dem Eingang. Inmitten der großen Wendeplattform, in der die Besucher für gewöhnlich ihre Autos abstellten, ihr Gepäck aufs Zimmer bringen ließen, um selber keinen Finger rühren zu müssen, war ein wunderschöner Brunnen. Er war größer als die meisten Pools, die ich kannte, und sein Wasser schimmerte dunkelblau im letzten Licht des Tages. Eine große, doppelte Schiebetüre aus Glas versperrte den Eingang. Ich stellte mich davor und versuchte, meinen schlaksigen Körper so breit wie möglich zu machen, doch die Türen blieben verschlossen. Es war nicht das erste Mal, dass mich ein Sensor nicht erkannte, also wedelte ich wild mit den Armen über meinem Kopf, als ein riesiger Blumentopf aus Ton mit einer Palme darin an mir vorbei sauste. Laut klirrend durchschlug er das Glas und Tausende von Scherben regneten wie kleine Diamanten auf den Boden. „Geht das nicht noch etwas lauter?", fragte ich Sam, der mit einem breiten Grinsen hinter mir stand. „Klar", antwortete er knapp und schon flog eine weitere Palme an mir vorbei und ebnete uns den Weg ins Innere. „Pff, Kinder", schnaubte Sarah und ging mit knirschenden Schritten an uns vorbei in die Lobby. „Aber ... ich hab' doch ... Sam hat ..."

Sam grinste mich an und folgte ihr. Im Inneren angekommen, zückte Sam eine Taschenlampe aus seiner Hosentasche und leuchtete die dunkle Halle ab. Er musste kurz husten und der Schall seines Bellens drang weitläufig durch die Eingangshalle. Wir staunten nicht schlecht über diesen Anblick. Gleich neben uns prangte eine lange, vergoldete Rezeption, an einigen Aufzügen vorbei ging es in ein Restaurant. Auf der anderen Seite waren gleich mehrere Geschäfte für Kleidung, Golfausrüstung und Schmuck, deren Auslagen kleine Lichtreflexionen an die Wände warfen. Genau vor uns ragte eine flache, sehr breite Marmortreppe mit rotem Läufer und vergoldetem Geländer hinauf in die oberen Stockwerke. In dieser Halle könnte man leicht ein Flugzeug verstecken und der Schall des zerbrochenen Glases unter unseren Füßen erzeugte ein leises Echo. „Ladies, welcome home", sagte Sarah und ließ ihre Tasche auf den Boden fallen. Wir alle verteilten uns etwas in den Räumen. Zuerst ging ich in den Golfladen, während Sarah hastig die Stufen nach oben stapfte. Sam dagegen machte sich sofort auf in das Restaurant. „Treffen wir uns gleich wieder hier?", rief ich meine Frage den beiden hinterher. Doch nach einem flüchtigen Jaja, welches sie synchron erwiderten, ohne sich umzudrehen, waren sie auch schon verschwunden. Also gut, dann geh ich mal shoppen. Hoffentlich darf man hier aufs Zimmer schreiben, witzelte ich in Gedanken und schlenderte durch die Auslage. Golf, Tennis, Schwimmen oder Dinner. Egal, für welchen Anlass man ein Kleidungsstück brauchte, hier gab es alles, was das Herz begehrt. Beherzt schnappte ich mir eine Armani Jeans und schlüpfte hinein. Sie passte perfekt, freute ich mich, und streifte die restlichen Klamotten ab. Nach ein paar Minuten stapfte ich stolz über meine neue Garderobe zurück in die Halle. Sarah kam in diesem Moment von oben heruntergelaufen, um uns zu berichten, was sie gefunden hatte. Vergnügt sprang und tänzelte sie die Stufen entlang. „Die Zimmer sind der absolute Wahnsinn, du musst dir d..., WOW!". Sie unterbrach ihren eigenen Satz und musterte mich streng. „Entschuldigen Sie, der Herr, haben Sie einen dürren, verdreckten, etwas jämmerlich dreinblickenden Jungen ohne Hosen gesehen? Er war eben noch hier und jetzt ist er weg. Ich ..." „Jaja, schon gut", unterbrach ich sie und zupfte mein neues Outfit zurecht. Sie verzog ihr Gesicht zu einer gespielt verblüfften Miene und schritt langsam um mich herum, den Finger zärtlich über meine Schulter streichend. „Chris, oh mein Gott, ich hätte dich ja fast nicht wiedererkannt. Du siehst ja richtig gut aus, wenn du willst." Ihr belustigtes Grinsen war unübersehbar, doch trotzdem fühlte ich mich sehr geschmeichelt. In meinem Kopf suchte ich fieberhaft nach einer schlagfertigen Antwort, doch in dem Moment, als ich den Mund öffnete, ging in dem gesamten Gebäude mit lautem Klicken das Licht an. Das viele Gold und der weiße Marmor schillerten uns entgegen und wir mussten kurz die Augen zusammenkneifen, so sehr blendete es uns. Einen Augenblick später kam Sam aus dem Restaurant heraus und rieb sich die Hände an einer Serviette sauber, in der sich dicke schwarze Flecken abzeichneten. „Ich hab' im Keller einen Generator gefunden. Der Tank ist voll und Benzin ist genug vorhanden. Das sollte eine ganze Weile reichen", sagte er mit vor Stolz geschwollener Brust. Sarah jauchzte und ihr Freudenschrei schallte durch die Halle. Sofort machten wir uns auf, das Hotel zu erkunden. Es war einfach riesig und wir probierten alles aus, was wir fanden. Wir sprangen in den frisch geputzten Zimmern auf den sauber bezogenen Betten herum, wir rasten mit den Gepäckwagen die Gänge entlang und schlemmten in der Küche Kuchen, Torte und halb geschmolzene Eiscreme. Nach einer ausgiebigen Essensschlacht sprangen Sarah und ich total verdreckt in den azurblauen Pool, während sich Sam am Rand des Beckens eine Dusche gönnte. Nachdem wir wie kleine Kinder durch die Räume gelaufen waren und überall ein gigantisches Chaos hinterlassen hatten, ließen wir uns müde, aber zufrieden und vor Freude strahlend an der Hotelbar nieder. Sam griff sich beherzt eine Flasche und drei Gläser, die er vor uns verteilte. Eifrig goss er uns etwas ins Glas und erhob seines, um mit uns anzustoßen. „Auf uns", rief er laut und hielt uns den bitter riechenden Scotch unter die Nase. Sarah und ich ergriffen langsam und wie in Zeitlupe unsere Gläser, streckten sie ihm entgegen und er hämmerte seins dagegen, sodass das scharfe Gesöff über unsere Handrücken lief. Mit nur einem Zug kippte er den Inhalt hinunter und schlug mit dem leeren Glas auf den Tresen. Sarah und ich betrachteten ungläubig die braun glitzernde Flüssigkeit. „Komm schon, Kleiner, davon wachsen dir Haare auf der Brust", lachte er mir entgegen und klopfte mir so fest auf den Rücken, dass mir der halbe Inhalt auf den Tresen schwappte. Sarah roch an dem Glas und rümpfte die Nase. „Was würde ich jetzt nicht alles für einen Mai Tai geben", sagte sie verträumt und stellte ihr Glas vor sich ab. „Das hier ist einfach nur widerlich!" Sie verzog das Gesicht, als müsste sie sich gleich übergeben. „Ein Mai Tai? Kommt sofort, junge Dame", sagte ich und ging elegant um den Bartresen. „Du kannst einen Mai Tai mixen? Machst du Witze?" „Warum? Ein bisschen brauner Rum, Mandelsirup, Orangenlikör, Zuckersirup und Ananassaft in einen Shaker, das alles mit einer Ananas und etwas Grenadine garnieren et voilà ..." Sie starrte mich verblüfft an, als ich anfing, hinter dem Tresen nach den Zutaten zu suchen. Beherzt öffnete ich die Schubladen der Kühltheke und reihte ein paar Flaschen vor mir auf. Gleich unter dem Sumpf, in dem die Spirituosen für die Cocktails gekühlt werden, war die Eismaschine. Sie war leer, klar, ohne Strom konnte sie nicht funktionieren, und doch hatte ich gehofft, noch ein paar Reste darin zu finden. Auch die Flaschen waren auf Zimmertemperatur und es gab kein Obst, welches ich für meine Garnierung brauchte. Offenbar kümmerte sich der Generator nur um Licht und das Wasser. Ich schnappte mir einen Jigger, maß die Zentiliter ab und goss sie in einen silbernen Shaker. Gebannt verfolgten die beiden ungläubig jeden meiner Handgriffe. „Das Eis ist uns heute leider ausgegangen, Madame. Darf ich ihnen ihren Drink auch ohne kredenzen, oder möchten sie lieber etwas anderes bestellen?", sagte ich in einem leicht hochnäsigen Tonfall, der wie der des Butlers aus Dinner For One klingen sollte. „Wie? W ... Was, nein, mach, wie du meinst, ich meine ..." „Ok", unterbrach ich ihren stammelnden Satz, schloss den Deckel des Shakers und schwang ihn in kleinen Kunststückchen über meinem Kopf herum. Ich stellte ein hohes Cocktailglas mit Bauch auf der Barmatte ab, öffnete den Siebdeckel und goss vorsichtig in einem hohen Bogen die Flüssigkeit ins Glas. Dann packte ich die Flasche mit Grenadine, steckte einen Ausgießer darauf und garnierte nach einer schnellen Fünfundvierzig-Grad-Drehung der Flasche die Innenseite des Cocktailglases. Mit einem kleinen Schirmchen on Top, legte ich eine Serviette vor sie auf den Tresen und stellte den Mai Tai darauf ab. „Bitte sehr Madame, ihr Cocktail. Und was möchte der Gentleman?", sagte ich und richtete meinen Blick auf Sam. Er drehte sein leeres, auf dem Kopf stehendes Glas herum und schob es in meine Richtung. „Barmann, nachfüllen bitte." „Oh Mann, schmeckt das lecker", fuhr Sarah dazwischen und ihre grünen Augen leuchtete vor Freude auf. Ich musterte kurz die Flasche Johnnie Walker Red Label, die vor Sam stand, zog die Augenbrauen hoch und blickte ihn fragend an. „Ist der Gentleman eher ein Scotch- oder Bourbon-Genießer?" „Ehm, keine Ahnung, Bourbon denke ich?" „Na, dann ist dieser Scotch nicht die richtige Wahl für Sie." Ich drehte mich um und sah mir die Auswahl im Regal an. Dutzende Flaschen, von billiger Plörre bis hin zu den edelsten Tropfen, waren dort aufgereiht. So einen Arbeitsplatz hätte ich mir früher gewünscht, dachte ich und suchte zielstrebig die mit grellen LED-Spots beleuchtete Auslage ab. „Ah, da haben wir ja, was wir suchen." Vorsichtig griff ich nach einem 32er Bruichladdich. Ich nahm Sams benutztes Glas von der Theke, stellte ein frisches auf die Barmatte und goss ihm vorsichtig etwas davon ein. Staunend beobachtete er jeden meiner Handgriffe. „Woher kennst du dich so gut hinter einer Bar aus?", fragte er mich ungläubig, seinen Blick nicht von dem Glas nehmend. „Nun ja, ich hatte in meiner beruflichen Vergangenheit jede Menge Gelegenheiten, mir die Probleme der Welt anzuhören, während ich meine Gäste mit edlen Drinks abgefüllt habe. Gelernt habe ich dieses Handwerk in der Barschule München und in diversen Hotels, wo ich meinen Abschluss als Classic Bartender gemacht habe." Nachdem ich sein Glas gut einen Finger breit gefüllt hatte, legte ich auch vor ihm eine Serviette ab und stellte den Drink darauf. Ich selbst Griff nach einer Flasche Monkey47 und einer kleinen Flasche Fever-Tree, füllte mein Longdrinkglas und schritt wieder zurück zu meinem Barhocker. Er schnupperte kurz an der golden schimmernden Flüssigkeit und nippte daran. Seine Miene wurde weich und sofort hob er das Glas erneut zu seinen Lippen. „Das Zeug ist fantastisch." Seine Wangen wurden leicht rot. „Also, was genau glaubt ihr, was hier zurzeit abgeht?", fragte Sarah eifrig an dem Strohhalm ihres Mai Tais nuckelnd und warf uns dabei einen verstohlenen Blick zu. „Ich hab' keine Ahnung", antwortete Sam. „Ich weiß nur, dass diese Typen scheißgefährlich sind." Er wedelte mit seinem bandagierten Arm in der Luft herum. „Und schnell. Mann, können die schnell laufen. Du hattest Glück, dass die aus der Stadt so verbrannt waren, sonst hätten wir es schwerer gehabt, ihnen zu entkommen." „Sie haben auf jeden Fall einen an der Waffel, denn besonders lecker siehst du nicht aus." „Halt die Klappe, Sarah." „Waren das in der Stadt die Bewohner, die mich angegriffen haben?", fragte ich die beiden, die einen flüchtigen Blick austauschten. „Ich meine, sie trugen normale Kleidung, aber sie waren fürchterlich entstellt. Sie waren verbrannt und zum Teil wirklich schlimm verletzt. Einem dieser Dinger habe ich sogar mein Messer in die Brust gerammt und er zuckte noch nicht einmal, so als würde er es nicht spüren." Meine Stimme zitterte und ich räusperte mich kurz, als ich bemerkte, wie weinerlich ich klang. „Wie ist das möglich?" „Sie können sterben, genauso wie du und ich", erklärte Sarah in einem gleichgültigen Tonfall, so als wäre es die normalste Sache der Welt. „Aber sie spüren keine Schmerzen oder zeigen sie zumindest nicht. Das Messer, das du dem einen Kerl in die Brust gerammt hast, hat ihn mit Sicherheit erledigt, nur hat es ihn nicht sonderlich interessiert. Sie sind wie auf Droge, die die körperliche Leistung steigert, aber das Gehirn bis auf den niedrigsten aller Triebe ausschaltet" „Und welcher Trieb soll das sein?" Erneut ertappte ich mich, wie meine Stimme nach oben schnellte. „Der Trieb zu fressen!" Meine Nackenhaare stellten sich auf und ich spürte, wie mir das Blut aus dem Gesicht wich. Reiß dich zusammen man, sei kein Weichei, dachte ich und nahm eifrig einen großen Schluck von meinem Gin Tonic. „Wenn ihr mich fragt, hat die Regierung ihre Finger im Spiel. Schließlich halten sie fast alles, was sie tun, unter Verschluss. Es gibt Tausende von Experimenten, die nie an die Öffentlichkeit gelangen. Vielleicht haben sie an einem neuen Erreger oder an einer Biowaffe geforscht, was völlig in die Hose ging", mutmaßte Sam. „Mach dich nicht lächerlich", unterbrach ihn Sarah. „Glaubst du wirklich, die Regierung würde mit Absicht an einem Erreger forschen, der das eigene Land vernichtet? Das ist Schwachsinn." Ungläubig pustete sie ihre Strähne aus dem Gesicht. „Ich sag' ja nicht, dass sie es mit Absicht gemacht haben, aber möglich ist es schon. Vielleicht war es ja auch ein anderes Land, welches uns damit vernichten will." Sarah runzelte ihre Stirn und schüttelte leise kichernd den Kopf „Okay, Fräulein Neunmalklug, dann erzähle uns deine Version der Geschichte". Prompt drehte sie sich auf dem drehbaren Hocker zu uns und richtete sich auf, als müsse sie auf einer Bühne eine Rede halten. „Was ist, wenn uns Mutter Natur in den Arsch tritt für die jahrelange Vergewaltigung an ihr?", sagte sie in einem kräftigen Tonfall, ohne lange nachzudenken. „Ich meine, seit wir auf diesem Planeten wandeln, haben wir nichts anderes getan, als ihn auszubeuten und zu zerstören." „Ich weiß, was du meinst, aber glaubst du wirklich, die Natur selbst hat ...?" „Wie viele Menschen leben auf der Erde?", unterbrach sie Sam mit dieser energischen Frage. „Ehm, keine Ahnung. In etwa acht Milliarden?" „Richtig! Und was glaubst du, wie viele es vor gerade mal vierzig Jahren waren?" „Ich, ehm ..." Sarah saß vor uns und sah uns eindringlich an. Sie wirkte wie eine Sprecherin von

Greenpeace, die in einem YouTube-Video erklärte, dass wir den Point of no Return erreicht hatten. „Eine kleine Gedankenstütze, bevor du deinen Kopf zu sehr anstrengen musst, ...“, fuhr sie Sam ins Wort, der seinen erneut rot werdenden Kopf auf die Seite legte. „Als die Pyramiden von Gizeh erbaut wurden, das ist jetzt in etwa viertausend Jahre her, waren es gerade mal dreihundert Millionen Menschen. Weltweit! Als im Jahr 1859 der Big Ben erbaut wurde, haben wir zum ersten Mal die Milliarde geknackt.“ Sie nahm einen weiteren Schluck ihres Mai Tais, um ihre Stimme zu schmieren. „In den Dreißigern, als man Mount Rushmore errichtete, waren es bereits zwei und nur vierzig Jahre später, als in den Siebzigern das World Trade Center eröffnet wurde, schon vier Milliarden. Und wo sind wir jetzt? In den nicht mal fünfzig Jahren danach hat sich diese Zahl erneut verdoppelt auf knapp acht Milliarden Menschen. Wir betreiben Raubbau, plündern die natürlichen Ressourcen, roden das Land, um Viehzucht und Ackerbau zu betreiben, während nach und nach mehr Tiere ausgerottet werden. All das Abholzen oder Niederbrennen der Urwälder, das gnadenlose Überfischen der Meere, der Verzehr von fossilen Brennstoffen wie Kohle oder Öl, Tagebau, der ganze Landstriche verwüstet, die Verpestung der Luft und die Zerstörung der Ozonschicht, der unaufhörliche Ausbau des menschlichen Wohnraums und das Zurückdrängen der Natur. Wer sagt, dass es nicht die Natur selber ist, die einen Schlussstrich unter das Ganze zieht, weil sie die Schnauze gestrichen voll hat von der völlig versagenden Menschheit?“ Ihre Stimme klang aufgeregt und sie wusste offenbar, wovon sie redete. „Das hier ist nicht der erste Versuch, uns vom Antlitz der Erde zu wischen. Denkt doch nur an Krankheiten wie Pest, Cholera, Pocken oder Krebs, die alle durch natürliche Mutation der Gene und Erreger entstanden sind.“ Sie redete so schnell, dass sie kurz zu Atem kommen musste und einen weiteren Schluck aus ihrem jetzt fast leeren Cocktailglas nahm. Sie stützte sich auf den Tresen und die letzten Worte lallten über ihre Lippen. „Was denkst du darüber, Chris?“, fragte sie und sah mich eindringlich an. Meine

Erfahrung mit dem Umgang von Alkohol verriet mir, dass sie nicht allzu viel vertragen konnte und ich ihren Drink definitiv zu stark gemixt hatte. „Ich denke", flüsterte ich und leerte den letzten Zug aus meinem Glas, „wir sollten jetzt nach einem gemütlichen Bett suchen und schlafen, denn das habe ich seit Tagen nicht mehr gemacht." Ich rieb mir kräftig meine brennenden Augen. Ich war gut im Lesen von Gesichtern, schließlich machte ich das als Barkeeper jeden Tag, um mich den Bedürfnissen meiner Gäste anzupassen. Sarahs und Sams Gesichter und der lauter werdende Ton verrieten mir, dass sie genug getrunken hatten. Es war Zeit, die Bar zu schließen, bevor es in einem Streit enden würde. „Ein Mann, ein Wort", schloss sich Sam mir an und stellte sein leeres Glas auf dem Tresen ab. „Ach, kommt schon, ihr Pussys. Immer wenn eine Frau mit guten Argumenten kommt, ziehen die Männer ihren Schwanz ein", lallte sie uns entgegen und machte einen Schmollmund. „Nein, Chris hat Recht. Ich bin erledigt und brauche dringend etwas Schlaf." Sam kratzte wieder an seinem Verband und stand auf. Als er von dem Hocker rutschte, gaben seine Beine kurz nach und er musste sich an der Bar abstützen. Jetzt, wo sein Gesicht hell von dem Spot über ihm erhellt wurde, konnte ich sein blasses Gesicht erkennen, auf dem sich kleine Schweißperlen gebildet hatten. Seine Augen waren klein und er hatte tiefe Augenringe. „Alles okay?", fragte ich und versuchte, den schweren Arm zu stützen, der sich in die Theke krallte. „Jaja, alles bestens, ich brauche nur etwas Schlaf, das ist alles", sagte er und schlurfte langsam zurück zur Lobby. „Ich sag ja, Pussys", schloss sich Sarah an. Mit dem Strohhalm zog sie die letzten Reste ihres Drinks heraus und verdrehte die Augen. Mit lautem Scheppern stellte sie das Glas hart auf den Tresen, schnappte sich ihr Gewehr und stapfte leicht schwankend an uns vorbei. Sam und ich schlenderten hinter ihr her, als sie hinter der Rezeption verschwand. „Möchten die Herren ein Zimmer?", fragte sie uns, als wollten wir gerade einchecken. „Die Betten getrennt oder teilen Sie sich eins? Wir haben auch noch die Honeymoon-Suite, falls Sie es lieber romantisch möchten", sagte sie mit einem unverschämt breiten Grinsen. „Gib mir einfach einen Schlüssel und hör auf mit den Spielchen", entgegnete Sam jetzt etwas genervt. Sie reichte uns jeweils einen Schlüssel aus der obersten Reihe am Schlüsselboard und legte sie vor uns auf die Ablage. Sie selbst schnappte sich den vergoldeten Anhänger, auf dem Honeymoon stand und trat aus der Rezeption. Das Gebäude hatte fünf Stockwerke, die wir angestrengt über die Treppe nach oben stapften. Meine Lunge schmerzte und ich keuchte laut, als ich die letzten Stufen erklomm. Sam musste sich den Weg hinauf schwer auf das Geländer stützen, doch er brachte keine Einwände gegen den Aufstieg. Im Stillen hielten wir alle die obersten Zimmer für die beste Wahl. Bei den Zimmern angekommen, öffnete Sarah ihre Tür und hüpfte fröhlich hinein. „Ach, du Scheiße", rief Sarah aufgeregt, als sie das Innere ihrer Suite bewunderte und mit einem Tritt ihrer Ferse die Türe hinter sich zuknallte. Wir konnten sie noch einen Moment jubeln hören, als ich Sam bei seinem Zimmer ablieferte. Er atmete schwer und hustete laut, während er an den Türrahmen gelehnt versuchte, den Schlüssel ins Schloss zu manövrieren. „Brauchst du Hilfe?", fragte ich ihn fast flüsternd und musterte seine mittlerweile gebrechlich wirkende Gestalt. „Mach dich nicht lächerlich", röchelte er mir entgegen, sichtlich angestrengt, seine Fassade nicht bröckeln zu lassen. „Wir sehen uns morgen", und mit einem leisen Klick schloss sich die Tür. Ich ging ein paar Schritte weiter, bis ich vor Zimmer 517 stand. Ich prüfte kurz die Nummer auf dem Schlüssel und schloss es auf. Ohne ein Geräusch schwang die Tür auf. Ein geräumiges Doppelzimmer mit hoher Decke, an dem ein Swarovski-Kronleuchter baumelte, tauchte vor mir auf. Das Zimmer war mit grau gebeiztem Holz vertäfelt und ein schmiedeeisernes Bett mit einer Kingsize-Matratze füllte es zur Hälfte aus. Neben einem geräumigen, mit Spiegeln versehenem Kleiderschrank, standen ein kleiner Schreibtisch und eine Kommode, auf dem ein riesiger Plasmafernseher prangte. Wie aus einem Reflex heraus schnappte ich mir die Fernbedienung und ließ mich aufs Bett fallen. Ich rückte die Kissen zurecht und drückte auf den roten Knopf, um ihn einzuschalten. Ach ja, ich vergaß. Der Strom funktionierte nicht und der Generator versorgte nur die Beleuchtung. Im selben Moment, als ich meinen Gedanken beendete, fing das Licht an zu flackern und ging aus. Offenbar war der Sprit jetzt alle, denn seit unserer Ankunft hatte keiner mehr etwas nachgefüllt. Ich lehnte mich zurück und schloss die Augen. Wenigstens habe ich ein bequemes Bett und eine verschlossene Türe, dachte ich und zog meine Schuhe mit den Zehenspitzen aus. Das ist mit Abstand das bequemste Bett, in dem ich je gelegen habe. Mit diesem letzten Gedanken schlief ich ein.

TAG 4

Ich blinzelte mit den Augen. Die Sonne schien hell in mein Zimmer und ich zog mir die Decke über meinen Kopf. Es war so weich, warm und kuschelig, dass ich mich nicht aufraffen konnte. Nur noch fünf Minuten, dachte ich und schloss wieder die Augen. Ich lauschte still den Geräuschen der Umgebung. Durch das geschlossene Fenster konnte ich die Vögel zwitschern hören und der Fluss plätscherte neben dem Hotel vorbei. Es war so friedlich, fast so, als wäre alles nur ein schrecklicher Albtraum gewesen. Ich warf die Decke zurück und starrte auf den schräg über mir baumelnden Kronleuchter. Das hier war leider kein Traum. Ich war noch immer in dem Hotelzimmer des Hemilton und ließ meinen Blick nun durch das ausgeleuchtete Zimmer wandern. Ich war gestern vor Erschöpfung mitsamt Klamotten eingeschlafen. Sie rochen leicht nach Schweiß, so wie ein Pyjama riecht, wenn man in der Nacht geschwitzt hatte. Ich setzte mich auf, zog meine Schuhe an und ging zum Fenster. Diese Gegend war atemberaubend und von hier oben hatte man einen fantastischen Ausblick über die gesamte Gegend. Weit in der Ferne konnte ich eine große Straße entdecken, auf der viele Autos kreuz und quer standen. Davor und dahinter lagen weite, grüne Felder, auf denen vereinzelte Farmhäuser standen. Direkt unter mir schimmerte die blaue Farbe eines großen Pools, dessen Wasser ausgelassen war. Einige Planen waren auf den Beckenrand gelegt, um ihn anscheinend neu zu streichen. Ich zupfte meine Klamotten gerade und ging hinaus auf den Flur. Es war dunkel und nur durch ein kleines Fenster am anderen Ende schien etwas Licht herein. Für einen Kaffee und eine Zigarette würde ich einen Mord begehen, dachte ich und rieb mir noch etwas verschlafen den Nacken. Ich ärgerte mich etwas darüber, dass ich meinen Rucksack beim Fluss zurücklassen musste, nicht nur weil ich das dringende Bedürfnis nach Nikotin hatte, sondern weil sich auch langsam der Hunger bemerkbar machte. Ich ging langsam und im Halbschlaf den Flur hinunter zu Sams Zimmer. Ich lauschte kurz an der Tür und klopfte vorsichtig. Wie spät war es jetzt? Ich hatte absolut kein Zeitgefühl mehr. Wie lange hatte ich diesmal geschlafen? Noch einmal klopfte ich an der Tür, doch Sam reagierte nicht. Er schläft sicher noch, kein Wunder nach dem langen Tag gestern, dachte ich, als ich ein lautes Splittern hörte. Es kam aus Sarahs Zimmer. Hastig drehte ich mich um und rannte zu ihr. Ich bremste scharf ab, klopfte wild an die Tür und drehte den Knauf. „Sarah? Sarah, alles in …" „Moment, ich … sag mal, kommst du immer in das Zimmer einer Dame gestürmt, bevor sie dich hereinbittet?", fragte sie, als die Türe langsam aufschwang. Ihr Zimmer war riesig. In einer der Ecken des Raumes stand auf einem Podest mit drei Stufen ein Jacuzzi, der mit Wasser gefüllt war. Ein Handtuch und ein Bademantel hingen darüber und tauchten ihre Spitzen hinein. Auf der anderen Seite, nach einem großen, begehbaren Kleiderschrank, war eine Hausbar mit zwei Barhockern, auf dem eine angebrochene Flasche Moét Rosé und ein Champagnerglas standen. Die moderne und helle Einrichtung versprühte eine Menge Charme und glitzerte prunkvoll im Licht der Sonne. Das nenn' ich mal eine Suite, dachte ich und ließ meinen Blick über eine weiße Sofagarnitur mit offenem Kamin zurück zu Sarah schweifen. „Entschuldige, ich habe Glas splittern gehört und dachte …" „Du solltest das Denken den Pferden überlassen, die haben eindeutig größere Köpfe", entgegnete sie knapp und drehte sich wieder zum Fenster. „Komm her und sieh dir das an." Das Fenster vor ihr war eingeschlagen und das Glas fast komplett aus dem Rahmen entfernt. Sie hatte eine Kommode davor geschoben, auf der das Standbein ihres Gewehrs abgestellt war. Sie zielte damit nach unten in den Hof, ein Auge fest zusammengekniffen, das andere starr durch das Fernrohr gerichtet. Ihre Haare wehten leicht im Wind und ihr Oberkörper war nur mit einem schwarzen BH bekleidet, über dem ein silberner, herzförmiger Anhänger an einer Kette baumelte. Stumm stand ich da und bewegte mich nicht. Ich starrte sie nur an, wie sie halbnackt in der Sonne stand und mit ihrer Waffe aus dem Fenster zielte. Mit der hautengen Jeans und den hohen Stiefeln sah sie fast wie eines der Models im Guns&Armor Magazin aus, dass ich einmal bei Jack zuhause auf dem Couchtisch liegen sah. Als sie bemerkte, dass ich sie anstarrte und mich nicht bewegte, sah sie mich mit hochgezogener Augenbraue an. „Brauchst du ein Taschentuch? Wenn du ein Foto machst, hast du länger was davon. Komm jetzt her, verdammt noch mal." Sie hielt mir die Schulterstütze des Gewehrs entgegen, während sie mit der anderen Hand nach ihrem Shirt griff. „Hör auf, so blöd zu glotzen, und sieh dir das an, du Spanner. Du kannst dir das nicht vorstellen." Sie nickte leicht zum Fenster. Wie aus einer tiefen Trance gerissen, zuckte ich kurz zusammen und ging zu ihr hinüber. Ich hatte größte Mühe, ihr nicht auf die Brüste zu starren, und nahm ihr etwas zittrig das Gewehr aus der Hand. Sie streifte sich flink ihr Shirt über und stellte sich ganz nah an mich heran. „Schau durch das Fernrohr. Na, mach schon!" Ich blickte hindurch und erkannte eine Baumreihe, gut einen Kilometer entfernt. Zwei dieser Kreaturen rannten wie Olympia-Sprinter über das Feld in unsere Richtung, gefolgt von einer etwas langsameren, die humpelte. Sie steuerten genau auf das Hotel zu und zogen kleine Schneisen durch das hohe Gras. Na und, was soll mit ihnen sein, wollte ich sie gerade fragen, als sie mit nur einem Finger das Gewehr an meiner Schulter etwas anhob und mein Blick durch das Zielfernrohr auf das große, schmiedeeiserne Tor fiel, über das wir am Abend zuvor geklettert waren. Ich erschrak und stolperte einen Schritt zurück, bis ich gegen einen ihrer Bettpfosten prallte. „Ja, in etwa so habe ich auch ausgesehen, als ich sie entdeckt habe. Nicht ganz so weinerlich wie du, aber schon nah dran", witzelte sie, ohne eine Miene zu verziehen. Ich konnte es nicht glauben und ging wieder ans Fenster, um mich zu überzeugen, dass ich richtig gesehen hatte. Das Tor war leicht nach innen gedrückt und klapperte, während meine Jogginghose wie ein Signalwimpel daran baumelte. Davor zu Hunderten versammelt waren diese grauenhaften Kreaturen und versuchten, zu uns ins Innere des Hotelgeländes zu kommen. Sie schrien, warfen sich gegen das Gitter und schoben sich wie eine Welle von Demonstranten nach einer Kundgebung dicht aneinandergepresst an die Absperrung. Das schwere Tor ächzte stark unter der Belastung und schwang auf und ab. Gierig griffen sie mit ihren Armen durch die Stäbe und grabschten in die Luft, als könnten sie ihre nächste Mahlzeit schon riechen. Ich betrachtete sie etwas genauer, sie waren zum Teil völlig zerfetzt, bei manchen fehlten gar ganze Gliedmaßen, und fast alle waren über und über mit Blut beschmiert. Es waren Menschen, die etwas weniger Glück gehabt hatten als wir. Ganz vorne am Tor stand ein dürrer Kerl in einem Blaumann, dessen Kopf durch den Druck der Massen zwischen die Gitterstäbe gepresst wurde. Die Abstände der Stäbe waren nur etwa zehn Zentimeter breit, sodass er zu einem unförmigen Klumpen zerquetscht wurde und nun leblos daran baumelte. Gleich daneben, durchaus lebendiger, aber nicht weniger entstellt, war eine Frau mit einem gelben Top, die flach ans Tor gepresst ihre Arme hindurch streckte und damit herum wedelte. In ihrer Schulter hatte sie zwei Einschusslöcher und ihr Kiefer baumelte nur noch an einem Stückchen Haut. Zu ihren Füßen lagen vier oder fünf Kreaturen zertrampelt auf dem Boden, und alle folgenden benutzten sie als Trittleiter. Je länger ich aus dem Fenster sah, desto mehr wurden es. Das gesamte Gelände war an der Mauer entlang eingekreist, und es kamen immer mehr über die Felder gelaufen, genau auf uns zu. „Ich glaube, durch das Licht und unseren Krach, den wir gestern veranstaltet haben, wurden diese Biester angelockt. Je mehr es vor dem Tor werden, desto mehr kommen angelaufen. Sie scheinen auf alles zu reagieren, was Geräusche macht oder was auch immer auf eine Mahlzeit hinweist", sagte sie in aller Seelenruhe. „Glaubst du, sie können hier herein? Können sie das Tor durchbrechen?", fragte ich. Meine Haare auf den Armen stellten sich spürbar auf. „Mach dir nicht ins Hemd. Ich glaube, die Erbauer des Hotels haben keine halben Sachen gemacht und wussten, was sie tun. Es sieht momentan noch ganz stabil aus, allerdings wird es sicher nicht für immer halten", sagte sie und warf einen flüchtigen Blick aus dem Fenster, so als würde sie so etwas jeden Tag sehen. „Wie kannst du in dieser Situation nur so ruhig bleiben?" „Naja, erstens bin ich nicht so eine Pussy wie du", sagte sie und zwinkerte mir zu, „und zweitens waren für mich die Menschen schon immer wie hirnlose, ferngesteuerte Idioten, die tagein, tagaus demselben Trott folgen, der ihnen in die Wiege gelegt wurde. Außer der Tatsache, dass sie mich jetzt fressen wollen, hat sich nicht viel geändert." Mir fuhr ein Schauer über den Rücken, als ich ihre Worte hörte, doch in gewisser Weise hatte sie recht. In den letzten Jahrzehnten glaubten wir alle, mit dem Fortschritt zu wachsen, doch im Grunde hat er uns jeglicher Meinungsfreiheit beraubt und uns zu willenlosen Wesen gemacht, denen nichts wichtiger ist, als sich von der Gesellschaft abzuschotten und nur noch über das Internet zu kommunizieren. Vom Aufstehen bis zum Zubettgehen starren wir auf unsere Smartphones und teilen jeden Blödsinn mit der Welt, als würde es tatsächlich jemanden interessieren. Wir posten unsere privatesten Sachen online, immer auf der Suche nach mehr Klicks und Likes, das reale Leben dabei völlig aus den Augen verlierend. In meiner Kindheit gab es kaum Computer und schon gar keine Handys. Wir mussten uns noch persönlich treffen und nutzten das Festnetztelefon nur, um uns zu verabreden. Heutzutage kann man ohne das Internet in der Hand nicht mal auf die Toilette gehen, in der Angst, man könnte was verpassen. Also ja, viel hat sich nicht geändert. Nur folgten diese Dinger keinem mehr auf Facebook oder Twitter, sondern ihrer nächsten Mahlzeit. In diesem Fall uns. „Was machen wir jetzt?", fragte ich und wich vom Fenster zurück, um mich auf das Bett zu setzen. „Was fragst du mich das?", antwortete Sarah knapp und pustete sich erneut eine Strähne aus dem Gesicht. „Ich weiß nur, dass wir sicher sind, solange wir hier drinnen und die dort draußen sind." Sie nickte mit dem Kopf erneut zum Fenster und ging an mir vorbei aus der Tür. „Wo willst du hin?" „Ich geh' mal nach dem Großen sehen und dann mach' ich mir einen Kaffee." Und schon war sie auf den Flur verschwunden. Kaffee? Oh ja, verdammte Scheiße, ich brauch' jetzt einen Kaffee. Und mit etwas Glück finde ich auch ein paar Zigaretten an der Hotelbar. Irgendjemand hier in diesem Laden muss doch Raucher gewesen sein, dachte ich und stapfte hinter Sarah her. Im Flur angekommen, stand sie schon vor Sams Tür und klopfte fest dagegen. „Hey, Prinzessin, aufgewacht, aufgewacht! Ein neuer Morgen lacht!" Sie hämmerte mit den Fingerknöcheln so fest gegen die Tür, dass diese zitterte und der Schall des Klopfens durch den Flur hallte. „Hey, mein Großer, bist du wach?" Sie hielt ihr Ohr an die Tür und lauschte. Nach kurzer Zeit kam ein leises, müdes Stöhnen aus dem Zimmer und Schritte tapsten über den Boden. „Ok, mach' du dich erst mal hübsch und wir gehen an die Bar und machen Kaffee. Wir sehen uns unten, du Schlafmütze", rief sie über die Schulter und marschierte los. Sie wandte sich nicht einmal um, denn sie wusste genau, dass ich ihr wie ein junger Welpe hinterherlief. Ihre Silhouette warf einen langen Schatten über den purpurnen Teppich und der Duft von ihrem Shampoo stieg mir in die Nase. Sie hatte sich am Abend wohl noch ein entspanntes Bad im Jacuzzi gegönnt, mit Champagner und einer herrlichen Aussicht. Das hätte ich gerne mit ihr geteilt, dachte ich verträumt und starrte sie an, wie sie vor mir herlief. „Hör auf, mir auf den Arsch zu glotzen, und beeil dich. Ich mag es nicht, wenn jemand hinter mir hertrottet", zischte sie, ohne sich umzudrehen. Woher wusste sie das? Irritiert über ihre äußerst präzise getroffene Aussage lief ich ein paar Schritte schneller, bis ich neben ihr war. Wir bogen in das Treppenhaus, wo ihre Stiefel mit den halbhohen Absätzen laut auf dem Boden klapperten. Wortlos gingen wir die fünf Stockwerke hinunter, an der Rezeption vorbei und schlenderten zur Bar. Auf dem Weg durch die Lobby warf ich einen Blick durch die zerbrochene Eingangstüre, in der noch die zwei Tontöpfe mit den Palmen lagen. Ihre Erde war bis weit in die Halle geflogen und verlieh dem edlen Aussehen des Empfangsbereichs ein verkommenes Antlitz. Hinter dem mit Glassplittern gesäumten Boden sah man über den breiten Brunnen hinweg, wie immer mehr dieser Kreaturen gegen das Tor gepresst wurden. Einige von ihnen waren wohl zu Tode gequetscht worden, denn es lagen jetzt bestimmt schon ein Dutzend vor dem Gitter, und der gewaltige Andrang trampelte wild auf ihnen herum. Vor der Bar angekommen, setzte Sarah sich auf denselben Barhocker, auf dem sie am Abend zuvor gesessen hatte, schob das leere Cocktailglas zur Seite und schaute mich ungeduldig an. „Worauf wartest du?", fragte sie mich und drehte mir den Rücken zu. „Du kennst dich doch damit aus oder nicht?" Sie deutete auf eine große, verchromte Espressomaschine, die wie ein aufpoliertes Relikt wirkte. Ich musterte sie kurz fragend und ging hinter die Theke. Diese Frechheit, die sie an den Tag legte, war erschreckend und niedlich zugleich. Es war beeindruckend, denn ich hatte nicht das Gefühl, dass sie die Taffe spielte. Sie war es tatsächlich. „Was genau ist deine Geschichte?", fragte ich sie, während ich hinter den Tresen stapfte und die Kaffeemaschine musterte. „Ich meine, wo kommst du her?" „Na, aus dem ausgebrannten Wald, oder hast du das schon vergessen?", antwortete sie und klopfte nervös mit den Fingernägeln auf dem Tresen herum. Ich musste etwas schmunzeln. Nicht nur, weil ich mit einer solchen nutzlosen Aussage gerechnet hatte, sondern weil sie Kaffee offenbar nötiger hatte als ich. Diese Tatsache hielt ich bis zu diesem Zeitpunkt eigentlich für unmöglich. „Na los, hopphopp, ich brauch' Kaffee oder ich werde wie eine von den Biestern dort draußen." „Jaja, schon verstanden. Da gibt es nur leider ein Problem", sagte ich und grinste sie überlegen an. „WAS? Was für ein verficktes Problem gibt es dabei", fragte sie noch genervter und vergrub ihr Gesicht in den Händen. „Ohne Strom wird das nix", antwortete ich und musste mir sichtlich das Lachen verkneifen. „Verarsch mich nicht!" Sie war, auch wenn ich das nicht zugeben würde, richtig süß, wenn sie zornig wurde. Solange sie es nicht auf mich war, trug es deutlich zu meiner Belustigung bei. „Doch, das ist mein Ernst, siehst du?" Ich legte mit einem leisen Klick den Schalter um, doch die Maschine blieb aus. Sie fluchte etwas so leise vor sich hin, dass ich es nicht verstehen konnte, und stand auf. Mit langen Schritten trampelte sie an der Bar vorbei in die Spülküche, wo sie mit voller Wucht die Türe aufschmetterte, sodass diese laut scheppernd an die Wand krachte. Und schon war sie verschwunden. Ich sah mich in der Bar um und durchwühlte alle Schubladen. Jede Menge Kellnerbesteck, Kassier-Geldbeutel und unzähliges Zubehör, das man für einen stressigen Abend in der Nachtgastronomie braucht. Von einer Schublade war ich besonders begeistert, denn sie war die Kruschlade der Kellner, die hier arbeiteten. In unserer Bar nannten wir sie Treasure, denn man warf immer alles hinein, was eigentlich am Arbeitsplatz nichts zu suchen hatte. Diese hier war eine wahre Goldgrube, denn ich zog eine Schachtel Gauloises und ein Feuerzeug heraus. Meine vor Sucht zitternden Finger hatten größte Mühe, es zu starten. Als endlich eine kleine Flamme aufloderte, hielt ich die Zigarette daran und inhalierte tief. Meine Fresse, ist das gut, dachte ich, als plötzlich das Licht anging. Gut eine Minute später kam Sarah wieder aus der Spülküche und zog ein langes, oranges Verlängerungskabel hinter sich her. Sie drückte mir wortlos den Stecker in die Hand, setzte sich wieder auf ihren Hocker und pustete sich ihre Strähne aus dem Gesicht. Für einen Moment starrte ich sie fragend an, bis ich es verstand. „Woher hast du ...", unterbrach ich meinen eigenen Satz und zog das Kabel zur Kaffeemaschine. „Was? Dachtest du etwa, nur Männer können einen beschissenen Generator tanken?", fragte sie verächtlich und wedelte mit der Hand, um mir damit zu sagen, ich solle mich beeilen. „Nein, nein, ich meinte ja nur", entgegnete ich schüchtern und zog den Stecker aus der Wand. Kaum waren die beiden Kabel verbunden, fing die Maschine an zu klicken und zu blinken. Ein gutes Zeichen, dachte ich und lauschte, wie das Wasser im Inneren auf Temperatur gebracht wurde. Ich stellte mich so zwischen Sarah und die Kaffeemaschine, dass sie den Arbeitsbereich nicht sehen konnte, und zog zwei Tassen aus dem Schrank darunter heraus. Ich lupfte beide Filter, klopfte sie aus und füllte frisches Pulver hinein, welches sich noch in der Mühle daneben befand. Kurze Zeit später tröpfelte das braune Gold heraus, hinein in die zwei Tassen. Der Geruch war atemberaubend und ließ mich träumend die Augen schließen. Als der Kaffee fertig war, schnappte ich mir die Tassen, hielt eine hinter meinem Rücken versteckt und stellte sie heimlich unter den Arbeitsbereich der Theke. Die andere stellte ich auf eine Untertasse auf die Anrichte und versah sie mit kleinen Milch und Zuckerpäckchen. Sarahs Augen strahlten vor Glück und ihr Fuß wippte aufgeregt auf und ab. Man konnte ihr ansehen, dass sie den Kaffee schon auf der Zunge spürte und ihr das Wasser im Mund zusammenlief. Gerade als sie sich die Tasse schnappen wollte, griff ich sie ihr vor der Nase weg und nahm einen tiefen Schluck. Er schmeckte einfach köstlich und mit einem lauten Seufzer gab ich ihr das auch zu verstehen. „Hey, was soll das, du Arsch? Bist du lebensmüde", schrie sie entsetzt, aber sichtlich beeindruckt von meiner Frechheit auf. Ich musterte sie kurz und konnte mir das Lachen nicht verkneifen, als ich ihr die zweite Tasse auf den Tresen stellte. „Aber nur, weil du so lieb bitte gesagt hast", lächelte ich ihr entgegen. Wortlos tranken wir den Kaffee aus und stellten klappernd die Tassen ab. „Wo bleibt denn eigentlich der Große?", fragte Sarah und blickte Richtung Lobby. „Hat der Tollpatsch sich verlaufen oder ist er wieder eingepennt?" „Keine Ahnung", zuckte ich mit den Schultern. „Möchtest du noch einen?", deutete ich fragend auf ihre Tasse, die sie mir prompt und wortlos entgegenschob. Als ich frischen Kaffee hineingefüllt hatte und alles auf der Bar abstellte, schnappte sie sich beide und schlenderte mit ihnen hinaus zur Lobby. „Hey, wo willst du hin?" „Ich geh nach der Prinzessin gucken und bringe ihr einen Kaffee", sagte sie mit dem Rücken zu mir gewandt und hob eine der Tassen in die Luft. Na super, dachte ich und kramte nach neuem Geschirr. Verstohlen blickte ich ihr hinterher, wie sie um die Ecke bog, während ich mit lautem Klopfen den Filter reinigte. Ich zündete mir eine Zigarette an und ließ mich mit einer neuen Tasse in der Hand auf dem Hocker nieder. Diese Ruhe war herrlich. Kein Laut war zu hören und meine Schultern entspannten sich etwas. Mir war etwas schwindelig, da die Gauloises deutlich stärker waren als die Marlboro, die ich sonst rauchte. Nachdem ich meinen Kaffee ausgetrunken hatte, wankte ich mit einer leichten Nikotinüberdosis hinaus, vorbei an der Rezeption, die mit einem roten Teppich belegten Stufen hinauf. Durch die Tür konnte ich wieder deutlich das Geschrei und Gekreische der Kreaturen am Tor hören. Sie klangen mittlerweile wie eine grölende Menge aus einem Stadion und ich schenkte ihnen keinen Blick, aus Angst vor ihrem Aussehen. Den gesamten Weg hinauf malte ich mir schreckliche Bilder aus, was passieren würde, wenn sie das Tor durchbrachen. Sie würden uns überrennen und uns bei lebendigem Leibe fressen, schoss es mir durch den Kopf und verpasste mir eine Gänsehaut. Mir schauderte und ich rieb mir mit der Hand über die aufgestellten Haare auf dem Arm. Oben auf der letzten Stufe angekommen, bog ich in den hell ausgeleuchteten Flur ein und schaute zu unseren Zimmern. Zu meiner Verwunderung saß Sarah auf dem Boden vor Sams Tür, das Gewehr auf dem Schoß liegend. Eine goldene Patronenhülse lag rechts von ihr auf dem Boden neben einer verschütteten Kaffeetasse. Sie war mit dem Rücken an die Wand gelehnt und strich mit ausdrucksloser Miene über ihren Anhänger am Hals. Als ich näherkam, wurden meine Schritte schneller, bis ich vor ihr stehenblieb. Sie wandte den Blick nicht ab und gab keinen Ton von sich. „Was ist los?", fragte ich sie mit leicht heiterem Tonfall, doch sie reagierte nicht, sondern starrte weiter auf das Zimmer. Ich folgte ihrem Blick und sah ein kleines Loch zwischen der Zimmernummer, durch das ein kleiner Lichtstrahl fiel. Es war nicht recht viel größer als ein Cent Stück und war sauber aus dem Holz gestanzt. Als ich erneut auf Sarahs ausdruckslose Miene starrte, erkannte ich es. „Was hast du getan?", schrie ich laut und riss die Türe auf. Nach nur wenigen Zentimetern prallte sie gegen etwas Hartes und blockierte sie. Sie war gerade weit genug offen, um meinen Kopf hindurch zu stecken. Ich griff mit den Händen hinein und zwängte meinen Oberkörper hindurch. Als ich die Augen über den Boden wandern ließ, zog ich mich ruckartig heraus, sodass ich mir mein Ohr am Türrahmen aufschrammte. Mein Blick war starr und fassungslos. Ich taumelte zurück, stolperte über Sarahs ausgestreckte Füße und prallte mit dem Rücken gegen die Wand. Ich rieb mir hastig das Gesicht, so als würde ich mir damit die Bilder aus dem Kopf wischen können. Gleich hinter der Tür, mit den Füßen voran, lag Sam lang ausgestreckt auf dem Boden. Seine Cowboystiefel waren nach innen verdreht und blockierten den Eingang. Sein Arm, an dem er den Verband hatte, war zerkratzt und dicke rote Adern zeichneten sich wie die Wurzeln einer Pflanze daraus ab. Seine gelben Augen starrten geradewegs an die Decke und sein Kopf war in einem fast neunzig Grad Winkel auf die Seite geklappt. Sein Genick war zerfetzt und in seinem Hals, knapp unter seinem Kinn klaffte ein gigantisches Loch, durch das sich ein großer Blutfleck auf den Boden ergoss. Ich ließ mich neben Sarah auf den Boden sinken und zuckte zusammen, als ich mich auf die aufgestellte Patronenhülse setzte. Ich drehte mich zu ihr und sah sie an. Eine Träne lief ihr über das blasse Gesicht und noch immer rieb sie den herzförmigen Anhänger zwischen ihren Fingern. Der Schock saß ihr in den Knochen und sie schniefte kurz, bevor sie sich mit dem Handrücken über die Augen rieb. „Was ist passiert?", fragte ich sie, obwohl ich die Antwort genau wusste. Sie blickte mich einen Moment an und sprang auf. „Glaub ja nicht, ich würde mit dir nicht dasselbe machen", sagte sie in einem gequält aufrichtigen Ton und stapfte in ihre Suite, wo sie fest die Türe hinter sich zuknallte. Ich sah ihr kurz hinterher und hob die Patronenhülse auf, auf der sich am hinteren Ende ein tiefer Abdruck des Schlagbolzens eindrückte. Abwesend drehte ich die Hülse in den Fingern herum und überlegte, was ich machen sollte. Jede Sekunde kam mir wie eine Stunde vor und mein Magen verkrampfte sich, während ich Sams aufgeplatzten Körper vor Augen hatte. Er musste versucht haben sie durch die Türe anzugreifen, als sie ihm den Kaffee brachte. Sie hatte daraufhin blind hindurchgefeuert, nur erahnend, wo sich sein Kopf befinden könnte. Sie hatte sich nur um wenige Zentimeter verschätzt, doch das Ergebnis war dasselbe. Ich starrte auf das kleine Loch in der Tür, das wie ein Türspion einen hellen Punkt darauf abzeichnete. Was soll ich nur tun, fragte ich mich und stützte meinen Kopf auf die angewinkelten Beine. Ich warf einen kurzen Blick zur Suite. Nein, Sarah wollte jetzt bestimmt keinen sehen und schon gar nicht mich. Sie kannte mich schließlich nicht, genauso wie Sam, und doch sah ich Trauer in ihren Augen funkeln, als sie auf dem Boden saß. Es schien ihr doch etwas auszumachen und die Aussage von ihr, dass sie sich um keinen schert? Das war ganz eindeutig eine Lüge gewesen, um ihre Fassade aufrechtzuerhalten. Mit wackeligen Beinen stand ich mit dem Rücken über die Wand schleifend auf. Ich ging zur Tür, schob sie mit aller Kraft auf und zwängte mich ins Zimmer. Sams Beine wurden dadurch auf die Seite geschoben, was seinen Anblick noch bizarrer machte. Er war völlig entstellt und ich wurde kreidebleich, als ich auf seinen verdrehten Körper mit den abgewinkelten Gliedmaßen und seinem fast abgerissenen Kopf starrte. Mir wurde schwindelig und mit langen Schritten rannte ich ins Badezimmer. Hastig wuchtete ich den Toilettendeckel hoch und tauchte meinen Kopf ins Porzellan, um mich zu übergeben. Der beißende Geschmack von Magensäure und halb verdautem Kaffee ließ mich erneut erbrechen, bis ich völlig erschöpft auf der Badezimmermatte zusammensackte und mir mit einem Handtuch dem Mund abputzte. Mein Magen schmerzte und ich zitterte. Schweißperlen bildeten sich auf meiner Stirn und meine Handflächen wurden nass. Nicht fähig aufzustehen, beugte ich mich nur ein Stück nach vorne, um die Spülung zu betätigen, und sank sofort wieder zu Boden. Sams Lachen mit den kleinen Grübchen, seine mutige Rettungsaktion und sein ängstlicher Sprung ins Wasser schwirrten mir durch den Kopf. Ich kannte diesen Kerl keine vierundzwanzig Stunden und doch traf mich sein Verlust wie ein Faustschlag. Ich hörte seine Stimme, wie er von seiner Familie erzählte. Wie er von seiner Flucht berichtete, um wieder zu ihnen zurückzugelangen. Ich werde nicht ruhen, bis ich meine Frau wieder in die Arme schließen kann, hatte er mir mit Wehmut in der Stimme berichtet, als wir in dem ausgebrannten Wald saßen. Dazu würde er jetzt nie mehr kommen, und bei dem Gedanken daran füllten sich auch meine Augen mit Tränen. Was, wenn es mir irgendwann genauso ergeht? Was ist, wenn ich meine Familie und Freunde nie wieder sehen werde? Was, wenn ich bei dem Versuch, sie zu finden, sterbe oder schlimmer noch? Was, wenn sie alle tot sind? Es dauerte eine ganze Weile, bis ich mich wieder gesammelt hatte und aufstehen konnte. Ich ging vorsichtig aus dem Badezimmer auf den riesigen Kerl zu, der noch immer auf dem Boden lag. Die Blutlache hatte sich jetzt fast vor dem gesamten Bett verteilt und schimmerte unheimlich in der Sonne. Sein weit aufgerissener Mund und der fast abgetrennte Kopf jagten mir eine höllische Angst ein, doch ich konnte unseren Freund nicht so liegen lassen. Ich stieg vorsichtig um die rote Pfütze herum, griff seine Beine und zog ihn neben das Bett. Ich werde ihn zur Ruhe betten, dachte ich und versuchte, ihn aufzurichten. Als ich seinen Arm packte, um seinen Oberkörper aufzurichten, klappte sein Kopf mit einem knackenden Geräusch nach hinten und baumelte zwischen seinen Schulterblättern. Vor Schreck und Ekel ließ ich ihn los und musste mich beherrschen, mich nicht noch einmal zu übergeben. Ich machte einen großen Schritt über ihn und verschwand aus dem Zimmer. Nach wenigen Minuten kam ich mit einem Gepäckwagen zurück, mit dem wir am Vortag den Gang auf und ab gerast waren. Ich stellte ihn vor dem Zimmer ab, öffnete die Tür und rollte ihn ins Innere. Die Rollen schmatzten, als sie über das leicht angetrocknete Blut glitten, und die Übelkeit stieg wieder in mir auf. Ich starrte abwechselnd auf den Wagen und auf Sams regungslosen Körper, der am Ende einer Schleifspur neben dem Bett lag. Ich schnappte mir die Bettdecke, warf sie über ihn und versuchte, ihn darin einzuwickeln, was eindeutig leichter aussah, als es war, denn der muskulöse Körper durfte an die hundert Kilo wiegen. Ich rollte Sam vorsichtig darin ein und große hellrote Flecken zeichneten sich darauf ab. Fertig verpackt, schob ich den Gepäckwagen daneben und hievte ihn darauf. Zuerst die Füße und dann den Oberkörper. Schweißperlen bildeten sich auf meiner Stirn und meinen Rücken durchfuhr ein stechender Schmerz, als ich seinen Oberkörper hinterher wuchtete. Der Anblick war einfach grauenerregend, doch ich zwang mich dazu, zu beenden, was ich angefangen hatte. Ich schob den schweren Wagen aus dem Zimmer und verschloss die Tür hinter mir, damit keiner von uns in Versuchung kam, das Zimmer noch mal zu betreten. Eine absurde Vorstellung, doch man weiß ja nie. Gerade als ich den Schlüssel in das Schloss stecken wollte, schoss mir ein Gedanke durch den Kopf. Sam hatte einen Revolver. Er hatte zwar keine Patronen mehr, aber die konnte man bestimmt irgendwo auftreiben. Ich stapfte im Zimmer umher, bis ich auf der anderen Seite des Bettes das silberne Schießeisen fand. Ich hob den Revolver auf und musterte ihn genau. Er war verdammt schwer und auf dem Lauf war RUGER.50 eingraviert. Ich steckte mir die Waffe in den Hosenbund und warf mein Shirt darüber, wie man es aus Gangsterfilmen kannte. Zurück auf dem Flur verschloss ich die Tür und rollte mit Sam los. Am Ende des Flurs blieb ich vor den Aufzügen stehen. Ich hatte meinen Plan nicht zu Ende gedacht, denn die Aufzüge funktionierten nicht, was mir leider erst jetzt auffiel. Ich warf einen Blick auf den Treppenaufgang und stöhnte leicht auf. Fünf Stockwerke mit einem Toten hinunterzugehen, der fast das doppelte wog wie ich? Das konnte nicht gutgehen, doch ich hatte keine andere Wahl. Ich musste Sarah um Hilfe bitten. Ich stellte den Wagen neben der Treffe ab und wollte mich gerade zu ihrem Zimmer umdrehen, als ein lauter Knall durch das Treppenhaus schallte. Ich blickte die Stufen hinauf und lauschte. Bumm, ein weiterer Knall durchschnitt die Luft. Ich rannte die Stufen nach oben, bis ich vor einer Glastür stand, die auf ein Sonnendeck auf dem Dach führte. Ich trat hinaus und blickte mich um. Meine Schritte knirschten auf dem bunten Kies, der auf dem Boden ausgebreitet war. Ich ging um den kastenförmigen Eingang herum und sah Sarah auf der anderen Seite des Daches liegen. Sie hatte die Beine flach auf den Boden gepresst und ihr Gewehr im Anschlag. Bumm, ein erneuter Schuss aus ihrer Waffe durchbrach die Stille und riss ihre Schulter ein Stück nach hinten. Sie zog den Ladeschlitten nach hinten und eine leere Patronenhülse fiel klimpernd neben ihr zu Boden. Sie nahm das Gewehr erneut in Anschlag und feuerte nach unten in den Hof. Als ich näherkam, drehte sie nur kurz den Kopf zu mir und wandte sich wieder ihren Zielen zu. „Was willst du?", fragte sie knapp und gab einen erneuten Schuss ab. Von dem letzten Schuss, den sie abfeuerte, klingelten mir die Ohren, doch das Geschrei der Kreaturen schallte immer lauter herauf, je näher ich ihr kam. Ich stellte mich ganz nah an die Kante und blickte zum Tor, von dem sie die Eindringlinge herunterschoss. „Ich ..." Ein erneuter Schuss unterbrach meinen Satz. „Ich brauche deine Hilfe", sagte ich, während sie das Magazin herauszog und neue Patronen hineinsteckte, die neben ihrer Tasche lagen. „Womit? Soll ich dich etwa auch erschießen?", fragte sie knapp und versenkte die Patronen in dem Magazin. „Nein, mit Sam, meine ich. Ich will ihn nach unten schaffen und begraben, doch ich schaffe das nicht alleine." Sie ließ das Magazin fallen und drehte sich um. Sie hatte Tränen in den Augen, doch es war keine Trauer, die ich darin sah. Nein, es war blanker Hass. „Wozu?", schrie sie mich an und rappelte sich auf. „Wieso willst du das tun, hmm? Glaubst du, es interessiert irgendjemanden? Glaubst du, es interessiert Sam? Sieh dich doch um!" Ihre Stimme zitterte und eine weitere Träne lief ihr über das Gesicht. „Wir sollten es tun. Sam würde das sicherlich wollen", entgegnete ich in einem sanften Tonfall. „BULLSHIT! Er ist tot und es interessiert ihn einen Scheiß. Es ist vorbei. Es ist nichts mehr übrig und wir können hier nicht weg. Und selbst wenn, wird uns früher oder später das Gleiche passieren. Jeder von uns wird einer von denen, also wozu das Ganze?" „Wir haben noch eine Chance, doch wir müssen sie auch wahrnehmen. Wer nicht kämpft, hat schon verloren, oder nicht?" „Hör auf mit dieser Brecht-Scheiße. Es ist aus", sagte sie und stieg auf die Kante des Daches. „Warum also nicht sofort beenden, was uns unweigerlich bevorsteht?" Bereit, sich in den Abgrund zu werfen, breitete sie die Arme aus und ihre Zehenspitzen ragten ins Leere. Ich machte einen Schritt auf sie zu und streckte vorsichtig die Arme zu ihr aus. „Ich weiß vielleicht nicht, wer du bist. Ich weiß auch nicht, woher du kommst oder was dir passiert ist, doch eines weiß ich sicher. Solange wir atmen, solange wir einen Puls haben und am Leben sind, haben wir auch eine Chance. Alleine ist es vielleicht unmöglich, aber das bist du nicht. Du bist nicht alleine!" Sie hielt kurz inne, so als müsste sie überlegen, dann drehte sie sich um und sprang auf mich zu. Sie rannte gegen mich, legte mir die Arme um den Hals und vergrub ihr Gesicht tief in meiner Schulter. Ich hielt sie fest, so fest ich konnte, während ihre Tränen auf mein Shirt tropften. Ihre Maskerade war zerbrochen und dieses taffe Mädchen, das sonst nichts an sich heranließ, hing weinend in meinen Armen.

Wir standen im sonnigen Garten, eine Schaufel war an einen Gepäckwagen gelehnt und Sarah und ich hielten ein kleines Glas in der Hand. Ich hatte von der Bar die Flasche des 32er Bruichladdich geholt und etwas in die Gläser gefüllt. Es war ein grausamer Moment, als wir auf Sam anstießen, während hinter uns diese Kreaturen schrien. „Auf dich, Sam", sagte ich und wir tranken den Whiskey in einem Zug aus. Dieses Mal zog Sarah keine Grimasse, sondern starrte wie gebannt auf das schlichte Grab, das wir im Blumenbeet des Hotels angelegt hatten. Die Flasche und ein drittes Glas hatte ich auf den kleinen Erdhügel gestellt, unter dem unser Freund begraben lag. Sarah ließ ihres wortlos sinken und schlenderte zurück ins Hotel. Während der gesamten Zeit hatte sie nicht ein Wort gesprochen. Es schien sie mehr zu treffen als sie je zugeben würde. Ich sah ihr kurz nach und wandte mich wieder zu Sam. „Danke mein Freund. Ich habe dir alles zu verdanken und das werde ich dir nie vergessen." Mit betrübter Miene zog ich den Ruger aus meinem Hosenbund, legte ihn neben das befüllte Whiskeyglas oben auf das Grab und ging Sarah hinter-

her. Als wir in die Sichtweite des Tores kamen, wurde das Gebrüll wieder lauter. Kurz vor der Lobby hatte ich sie fast
eingeholt. „Wo willst du hin?", rief ich ihr hinterher. „So viele
von diesen Wixern umlegen, wie ich kann", zischte sie und
stapfte die Treppe hinauf. Ich versuchte, mit ihr mitzuhalten,
doch nach dem zweiten Stockwerk war sie außer Sicht. Kurz
vor dem Dach drehte ich noch einmal um und lief zu meinem
Zimmer. Ich ging hinein, öffnete die Minibar und kramte ein
paar kleine Flaschen und Dosen heraus, die ich in meinem Arm
stapelte. Wieder zurück auf dem Dach sah ich auch schon Sarah liegen, die ihr frisch geladenes Magazin in ihrem Gewehr
versenkte. Sie zog es an sich heran, ließ den Ladeschlitten zurück gleiten und feuerte. Kaum abwartend zog sie erneut am
Schlitten und feuerte so in kürzester Zeit ihr Magazin leer. Als
sie es herausnahm, um nachzuladen, stellte ich eine Dose Red
Bull und eine kleine Flasche Jameson neben sie und ließ mich
auf den Boden sie sinken. Ohne mir Beachtung zu schenken,
zog sie die Tasche näher zu sich und kramte eine Handvoll Patronen heraus. Ich öffnete das Red Bull, kippte den Inhalt des
Jameson hinein und schwenkte alles etwas, um es zu mischen.
Dann wühlte ich in der Tasche nach den Gauloises und steckte mir eine an, als sie mich anblickte. „Hast du auch eine für
mich?", fragte sie, als ich die kleine Flamme an die Zigarette
hielt. Ich reichte ihr die angezündete hinüber und griff mir
eine neue. Sie legte ihr Magazin zur Seite, setzte sich auf und
mischte sich auch ein Whiskey Bull. Ihre Augen waren glasig
und rot unterlaufen. Ihr Gesicht war ausdruckslos und wirkte
noch blasser als sonst. Mit zitternden Fingern zog sie an der
Zigarette und musste sofort husten. Ich warf ihr ein verschmitz-
tes Lächeln zu, denn sie war definitiv keine Raucherin. „Wie
viele hast du bis jetzt erwischt?", fragte ich und nickte hinunter zum Tor. Mittlerweile war ein breiter Ring aus diesen Biestern rund um das Gelände entstanden. Es dürften um die zwei-
bis dreitausend gewesen sein und es kamen immer mehr. Der
Lärm der Schüsse und das Geschrei der am Gitter rüttelnden
Kreaturen schien sie magisch anzulocken. „Keine Ahnung",

entgegnete sie gleichgültig, den Blick stets nach unten auf den Hof gerichtet. „Ach, komm schon, wie viele?", lächelte ich ihr entgegen und betrachtete die vielen Körper in der langsam anfliegenden Dämmerung. „Neunundsiebzig." „Bitte was, wie viele?", fragte ich erstaunt nach und verschluckte mich an meinem Getränk. „Einen hab' ich nicht richtig getroffen, sonst wären es achtzig." Erstaunt sah ich nach unten und betrachtete die am Boden liegenden leblosen Körper. Sie waren überall verteilt, einige wenige vor dem Tor, die meisten aber in weiter Entfernung auf den Feldern oder auf dem angrenzenden Golfplatz. Sie war tatsächlich eine ausgezeichnete Schützin, denn einige lagen sicherlich bis zu vierhundert Meter entfernt. „Wo hast du gelernt, so zu schießen?", fragte ich sie mit klar erkennbarer Begeisterung in der Stimme. „Mein Vater ist ...", sie hielt eine Sekunde inne und schluckte. „Er war Scharfschütze bei den Rangers. Das hier war seine private Waffe, mit der er auf den Schießstand ging zum Trainieren. Er hat mir alles beigebracht, was man über das Schießen wissen muss. Insgeheim glaube ich, er hat sich einen Sohn gewünscht, deswegen war meine Erziehung etwas straffer, als man es erwartet." Das erklärte einiges. Nicht nur ihr taffes Auftreten, sondern auch ihre unerschütterliche Art und den Kampfgeist, den sie an den Tag legte. Sie rutschte ein Stück zur Seite und setzte sich im Schneidersitz neben das Gewehr. „Willst du auch mal?", fragte sie, sah mich musternd an und für den Bruchteil einer Sekunde hätte ich schwören können, dass sie lächelte. Ich erwiderte ihren Blick, doch es lag mehr Ratlosigkeit als Überzeugung darin. „Ich hab' noch nie ..." „Ach, komm schon, sei keine Pussy. Ich zeige es dir. Wer weiß, vielleicht hast du sogar Talent und kannst mir eines Tages aus der Patsche helfen." Ihr Gesicht verzog sich zu einem gequälten Lächeln. Für mich sah es so aus, als wolle sie sich ablenken, um auf andere Gedanken zu kommen. Ich hätte gerne ihre Geschichte gehört, warum sie der Verlust eines Menschen, den sie nur einen Tag kannte, so traf, woher sie kam und wo sie war, als alles anfing. Doch ich wusste genau, wenn ich versuchen würde, weiter in dieser offenen Wunde zu stochern, würde ich damit nur alles schlimmer machen. Also zog ich noch einmal an meiner Zigarette und zischte ein leises Okay heraus, während ich eine kleine Wolke in die Luft blies. „Leg dich hin und mach es dir bequem", sagte sie und schwenkte mit ihrer Dose zum Gewehr. „Das hörst du sicherlich nicht oft von einer Frau, was?", warf sie hinterher und konnte sich ein leises Kichern nicht verkneifen. Ich senkte meinen Blick und verzog meinen Mund zu einem sarkastischen Grinsen, als ich mich flach auf den Bauch legte. „Hast du denn schon mal geschossen?" „Nein, noch nie. Zumindest nicht mit so einem Monster." „Monster ist gut." Sie kniff die Augen kurz zusammen. „Wäre ein toller Spitzname für meine Lady Headless." Sie nahm einen Schluck von ihrem Red Bull. „Also, nein, das ist kein Problem. Wie man zielt, weißt du ja. Mach es genauso wie im Hotel. Wenn die Sonne von vorne blendet, so wie jetzt, schließt du das Auge, das nicht vor dem Visier ist. Drück das Schulterstück fest zu dir, diese Lady hat nämlich einen höllischen Rückstoß. Das Monster, wie du es so nett beschrieben hast, ist ein 6.5 Creedmore. Eines der leistungsstärksten Gewehre, die man bekommen kann. Lern sie kennen und mach sie zu deiner Bitch. Zeig ihr, wer der Boss ist, aber führe sie sanft, so als hättet ihr euer fünftes Date und du wolltest sie in die Kiste bekommen. Die Beine etwas weiter auseinander und die Innenseite der Füße fest auf den Boden. Drück die Fersen richtig runter. Gut so. Jetzt such dir ein Ziel." Wortlos folgte ich ihren Anweisungen und zielte hinüber zum Golfplatz. Noch immer kamen von Minute zu Minute mehr von diesen Kreaturen aus der Umgebung zum Hotel gelaufen. Das Geschrei klang mittlerweile fast wie ein singender Chor und machte es mir schwer, mich zu konzentrieren. „Blende alles aus. Es ist nichts mehr um dich herum. Konzentrier dich fest auf dein Ziel und sag mir, wenn du es gefunden hast", sagte sie, als hätte sie meine Gedanken gehört. Sie kramte erneut in ihrer Tasche, zog einen Feldstecher heraus und folgte meinem Visier. „Vielleicht nimmst du erst mal ein etwas leichteres Ziel als Usain Bolt dort an Loch neun."

Ich schaute kurz auf und sah sie an. „Na, mach schon", zischte sie ungeduldig und gab mir einen leichten Tritt gegen die Hüfte. Ich zielte erneut und sah einen auf der Straße wandeln, der es nicht so eilig hatte. „Alles klar, der passt perfekt." Ich fragte mich schon nicht mehr, woher sie das wusste, und zog nur das Gewehr näher an mich heran. „Achte auf deine Atmung. Bleib ruhig und senke deinen Puls." Das war leichter gesagt als getan. Nicht nur, dass ich nervös war vor meinem ersten Schuss aus dieser Waffe, vielmehr irritierte mich, dass mein anvisiertes Ziel ein Mensch war. Die Betonung lag auf war, denn jetzt hatten sie nicht mehr viel Menschliches an sich. „Atme ruhig ein und aus. Gut so, lass dir Zeit. Zieh den Abzug sanft zurück. Keinen Druck, du musst ihn eher streicheln." Ihre Stimme war sanft geworden und wirkte tatsächlich sehr beruhigend auf mich. Ich starrte weiter auf mein Ziel. Es war ein junger Mann, der in etwa mein Alter hatte. Er hatte kurze Haare und ein graues Shirt an, auf dem man noch durch einige rote Flecken einen Schriftzug sehen konnte, der zu einer Gitarre verzerrt war. Direkt darunter klaffte ein tiefes Loch und einige rote Fäden hingen heraus, die er auf dem Boden hinter sich her zog. Jedes Mal, wenn er mit dem Fuß darauf trat, riss er weitere Teile aus dem Körper und verteilte so langsam eine Spur über die Straße. „Wenn du so weit bist, atme alle Luft aus, die du in den Lungen hast, such dir einen Punkt zwischen zwei Herzschlägen und ..." Wie ein Donnerschlag rammte es mir die Waffe in die Schulter und prellte mir mein Schlüsselbein. Die Kugel zischte los und schlug gute zehn Meter hinter ihm kleine Funken, als sie auf den Asphalt prallte. „Das war ... ähm", stammelte sie und sah vom Fernglas auf, um mich fragend zu mustern. „Haben wir tatsächlich auf das gleiche Ziel geschaut? Ich seh' ihn nämlich noch laufen und ich könnte schwören, ich habe einen Schuss gehört", sagte sie sichtlich belustigt mit ihrer typischen, sarkastischen Art. „Haha, sehr lustig, wirklich. Ich ..." „Ah, ah, keine Ausreden! Schau nach vorne und versuch's noch mal. Wenn es hart auf hart kommt, kannst du auch nicht sagen: Oh, es tut mir leid.

Ich hab's versucht, aber es hat leider nicht geklappt. Er frisst zwar jetzt meinen Kumpel, aber ich finde bestimmt bald neue Freunde", äffte sie mich in einem lächerlichen Tonfall nach. „So läuft das nicht, also los, gleich noch mal. Stell dir vor, ich stehe dort unten und er ist nur wenige Meter von mir entfernt. Du und nur du kannst mir helfen und musst dich nun beweisen." Mit einem erneuten sanften Tritt gegen meine Hüfte lenkte sie meine Aufmerksamkeit wieder nach vorne. „Die Fersen flach auf den Boden", sagte sie und stieg mir mit ihrem Absatz der Stiefel auf die Schuhe. „Das Gleiche noch mal, nur versuchen wir es jetzt mal mit Treffen", sagte sie belustigt. Sie hatte ganz offenbar einen Riesenspaß daran, mich zu unterrichten. Ich zog den Ladeschlitten zurück, visierte das Ziel erneut an und wenige Sekunden später zischte die Kugel los. Sie durchschlug seine rechte Schulter und trennte ihm glatt den Arm ab, der noch einen Moment am T-Shirt hing, bevor abfiel. „So willst du mir also helfen? Vielen Dank der Herr, ich wurde gerade gefressen. Vielleicht solltest du daneben zielen, dann triffst du ihn bestimmt." Ihr lautes Lachen ließ mein Gesicht rot anlaufen. Das ließ ich mir nicht zweimal sagen. Ich stand auf, drehte meinen Oberkörper im neunzig Grad Winkel zum Tor und die Füße parallel zu Sarah zeigend, die mich nur verdutzt anschaute. Ich richtete die Waffe nach unten, zielte über die linke Schulter, atmete aus und drückte den Abzug. Die Kugel zischte los und sprengte ihm ein großes Loch durch seinen rechten Wangenknochen. Sarah konnte offenbar nicht fassen, was sie gerade gesehen hatte, und nahm mir die Waffe aus der Hand. „Du hast also doch schon mal geschossen, gib's zu, du Betrüger", grummelte sie etwas beleidigt und zielte mit der Waffe auf den von mir zurückgelassenen leblosen Körper. „Ich hab' nie gesagt, dass ich noch nie geschossen habe. Ich sagte, ich habe noch nie mit diesem Kaliber geschossen. Ich war jahrelang Biathlet, da gab es sehr viel Gelegenheit zum Ballern, aber nur mit kleinen 22ern und auch nicht auf ein sich bewegendes Ziel", entgegnete ich mit vor Stolz geschwellter Brust. Sarah sah noch immer durch das Visier, antwortete mir aber nicht. Sie klappte hastig den Standfuß ein, schulterte die Waffe und blickte durch den Feldstecher nach unten. „Wir müssen hier weg, und zwar jetzt, schnell", sagte sie, kramte ihre Sachen zurück in die Tasche und rannte zur Treppe. „Was ist denn los?", rief ich ihr hinterher, doch sie war schon im Treppenhaus verschwunden. Ich schaute nach unten in den Hof, um zu erkennen, was sie so verstört hatte, und dann sah ich es. Diese Kreaturen drückten sich nicht nur zu Tode und trampelten aufeinander herum. Je mehr von ihnen vor der gut drei Meter hohen Absperrung lagen, desto höher ragten sie hinauf. Sie benutzten die toten Körper als eine Art Tritthilfe. Einige von ihnen hatten schon ihren Kopf auf Höhe der vergoldeten Spitzen und schoben sich immer weiter darauf zu. Ich ging vor Schreck einen Schritt zurück und zog mit der Ferse knirschend eine Schneise in den Kies. Das darf nicht wahr sein, dachte ich und rannte zu Sarah. „Warte! Sarah, warte ... Wo willst du hin?", schrie ich ihr hinterher und überflog im Eiltempo die meisten Stufen. Im dritten Stock hatte ich sie schließlich eingeholt, packte sie an der Schulter und drückte sie gegen die Wand. „Lass mich los", schrie sie und ihr Ruf hallte durch das Treppenhaus. „Was hast du vor?" „Loslassen, sag ich, ich ...", sie versuchte, ihren Blick von mir abzuwenden und sich zu befreien, doch ich hatte sie fest im Griff. „Was ist dein Plan, hmm? Willst du einfach über die Mauer hüpfen und davonspazieren? Diese verdammten Dinger sind überall und laufen wie ein Weltklassesprinter auf Koks. Du kannst ihnen nicht davonlaufen!" „Wir können aber auch nicht hierbleiben", kreischte sie und schubste mich von sich weg. Sie sah mich jetzt eindringlich an, ihre Augen waren glasig und voller Angst. Sie war kreidebleich und zitterte am ganzen Körper. „Ich schaffe das!", schrie sie aus vollem Hals. „Ich habe es bisher immer geschafft, egal ob alleine oder nicht. Ich brauche dich nicht. Ich brauche keinen, hast du verstanden? Geh mir sofort aus dem Weg." Sie rammte mir ihre Schulter in die Brust, doch ich blieb standhaft und hielt sie fest. „Wenn es sein muss, grab ich mir einen Tunnel hier heraus und ..." „Das ist es", unterbrach ich sie und ließ sie los. Wie vom Blitz getroffen, rannte ich jetzt die Treppe hinunter. „Und wo zum Teufel willst du jetzt hin?", schrie sie mir hinterher, doch ich hielt nicht an. „In den Keller", schrie ich schon fast außer Hörweite von ihr. Im Kellergeschoss angekommen, zog ich mit leisem Quietschen eine schwere Brandschutztüre auf und trat in eine riesige, asphaltierte Halle. Sarah war wieder hinter mir aufgetaucht und atmete schwer. Flackernd ging das Licht der an der Decke befestigten Neonröhren an und der Raum erhellte sich. Es war eine gigantische Tiefgarage, die Platz für über achtzig Autos bot, wenn man den Zahlen an den Wänden glauben durfte. „Was um alles in der Welt willst du hier unten?", fragte sie mich und sah mich verwundert an. In der hintersten Ecke, kaum noch von dem schwachen Licht ausgeleuchtet, stand, wonach ich suchte. Sarah und ich sahen uns Kurz an. „Das hier", antwortete ich knapp. „Kannst du damit überhaupt fahren?", fragte sie und sah mich misstrauisch an. Vor uns stand ein alter, rostiger Pickup, der dem Gärtner oder Hausmeister gehören musste, denn er war total ramponiert und wurde nur noch durch den Rost zusammengehalten, der ihn bedeckte. Auf seiner Ladefläche lagen einige Kisten und eine Schubkarre. Ich streifte im Vorbeigehen mit der Hand über den Lack und zog dabei viele schmale Linien durch die Staubschicht. „Kann ich, will ich aber nicht." Ich ging um den Pickup herum, hinter dem ein weiteres Fahrzeug unter einer Abdeckplane stand. „Damit .. will ich fahren" und mit einem Ruck zog ich die Plane hinunter. Darunter erschien ein riesiger Cadillac-SUV, dessen schwarze Lackierung wie bei einem Neuwagen glänzte und ein dickes Hemilton-Logo auf der Türe hatte. „Woher ..." „Jedes Hemilton, oder besser gesagt, jedes gute Hotel, das was auf sich hält, hat ein Hotelshuttle, oder nicht?" „Und du Schlauberger hast natürlich die Schlüssel dafür?" Nein, hatte ich nicht, doch ich wusste, wo sie zu finden waren. Die Schlüssel der Hotelautos sind immer im Büro der Rezeption hinterlegt. Schließlich müssen sie vierundzwanzig Stunden am Tag verfügbar sein, wenn mal wieder ein Gast einen zu viel getrunken hat und nicht mehr selber fahren kann. Oder wenn eine späte Anreise in der Nacht vom Flughafen abgeholt werden möchte. Dafür sind diese Prunkstücke zuständig und warten hier gepflegt und vollgetankt auf ihren Einsatz. Zugegeben, ich hatte eher eine Limousine erwartet, aber vielleicht braucht man in dieser Gegend eher ein Fahrzeug für unruhige Straßen. Ich warf die Abdeckplane zu Boden und rannte zurück das Treppenhaus hinauf, dicht gefolgt von Sarah. Ihre Schritte hallten laut durch den Aufstieg und die Patronen in ihrer Tasche klimperten umher. Oben angekommen, rannte ich quer durch die Lobby zur Rezeption. Durch den zerbrochenen Eingang sah ich wieder über die Glassplitter hinweg zu den Kreaturen am Tor. Eine von ihnen wurde von der Masse nach oben gewuchtet und hatte sich auf den Dornen aufgespießt. Sie strampelte wild herum, als würde sie durch die Luft laufen, die Arme immer zu uns gestreckt. Ihr grauenhafter Schrei schallte durch die Empfangshalle, als ich um den Tresen rauschte. Ich drehte am Knauf der Tür zum Büro, doch sie war verschlossen. Ich stellte mich gerade vor die Tür, holte weit aus und trat, so fest ich konnte, gegen das Schloss. Mit einem dumpfen Schlag prallte mein Fuß gegen die Tür und ein beißender Schmerz durchzuckte meinen Knöchel. Auf einem Bein hüpfend, torkelte ich zurück und setzte mich auf den Schreibtisch der Rezeption. „FUCK, so eine verdammte ...", stammelte ich, als es hinter mir leise klickte. Sarah hatte offenbar keine Lust zu warten, bis ich mir mit meiner filmreifen Showeinlage den Fuß brechen würde. Sie hatte die Creedmore im Anschlag und zielte damit auf das Schloss. Mit einem leisen Pfeifen im Ohr betrachtete ich das kleine Loch in der Tür, das sie zwischen Türgriff und Rahmen geschossen hatte. Die Kugel durchschlug das vergoldete Blech des Schlosses und zersplittertes Holz landete vor unseren Füßen. Sie zog den Ladeschlitten zurück, hob die Waffe zum zweiten Mal und schoss knapp unter dem ersten ein weiteres Loch in die Tür. Ein metallisches Klimpern war zu hören, als sich der gesamte Türgriff ins Innere des Büros verabschiedete. Sie kickte mit der Spitze ihres Stiefels leicht gegen die Tür und sie schwang auf. Im Büro stand direkt hinter dem Eingang ein großer Schreibtisch, der die beiden Kugeln aufgefangen hatte. Sie hatten einen Mülleimer durchschlagen, dessen Inhalt herausgeplatzt war wie Popcorn aus einem heißen Topf, hatten ein Loch in die Seitenverkleidung des Tisches geschlagen und einen am Boden stehenden Rechner zertrümmert. „Wo sind sie?" Wortlos hinkte ich an ihr vorbei und sah mich um. Das Büro war verhältnismäßig klein für einen so gigantischen Hotelkomplex und war vollgestopft mit Ordnern und Unterlagen. „Wo sind sie?", fragte sie erneut und immer ungeduldiger werdend. „Ja, ich hab' dich gehört. Ich muss sie selber erst suchen, also hetz mich nicht", maulte ich genervt zurück und stapfte durch den Raum. „Ah, ich glaube, ich hab' sie." An der Wand war neben verschiedenen Karten und Dienstplänen ein kleiner, silberner Kasten festgeschraubt. Ich klappte ihn auf und Dutzende kleiner Haken ragten darin heraus, an denen um die fünfzig Schlüssel hingen. Ich schnappte mir den Autoschlüssel, auf dem das Cadillac Wappen eingraviert war und kratzte nervös auf ihm herum, während ich die Beschriftungen der Haken las. Ich zog zwei weitere heraus und versenkte sie in meiner Hosentasche. „Was hast du damit vor?" Ich musterte sie kurz und ließ meine Gedanken spielen. Sie pustete sich ihre Strähne aus dem Gesicht und zupfte an dem Schulterriemen der Waffe. „Wir können hier nicht so mir nichts dir nichts herausspazieren." „Schlauer Junge, aber das Thema hatten wir schon, deswegen ja der Wagen." „Ja aber was dann? Mal abgesehen davon, dass auch dieser fette SUV es kaum durch diese Massen schaffen wird, was machen wir dann?" „Ist doch mir scheißegal, ich will hier einfach nur weg." „Jaja, ich auch aber, ...". Ich hielt kurz inne, um meinen Gedanken fertigzuspinnen. „Wenn wir jetzt einfach so davonfahren, kommen wir nicht weit. Höchstens bis zur nächsten Tankstelle, und da kann man vermutlich nicht tanken. Schon vergessen, was uns Sam erzählt hat? Bei den Selbstbedienungstankstellen ist ohne Strom nichts zu holen. Wir brauchen also alles an Sprit, was wir finden können." „Ich verstehe", sagte sie knapp und rannte auch schon aus dem Büro. „Hol du die Kanister, ich organisier noch etwas anderes." Und schon war sie verschwunden. Ich rannte aus dem Büro, zurück durch die Halle. Ich schnitt die Kurve eng um die Bar und wuchtete die Tür zur Spülküche auf. Dem orangen Verlängerungskabel folgend, ging es um eine Industriespülmaschine herum und gekachelte Stufen in ein Kellerabteil hinunter. Der muffige, aus Beton gegossene Gang war kalt und zahlreiche leere Getränkekisten und Fässer waren an der Wand entlang gestapelt. Am anderen Ende verschwand das Kabel in einer Tür, aus der ich schon den Motor des Generators hören konnte. Ich trat in den Raum und sah mich um. Das hier musste die Werkstatt des Hausmeisters sein, denn es war vollgestopft mit allerlei Werkzeug, das sauber und beschriftet an den Wänden hing. Unter einem breiten Sammelkasten für verschiedenste Schrauben stand eine Werkbank mit stählernem Schraubstock und einer Schleifmaschine. Gleich dahinter stand ein rostiges Ölfass, aus dem Abschnitte von Holz und einige Randleisten ragten. Gegenüber war ein alter Rasenmäher, der aufgestellt auf dem Boden lag und seine Klinge war abmontiert. „Da seid ihr ja", sagte ich leise und ging zu dem noch laufenden Generator, neben dem sechs rote Kanister mit Benzin standen. Ich ging zu ihnen und wollte sie aufheben, als mir eine spärliche Türe neben der Werkbank auffiel. Die musste nach draußen führen, denn ich konnte mir nicht vorstellen, dass der Hausmeister mit dem Rasenmäher durch die Hotelbar rannte. Ich drehte an dem Knauf, doch sie war fest verschlossen. Ich suchte kurz die Wände ab, schnappte mir ein Stemmeisen und drehte es in der Hand. Mit meinem Fuß würde ich es auf keinen Fall wieder versuchen, dachte ich und rammte die stumpfe Spitze in den Holzrahmen. Knarzend schob sich die Eisenstange zwischen Tür und Angel und blieb stecken. Ich stützte mich dagegen und prallte mit dem Körper an die Tür, als sie unsanft wieder herausrutschte. Ich kniff die Augen zusammen und rieb mir die Stirn. Zum Glück hat das keiner gesehen, dachte ich und holte erneut aus. Beim zweiten Versuch knackte das Holz und die Tür sprang auf. Kleine Splitter flogen davon ab und dahinter erkannte ich den asphaltierten Untergrund der Tiefgarage. Ich schnappte mir alles, was ich für nützlich empfand, und hetzte damit zum Auto, welches am anderen Ende der Halle stand. Ich musste ein paar Mal hin und her laufen, doch nach einigen Minuten hatte ich alles vor das Auto gestapelt. Als ich den letzten Kanister abgestellt hatte, kam auch schon Sarah die Stufen heruntergelaufen. „Hilf mir mal", schrie sie zu mir, als sie schwer beladen auf mich zu stolperte. In ihrem Arm hatte sie zwei große Paletten mit Wasserflaschen und jede Menge an trockenen Biskuitstangen, die man als Appetizer vor dem Essen serviert bekommt. Ich entriegelte den Wagen, öffnete die Türe zur Rückbank und lief ihr entgegen. Sie ließ ihre gesamte Ladung in meine Arme plumpsen, als ich mit ausgebreiteten Armen vor ihr stand. Das Gewicht warf mich ein Stück zurück, als sie losließ und sich wortlos umdrehte, um wieder im Treppenhaus zu verschwinden. Ich wuchtete alles auf die Rückbank und rannte ihr hinterher. Mein Keuchen hallte durch den Flur, als ich oben auf der letzten Stufe angekommen war. Vor der Treppe wartete schon Sarah, die mit einem fahrbaren Serviertisch allerlei Pakete mit Essen und Wasser aus der Küche gerollt hatte. Sie lud sich die Arme voll und stapfte mit hastigen Schritten an mir vorbei. Ich versuchte, mir, so gut es ging, alles, was sie zurückgelassen hatte, auf die Arme zu laden, um nicht noch einmal laufen zu müssen. Meine Arme waren weit nach unten gestreckt, ich stützte mein Kinn oben auf die Kartons, um sie festzuklemmen. Das Geschrei dieser Biester war unüberhörbar und ich versuchte, es auszublenden, so gut ich konnte. Ich kickte die Türe zur Treppe mit dem Fuß auf und wollte den ersten Schritt die Stufen hinunter machen, als sich ein furchtbares Gurgeln durch die Halle auf mich zu bewegte. Ich beugte mich nach hinten, um zum Eingang zu blicken, als eine dieser Kreaturen im Sprint auf mich zu rannte. Es schleuderte die Arme wild umher, als es mit langen Schritten durch die zerbrochene Tür lief. Den Mund weit zu einem Schrei aufgerissen, hetzte es auf mich zu.

„Sarah!", schrie ich laut die Stufen hinunter und ließ mich von dem Gewicht meiner Ladung nach unten reißen. „Sarah, sie kommen", rief ich, als über mir ein Schatten die Stufen nach unten flog. Ich rannte, so schnell ich konnte, doch das Geschrei hatte mich fast eingeholt. Direkt hinter mir hechtete dieses Biest kopfüber hinab und prallte nur wenige Meter entfernt gegen die Wand. In blanker Panik wuchtete ich mich gegen die Brandschutztüre, drückte mit meinem Ellbogen auf die Klinke und fiel in die Garage. Ich strauchelte, flog der Länge nach auf den Boden und verteilte die Schachteln vor Sarahs Füßen, die mit dem Gewehr im Anschlag vor mir stand. Ich starrte sie kurz an, als sie auf mich zielte und den Abzug drückte. Ich fiel zur Seite und drehte mich um, als mein Verfolger gurgelnd zu Boden sackte und Teile seines Kopfes über meine Beine spritzten. Zitternd kroch ich rückwärts und rappelte mich auf, während Sarah ihr Gewehr schulterte und sich einige der Kisten schnappte. Wir sammelten alles auf, warfen es in das Auto und ich sprang auf den Fahrersitz. Sarah schnappte sich einen der Kanister von der Rückbank und wuchtete ihn wieder heraus. „Wo willst du hin?" „Du hast doch gesagt, dass zu viele von ihnen vor dem Tor stehen, oder? Wenn sie auf Licht und laute Geräusche reagieren, werde ich an andere Stelle dafür sorgen", schrie sie durch die Tiefgarage und wuchtete schwankend die fünf Gallonen mit Benzin neben sich her. Für ihre zierliche Gestalt war sie verdammt kräftig. „Ich werfe diesen Scheiß über die Mauer und dann hauen wir ab." Werfen, dass ich nicht lache. Sie hatte schon mit dem Gewicht zu kämpfen, wenn sie den Kanister nur trug. Wie um alles in der Welt will sie den werfen? Ich steckte den Schlüssel in das Zündschloss, startete den SUV und sprang aus dem Auto. Ich lief um die Motorhaube herum zum Pickup, griff mir die darauf liegende Leiter und eilte hinter ihr her. Ihr langer Schatten taumelte über die Ausfahrt, als sie sichtlich angestrengt die schwere Last hinauf wuchtete. Oben angekommen, standen wir knapp neben dem Haupteingang und trugen alles an dem Brunnen vorbei. Ich klappte die Leiter aus und lehnte sie an die Mauer, während sie sich die untere Hälfte ihres Shirts abriss und hastig in den Ausguss stopfte. Ihre schweißnasse Haut schimmerte auf ihrem flachen Bauch, der durch ihre schnelle Atmung zuckte und den Rest ihres Shirts aufgeregt umher flattern ließ. Sie kippte alles nach unten, damit sich der Stoff mit Benzin vollsaugte und reichte mir die Ladung entgegen. Mit einer Hand an die Sprossen geklammert, in der anderen den gigantischen Molotowcocktail, zog ich mich die Stufen hinauf. Um das gesamte Grundstück reihten sich in Massen diese schreienden Dinger, die gierig ihre Hände nach mir ausstreckten und gegen die Ziegel donnerten. Oben angekommen, wuchtete ich den Kanister auf den Absatz und kramte das Feuerzeug aus meiner Tasche. Sofort ging das Stückchen Stoff in grellen Flammen auf und ich schubste es auf die andere Seite, wo sie sich sofort darauf stürzten, als wäre es ein All-You-Can-Eat-Buffet. Eine dünne Fontäne aus Flammen spritzte durch das hohe Gras und steckte sie in Brand, was sie nicht davon abhielt, weiter nach mir zu greifen. Ich sprang von der Leiter und wir liefen zurück zur Tiefgarage, als hinter uns mit einem dumpfen Plopp eine dicke schwarze Rauchsäule in die Höhe schoss. Völlig außer Atem sprangen wir die Auffahrt hinunter, und während Sarah schon ins Auto hechtete, kramte ich die Schlüssel aus meiner Hosentasche und steckte einen in das elektronische Schloss der Schranke, doch sie öffnete sich nicht. Ich warf beide Schlüssel auf den Boden und fluchte leise. Wenn der von der Schranke nicht funktioniert, wird der vom Tor auch versagen, dachte ich, während ich zurück zum Fahrzeug ging und einstieg. Sarah klemmte sich die Creedmore zwischen die Beine und legte den Gurt an. Mit quietschenden Reifen brauste der Cadillac los und setzte hart auf dem Boden auf, als ich mit Vollgas die steile Auffahrt hinaufschoss. Unsere Ausrüstung auf dem Rücksitz wurde heftig umhergeschleudert und verteilte sich im ganzen Innenraum. Sarah krallte sich an den Türgriff, als ich durch die Schranke stieß und die rot-weiß lackierte Blechstange mit dem Kühler auf die Seite katapultierte. Mit einem Sprung flogen wir über die Kante, landeten auf dem Hof und rasten zum Tor. Ich hatte Schwierigkeiten, das Fahrzeug gerade zu halten, als die Reifen über den Boden hüpften, sodass sich das Nummernschild verabschiedete und in den Büschen landete. Der Motor heulte laut auf, und mit den Händen das Lenkrad fest umklammert, schloss ich die Augen, als wir auf das jetzt fast unbesetzte Tor zurasten. Die Scheinwerfer splitterten und uns knallte der Airbag ins Gesicht, als wir gegen die Gitterstäbe prallten. Prompt kam das Auto zum Stehen, es rauchte überall und ich konnte nichts mehr hören. Es fühlte sich so an, als hätte ich nach dem Schwimmen etwas Wasser im Ohr. Ich blickte zu Sarah, die blass und fahl im Gesicht neben mir saß und die Türe öffnete. Sie löste den Gurt und ließ sich aus dem Auto fallen, wo sie auf den Boden sackte. Die Explosion vor unseren Köpfen war ohrenbetäubend. Die gigantische Treibladung unter dem Kissen ist lauter als alles, was man sich vorstellen kann. Als sich durch die geöffnete Tür der Rauch langsam verzog und der Airbag in sich zusammensackte, blickte ich durch die Windschutzscheibe zum Tor. Es war aus den Scharnieren gerissen und baumelte in einem flachen Winkel über den leblosen Körpern, die davor lagen. „Sarah, ..." stammelte ich, doch ich konnte kaum meine eigene Stimme hören. „Steig wieder ein", rief ich ihr zu und versuchte, mich über den Beifahrersitz zu beugen, um sie ins Innere zu ziehen. Sie saß regungslos und unter Schock auf dem Boden und bewegte sich nicht. Das Gitter vor uns schwankte auf und ab, als einige der Kreaturen von dem Aufprall angelockt wurden und versuchten, darüber zu springen. Ich kniete mich auf ihren Sitz, packte sie am Arm und zog sie wie einen nassen Sack ins Innere, wo sie mit dem Hintern auf die Fußmatte rutschte. Meinen Blick weiter aus dem Fenster gerichtet, wuchtete ich sie der Länge nach über die Handbremse und schloss die Tür, als auch schon der erste Körper gegen meine Scheibe prallte und wild mit den Zähnen gegen das Glas biss. Mit einem lauten Knacken blitzte ein Riss durch das Fenster, als sich der Kopf erneut gegen die Scheibe warf. Ich verriegelte die Zentralverriegelung, legte den Rückwärtsgang ein und manövrierte uns aus der Traube, die sich um uns gebildet hatte. Sarah versuchte, sich auf das Armaturenbrett gestützt zurück auf den Sitz zu hieven, und erschrak, als ein zerfetztes Gesicht bei ihr auftauchte und eine blutige Spur auf dem Glas hinterließ. Eine Handvoll Gestalten umringte nun den Cadillac und warf sich mit lautem Gebrüll gegen die Karosserie, sodass wir wie in leichtem Seegang anfingen zu schaukeln. Sie versuchten, ihre Körper als Rammbock zu benutzen, und schlugen tiefe Dellen in das Blech. Immer mehr kamen durch das demolierte Tor auf uns zu gestürmt und umzingelten uns. Ich legte den Gang ein und hielt mir schützend die Hand vor mein Gesicht, als wir mit erneutem Anlauf über das klappernde Gitter fuhren. Der Wagen schaukelte wild und man konnte die Körper darunter knacken hören, als sie von dem tonnenschweren Gewicht zerquetscht wurden. Als wir den Scheitelpunkt erreicht hatten, klappte das Gestell nach vorne und die Unterwanne schlug hart auf der Straße auf. Ich drückte das Gaspedal nach unten und raste, so schnell ich konnte, davon. Im Rückspiegel sah ich, wie uns eine riesige Horde verfolgte und langsam kleiner wurde. „Alles okay bei dir?", fragte ich Sarah und musterte sie kurz, bevor ich mich wieder der Straße zuwandte. Sie gab mir keine Antwort, sondern versuchte noch immer, sich aufrecht hinzusetzen, und krallte ihre Finger weiter in das Armaturenbrett. Sie lehnte sich zurück und blickte nach vorne. Sie atmete schwer und ihre Augen waren weit aufgerissen, als sie den vor ihr hängenden Airbag erblickte. Erst jetzt schien sie zu begreifen, was passiert war, und sah mich mit finsterer Miene an. „Das nächste Mal nehmen wir ein Taxi, denn du bist echt ein lausiger Fahrer", witzelte sie kaum hörbar zu mir herüber. Zumindest kann sie wieder dumme Sprüche klopfen, dachte ich und lachte laut los. Ich weiß nicht, ob wegen ihres Witzes, wegen des Schocks oder weil wir mit heiler Haut aus dieser Sache entkommen waren, doch auch Sarah fing an zu kichern, nachdem sie mich eine ganze Weile irritiert angestarrt hatte. Es dauerte eine ganze Weile, bis sich mein Fuß auf dem Gaspedal etwas lockerte und wir nicht mehr kaum lenkbar über die Straßen flogen. Sarah hatte zwischenzeitlich nicht zu Unrecht gefragt, ob ich den Job dieser Kreaturen übernehmen wolle, indem ich uns selber umbringe. Das war ihre Art, mir mitzuteilen, dass ich verdammt noch mal langsamer fahren sollte. Diesen Gefallen tat ich ihr gerne, denn mir schauderte vor dem Gedanken, mich mit dem SUV um einen Baum zu wickeln und ohne Hoffnung auf Hilfe schwer verletzt in einer Böschung zu liegen. Anfangs fuhren wir noch durch jedes kleine Nest, das unseren Weg kreuzte. Auch wenn keiner von uns wirklich viel redete, hatten wir beide doch eine kleine Hoffnung, irgendwo auf andere Menschen zu treffen. Doch je mehr Ortschaften wir durchquerten, desto mehr sahen wir die Verwüstung, die sich überall ausgebreitet hatte. Autowracks standen auf den Straßen, Häuser waren niedergebrannt, ja, eine Ortschaft stand noch immer in Flammen, als wir sie umfuhren. Keiner war mehr übrig, der die Feuer löschen konnte, und so sprangen die Flammen langsam von Gebäude zu Gebäude über und machten sie dem Erdboden gleich. Als wir durch die Ortschaft Springfield fuhren, öffnete Sarah das Seitenfenster und hielt den Kopf nach draußen in den Fahrtwind, um mit ausdrucksloser Miene die Stadt zu betrachten. Wir fuhren am Parkplatz eines Walmarts vorbei. Überall lag Müll verteilt. Autos standen mit offenen Türen kreuz und quer, deren Besitzer sie wohl nicht mehr erreicht hatten, als sie angegriffen wurden. Vereinzelte Einkaufswagen, bespickt mit Plasmafernsehern und anderen teuren Elektroartikeln standen teils dazwischen. Es ist schon seltsam, dass viele Menschen selbst in einer solchen Situation noch versuchen, sich mit Plünderungen zu bereichern. Eine Ecke weiter war ein großer Baumarkt und auch vor diesem zeichnete sich ein ähnliches Bild ab. Ein großer Truck war in den Haupteingang gefahren, hatte die gläserne Pforte förmlich aufgesprengt und das Vordach aus Blech mit riesigen Neonbuchstaben darauf war nach unten gekracht. Das gigantische L des Firmennamens „LOWE'S" hatte den Truck auf dem Dach getroffen und ihn auf die Höhe eines Sportwagens zerquetscht. Pressspanplatten lagen um ihn herum verteilt, als hätte jemand ein monströses Kartenspiel fallen gelassen. Mit diesen Platten, so kannte ich es zumindest aus den Nachrichten, versuchten manche Leute gerne, ihre Häuser zu verbarrikadieren, falls ein schwerer Sturm oder Ähnliches droht, was ihre Häuser beschädigen könnte. Doch verbarrikadierte Häuser waren keine zu sehen. Nicht ein einziges auf unserer langen Fahrt. Nachdem wir das völlig verwüstete Springfield durchquert hatten, lenkte ich das Auto weg von der Landstraße, rauf auf die Route 64. Wir hatten noch immer keine Idee, wohin wir fahren sollten, doch die schwindende Tankanzeige machte mich nervös und so hielt ich es für sinnvoller, so viel Strecke wie möglich zu schaffen. In Bewegung zu bleiben, schien mir aktuell das Sicherste zu sein. Wir hatten zwar nirgends jemanden getroffen, weder Mensch noch eine dieser Kreaturen, doch die Erfahrung der letzten Tage lehrte mich, dass sich das jederzeit ändern könnte. Zumindest, was die Kreaturen betraf. Und sollten wir wieder auf welche stoßen und uns dabei auf offener Fläche befinden, hätten wir bestimmt nicht noch mal so viel Glück, dass uns ein Sprung in einen Fluss das Leben rettete. Davonlaufen passiert zwar wie ein Reflex, aber wirklich viel Sinn machte es nicht. Wo mir nach wenigen Metern die Puste ausgehen würde und auch der stärkste Adrenalinschub nicht helfen könnte, würden diese rasenden Zähne auf zwei Beinen hinter mir herjagen und mich in kürzester Zeit einholen. Kein Hindernis konnte sie aufhalten. Sie waren unbeschreiblich schnell und absolut schmerzfrei. Sie sprangen aus Fenstern, wurden von Autos erfasst oder angeschossen und trotzdem liefen sie weiter. Im fahrenden Auto dagegen waren wir zumindest für den Moment sicher und auch Sarah schien davon überzeugt zu sein. Als ich den Cadillac mit den letzten Spritreserven auf eine Parkbucht auf dem Gipfel einer langen flachen Hügelkette lenkte, war sie schon längst eingeschlafen. Die grellen Scheinwerfer leuchteten die kahlen Stämme der hohen Fichten vor uns suchend ab und warfen lange Schatten in den dünn bewachsenen Wald. Sarah hatte bis zur Dämmerung wie in Trance aus dem Fenster gestarrt und mit leerem Blick die Gegend abgesucht, während sie mit festem Griff ihr Gewehr umklammerte. Zwischendurch versuchte sie immer wieder, im Radio einen Sender zu empfangen, doch es war nur atmosphärisches Rauschen zu hören. Jetzt war ihr Kopf schräg an die Beifahrertüre gelehnt und ihre Arme hingen schlaff in ihren Schoß. Sie sah fast friedlich aus, bis sie der leichte Ruck des haltenden Wagens aufschrecken ließ. Der Kies auf dem Parkplatz knirschte leise unter den Rädern und ein dumpfer Schlag schüttelte das Auto, als wir über ein kleines Schlagloch fuhren, bevor wir endgültig zum Stehen kamen. Blitzartig griff sie nach ihrer Waffe und sah sich aufgeregt um. „Was... wo sind...", stammelte sie verschlafen und sah mich mit müden und doch vor Schreck aufgerissenen Augen an. „Alles gut", sagte ich. „Wir müssen tanken." Ich löste den Sicherheitsgurt und wollte gerade die Türe öffnen, als sie mich am Arm packte und zurückhielt. „Ist es hier sicher?", fragte sie mich und sah sich noch immer etwas verschlafen um. „Keine Sorge, wir sind schon seit fast einer Stunde an keinem Haus mehr vorbeigefahren und auf einer weit abgelegenen Straße." Ungläubig sah sie mich an und lockerte dann ihren Griff. Ich warf ihr ein kleines Lächeln zu und öffnete die Fahrertür. Das Licht im Inneren ging an und Sarah kniff fest die Augen zusammen. Meine Beine fühlten sich schwer und schwach an, so dass ich mich erst einmal strecken musste. Meine Gelenke waren von der langen Fahrt ganz steif geworden und mein rechtes Knie knackte laut, als ich es durchdrückte. Ich ließ den Blick durch die spärlich ausgeleuchtete Umgebung wandern. Nichts war zu hören. Es war totenstill. Außer einer dürren Ansammlung an Baumstämmen, die von dem Auto beleuchtet wurden, war kaum etwas zu sehen. Der Wald fiel hinter dem Parkplatz flach ab und alles unterhalb des Lichtkegels der Scheinwerfer war tiefschwarz. Auf der anderen Seite der Straße ging der Hügel noch etwas höher hinauf. Weiße Türme einer Windkraftanlage ragten vom Gipfel empor und dahinter kündigte ein dunkles Blau den bald aufgehenden Mond am Himmel an. Nachdem ich mich vergewissert hatte, dass auch wirklich niemand in der Nähe war, wuchtete ich die schweren Kanister von der Rückbank und schleppte sie neben das Auto. Ich schraubte die Verschlüsse auf, steckte die daran festgeklemmten Einfüllstutzen darauf und kurze Zeit später gluckerte gurgelnd das Benzin ins Auto. Auch Sarah war nun aus dem Auto gestiegen und nachdem ich alle Kanister geleert hatte, reichte sie mir eine Flasche Wasser und lehnte sich neben mir mit dem Rücken an den Wagen. Sie hatte den Blick nach oben gerichtet und beobachtete die Flügel der Windturbine, die sich langsam drehend das aufgehende Mondlicht zerschnitten. „Hast du eine Idee, wohin wir fahren?", fragte sie mich, den Blick nicht abgewendet. „Ich würde sagen wir fahren einfach, soweit wir können, und versuchen, andere Leute zu finden. Wir können schließlich nicht die Einzigen sein, die noch am Leben sind." „Und was, wenn doch? Was, wenn wir keinen anderen finden? Was, wenn wir tatsächlich die einzigen sind, sie so ein unverschämtes Glück hatten, so lange nicht gefressen zu werden?" Die anfangs so taffe Haltung schien mehr und mehr von ihr zu weichen. Sie war es wohl von früher gewohnt, sich mit aller Kraft durchsetzen und behaupten zu müssen. Doch nun war kein Gegenspieler mehr da. Wir waren alleine. „Das kann nicht sein", sagte ich und versuchte, dabei hoffnungsvoll zu klingen. „Andere Gebiete hat es sicher nicht so schlimm erwischt wie uns und bestimmt hatten die meisten Menschen Zeit gehabt, sich in Sicherheit zu bringen. Wir dürfen nur nicht den Kopf in den Sand stecken und müssen weitersuchen. Wir haben Verpflegung, ein Auto und genug Sprit. Damit kommen wir schon mal eine ordentliche Strecke voran." Sie zog eine Packung der Biskuitstangen aus ihrer Gesäßtasche, öffnete sie und steckte sich eines der Stäbchen in den Mund. „Wenn du meinst," nuschelte sie und knabberte an dem Gebäck. „Na gut, versuchen wir's." Sie reichte mir die Packung mit den Biskuitstangen und pustete sich ihre lila Strähne aus dem Gesicht. Sie verschränkte die Arme und blickte weiter hinauf zu dem am Himmel aufgehenden Mond. Sie war noch immer ein verschlossenes Buch für mich. Sie hatte so gut wie nichts über sich erzählt, doch ich wollte auch nicht weiter nachfragen. Stattdessen wandte ich meinen Blick ab von ihr und schaute mit ihr zusammen in den Himmel zu den sich hypnotisierend im Kreis schwingenden Windrädern. Kurze Zeit später saßen wir wieder im Auto. Sarah hatte angeboten, zu fahren und dieses Angebot nahm ich dankend an. Ich kauerte mich neben sie auf den Beifahrersitz und warf einen letzten Blick auf die Anzeigen vor dem Lenkrad. Die kleine Digitaluhr zeigte in leuchtend blauen Zahlen 3:24 an. Mein Blick richtete sich nun auf die daneben liegende Tankanzeige. Ich war wohl etwas sehr optimistisch gewesen, als ich sagte, wir fahren einfach mal drauf los. Der Tank war trotz 5 voller Kanister nur knapp halb voll. Ich biss mir nervös auf die Unterlippe, als ich daran dachte, was passieren würde, wenn uns mitten im Nirgendwo der Sprit ausging. Sarah schien das nicht zu kümmern. Sie legte den Gang ein und lenkte uns zurück auf die Straße. Meinen Blick aus dem Fenster gerichtet schaute ich zu, wie die weißen Türme durch die Bäume flackerten und in der Ferne immer kleiner wurden. Der Mond stand jetzt fest am Himmel und tauchte die Wipfel der Bäume in schimmerndes Licht. Ich schloss die Augen, lehnte meinen Kopf an die Scheibe der Beifahrertüre und horchte den sanften Fahrgeräuschen der unter uns vorbeifliegenden Straße zu. Ein stechender Schmerz zuckte durch mein Steißbein, als ich unsanft rücklings auf meinen Hintern fiel. Mr. Keyel riss seinen Mund zu einem ohrenbetäubenden Schrei auf, lehnte sich nach vorne und stürzte sich auf mich. Ich strampelte mit den Füßen und robbte, so schnell ich konnte, nach hinten, doch ich kam nicht vom Fleck und kurz darauf landete der schwere Körper von Mr. Keyel mit einem dumpfen Schlag auf mir. Ich versuchte, meine Hände schützend vor mein Gesicht zu halten, doch seine wild nach mir grabschenden Arme krallten sich tief in meinen Brustkorb und mit einem grauenhaften Gurgeln biss mir der Angreifer mein Schlüsselbein entzwei und riss einen großen Fetzen Fleisch aus meiner Schulter. Ich schrie laut auf, schlug um mich, doch ich konnte mich nicht befreien. Als die fletschenden Zähne erneut auf mein Gesicht zuflogen, schloss ich die Augen und wartete auf das Unvermeidliche. Lange blutverschmierte Spuckefäden tropften auf mich herunter, die scharfen Zähne vergruben sich tief in meinem Gesicht und rissen es in Fetzen.

TAG 5

Ein weiterer dumpfer Schlag schreckte mich auf und mein Knie schmerzte höllisch. Ich hatte geträumt und war wohl so erschrocken, dass ich ruckartig meine Kniescheibe gegen das Handschuhfach geschmettert hatte. Ich richtete mich orientierungslos auf und sah mich noch völlig verstört um. Es war mittlerweile hell geworden und Sarah hatte mitten auf der Straße gehalten. Mit großen Augen blickte sie mich an und musterte mich, während ich mir das pochende Knie rieb. Es kam mir vor, als hätte ich nur eine Sekunde geschlafen, und die Anstrengung der letzten Tage lastete noch schwer auf mir. Wäre ich jetzt noch zu Hause in meinem Bett, hätte ich mich umgedreht, die Augen geschlossen und noch eine halbe Ewigkeit weiterschlafen können. „Gut geschlafen, Prinzessin?", fragte sie, mich noch immer verdutzt anblickend. „Hier geht's nicht weiter." Ich brauchte einen Moment, bis ich mich wieder gesammelt hatte, doch dann sah ich, was sie meinte. Einige Autos waren vor uns quer auf die Straße gestellt worden. Es sah nicht nach einem Unfall aus, dafür standen sie zu ordentlich aufgereiht und waren auch kaum beschädigt. Es war eine mit Absicht platzierte Barrikade. Die Straße verlief durch eine kleine Schlucht. Links und rechts von uns waren nicht allzu hohe Felswände aus brüchigem Kalkstein. Vier vor uns stehende Minivans quetschten sich Stoßstange an Stoßstange dazwischen. Jemand wollte nicht, dass man diese Straße passieren konnte. Sicherlich war es zu Fuß ein Leichtes, darüber zu klettern, aber keinem Fahrzeug gelänge es, hier weiterzufahren. Aber wozu das Ganze? Hinter der Barrikade machte die Straße einen kleinen Schlenker nach links und versperrte die Sicht auf das, was dahinter lag. Auch Sarah musterte das bizarre Konstrukt vor uns und wickelte sich nervös den Trageriemen ihrer Creedmore um die Handfläche. „Ich gehe nach oben, um einen besseren Überblick zu bekommen. Du kannst die Straße entlang gehen. Ich hab' dich im Blick", sagte Sarah und drehte mir den Rücken zu, um ein paar Meter hinter uns die Böschung hinauf zu klettern. „Yes, Ma'am", erwiderte ich ihr und salutierte spöttisch, doch sie hatte mir schon den Rücken gekehrt. Na toll, dachte ich und suchte nach etwas, mit dem ich mich verteidigen konnte, falls mir eine dieser Kreaturen über den Weg lief. Ich ging zu den Autos, um sie mir genauer anzusehen. Einer der Trucks war ein alter, rostiger Chevrolet Pickup, der dem Aussehen nach zu urteilen nur noch von dem babyblauen Lack zusammengehalten wurde. Daneben stand ein schwarzer Minivan, dessen Reifen platt auf den Boden gedrückt waren. Sie waren eindeutig aufgeschlitzt worden, um das Beiseiteräumen noch schwieriger zu gestalten. Ganz links stand ein alter Saab, der sicherlich auch schon mal bessere Tage gesehen hatte. Sein schwarzer Lack war ausgeblichen und durch seine verdreckten Seitenscheiben konnte man kaum noch das Innere erkennen. Dann lenkte der Pickup ganz rechts außen seine Aufmerksamkeit auf mich. Es war ein weißer Toyota, der mit Rostflecken übersät war. Er war so weit an die Felswand geparkt worden, dass seine Motorhaube tiefe Abdrücke der Steine davontrug, die darauf niedergeprasselt waren. Auf seiner offenen Ladefläche lag neben einer Plane und einigen Holzpaletten eine kleine, doch massive Eisenstange. Damit kann ich was anfangen, dachte ich und versuchte, auf den Truck zu klettern. Ich umklammerte die Bordwand, stellte meinen Fuß auf die Stoßstange und wuchtete mich nach oben. Ich hatte den Körper schon halb auf der Plattform, da ächzten die Stoßdämpfer und die Stoßstange brach mit einem lauten Schnalzen ab. Unsanft wurde ich zurückgeworfen und fiel ins Leere. Ich versuchte noch, mich an der Heckklappe festzuhalten, doch ich verfehlte sie um wenige Zentimeter und so landete ich unsanft mit dem Rücken auf dem Asphalt. Mein Hintern prallte dabei schmerzend auf den Boden und mein anderes Bein, welches schon auf dem Truck gewesen war, hatte tiefe Schrammen in der Hinterseite der Schenkel davongetragen. Auf dem Rücken liegend sah ich hinter mir, wie die auf dem Kopf stehende Sarah sich umdrehte, um mir einen dummen Spruch an den Kopf zu werfen. Sie machte gerade den Mund auf, doch alles, was zu hören war, war ein lauter Knall und splitternde Glas. Sie stand genau neben unserem schwarzen Cadillac, dessen Seitenscheibe sich in tausend Scherben über den gesamten Boden verteilte. Sie warf sich zu Boden und suchte Deckung hinter dem Fahrzeug. Ihr Gewehr war ihr vor Schreck aus der Hand gefallen und lag gut zwei Meter neben ihr auf offener Straße. Ich richtete mich ruckartig auf und presste meinen Rücken fest an den Hinterreifen des Toyota. Sarah wollte gerade nach ihrem Gewehr greifen, als ein zweiter Schuss ein Auto der Barrikade streifte und neben Sarah im Boden einschlug, sodass sie sofort wieder in Deckung huschte. „Sprinter!", rief eine unbekannte Stimme auf der anderen Seite der Straße und man hörte, wie er sein Gewehr lud und eine Patronenhülse auf dem Boden klimperte. „Wo?", schrie eine zweite Stimme, die sich auf uns zu bewegte. „Ich habe etwas hinter den Autos gesehen." „Bist du sicher? Wenn dort ein Sprinter wäre, würde er sich doch nicht vor dir verstecken, du Idiot", sagte die näherkommende Stimme streng. Ich riss die Arme nach oben, sodass meine Handflächen über die Autos ragten. „Wir sind keine... Sprinter", sagte ich mit einem leichten Beben in der Stimme. „Nicht schießen, bitte!" Ich hob leicht den Kopf und spähte vorsichtig über die Kante meines Verstecks. Es war ein Mann, dessen wuchtiger Bart schon erste graue Ansätze zeigte. Er trug eine rote Mütze mit der Aufschrift MAKE AMERICA GREAT AGAIN, die ihm tief ins Gesicht hing. Über einem braunen Armeeanzug trug er eine knallorange Weste und ein Patronengurt baumelte daran herunter. Der andere Mann war deutlich jünger. Fast noch ein Teenager. Er hatte einen Bürstenschnitt und trug das gleiche Outfit wie sein Begleiter. Nur füllte er es mit seiner dürren Gestalt nicht völlig aus und es hing schlapp an ihm herunter. „Kenny, du Idiot, mach gefälligst die Augen auf, bevor du anfängst, in der Gegend herumzuballern", schrie ihn der Ältere an und gab ihm einen Klapps auf den Hinterkopf, dass er leicht nach vorne stolperte. „Sorry, Dad", entgegnete er nur knapp und rieb sich leicht den schmerzenden Hinterkopf. Ungläubig blickte ich zu Sarah, die sich wieder ihr Gewehr geschnappt hatte und mich verdutzt ansah. Auch sie spähte jetzt vorsichtig aus ihrer Deckung und musterte die zwei Gestalten, die langsam auf uns zukamen. „Keine Angst, ihr könnt rauskommen. Wir erschießen euch nicht", sagte der Ältere und seine Schritte kamen langsam auf mich zu. Ich rappelte mich vorsichtig auf und drehte mich zu ihnen um. „Nicht schieß..." Nicht schießen, wir sind nur auf der Suche nach Hilfe, wollte ich sagen. Die Worte blieben mir im Hals stecken, als ich sah, wie sie weiter auf mich zielten. „Woah woah woah", schrie ich vor Schreck und versteckte mich sofort wieder hinter der Barrikade. „Kenny, nimm die Waffe runter, es sind nur Kids", flüsterte der Ältere leise. „Kommt raus", warf er jetzt in unsere Richtung. „Wir tun euch nichts. Ihr müsst entschuldigen, aber wir sind einfach nur sehr vorsichtig. Man kann heutzutage nicht jedem trauen." Mit einem beherzten Sprung landete Kenny neben mir hinter der Barrikade. Das Gewehr, mit dem er vor Kurzem noch auf uns geschossen hatte, baumelte jetzt über seiner Schulter, und er reichte mir die Hand zum Aufstehen. Auch Sarah trat jetzt aus ihrem Versteck, doch sie richtete jetzt ihr Gewehr auf die beiden Männer. „Hey, ganz ruhig, junge Dame", sagte der Ältere sanft. „Ich bin Hank und das ist mein Sohn Kenny. Siehst du, ich lege die Waffe weg." Leise klappernd legte er sein Gewehr auf den Boden vor sich. „Wir versuchen nur, unser Camp vor den Sprintern oder ähnlichen Eindringlingen zu schützen. Wo kommt ihr her? Ihr seht echt fertig ..." „Ihr habt ein Camp? Wie viele seid ihr?", zischte Sarah dazwischen, noch immer auf ihn zielend. Ihr Körper war angespannt und sie hatte das Visier fest vor das Gesicht gedrückt, immer bereit, den Abzug zu drücken, falls ihr Gegenüber eine falsche Bewegung machte. Kenny stand jetzt mit erhobenen Händen neben mir und blickte starr und blass in den Lauf der auf sie beide zielenden Creedmore. „Eine ganze Menge. Ungefähr siebzig, denke ich. Das Camp ist gleich hinter der Biegung. Ihr könnt uns gerne begleiten, aber bitte nimm die Waffe runter." Er hielt die Hände flach ausgestreckt vor sich, um Sarah zu beruhigen. „Wenn dort so viele Menschen sind, warum hört man nichts von ihnen?" Ihr Tonfall blieb eisern und sie zuckte mit dem Gewehr, um ihm zu signalisieren, er solle keinen Schritt näherkommen. „Weil es gut geschützt und sicher ist. Wie gesagt, ihr könnt uns gerne begleiten. Kenny und ich gehen jetzt. Folgt uns einfach, okay?", sagte Hank und hob vorsichtig seine Waffe wieder auf. Er schulterte wie in Zeitlupe sein Gewehr und winkte Kenny zu sich. Ich saß noch immer auf dem Boden und blickte Sarah an. Es war nicht leicht, ihren Gesichtsausdruck zu lesen. Sie war misstrauisch, kein Zweifel. Doch irgendetwas schien sie zu beruhigen. Als Hank und Kenny sich langsam von uns entfernten, schenkten sie uns immer wieder einen prüfenden Blick über ihre Schulter. Sarah kam auf mich zu und half mir auf die Beine. Dabei sah sie mich nicht an, sondern fixierte weiter Hank und Kenny. Als sie sich über mich beugte, fielen mir ihre Haare ins Gesicht und wieder konnte ich den Duft ihres Shampoos riechen. „Wollen wir ihnen folgen?", fragte ich sie und blickte die Straße entlang. „Ich meine, wir sollten es versuchen. Dort sind viele Menschen und wir brauchen dringend Hilfe. Wir haben kein Benzin mehr und alleine haben wir hier draußen auch kaum eine Chance! Was ist, wenn ..." „Lass uns gehen", fuhr mir Sarah ins Wort und kletterte neben mir über die Absperrung. Sie landete federleicht auf den Füßen, als sie von dem Toyota sprang, und stapfte zielstrebig in die Richtung, in die auch Hank und Kenny verschwunden waren. Ich hatte Mühe, sie einzuholen, und mit einer Mischung aus Erleichterung und Neugier ging ich neben ihr her. Was waren dort für Leute, fragte ich mich und malte mir die wildesten Szenarien aus. Was, wenn sie ein großes Haus besetzt hatten, mit dicken Mauern und stabilen Türen? Oder war es möglicherweise tatsächlich nur ein Camp mit billigen Zelten auf einer aufgeweichten Wiese? Konnten sie uns überhaupt Schutz bieten? Einen wirklich verlässlichen Eindruck hatten die ersten zwei aus dieser Gruppe ja nicht gerade gemacht.

Wenn dort alle so waren, dann gute Nacht. Erst als ich um die mit steilen Felswänden bekleidete Kurve ging, begriff ich, wie sehr ich mich geirrt hatte. Hank hatte nicht gelogen. Das Camp, von dem sie erzählt hatten, lag nun in voller Größe vor uns ausgebreitet und ich konnte meinen Augen kaum trauen. Verblüfft starrte ich auf das Geschehen vor mir. Auch Sarah sah sehr positiv überrascht aus. Sie schenkte mir noch einen kurzen Blick, bevor wir beide lächelnd an das gigantische Tor traten. „Ah, ihr seid unserer Einladung gefolgt", begrüßte uns Hank mit einem breiten Grinsen. „Willkommen im Camp HOPE." Das hohe, aus Eisenstangen und Holzplatten gebaute Tor war zwischen eine Wand aus riesigen Armeelastern gebaut und schwang langsam vor uns auf. Das gesamte Camp war auf einer breiten Brücke errichtet, unter der eine gut einhundert Meter tiefe Schlucht verlief, durch die sich ein kleiner, silbern schimmernder Fluss schlängelte. Hinter der Mauer standen mehrere Männer und Frauen mit Gewehren auf einem Podest und spähten in die Umgebung. Als wir durch den Eingang schritten, ragten viele improvisierte Baracken, Zelte und Wohnwägen vor uns auf. Ein Tisch stand direkt vor uns, auf dem mehrere Karten lagen. Mit einem großen CB-Funkgerät versuchten drei junge Männer eifrig, mit jemandem in Kontakt zu treten. Einen Tisch weiter standen zwei Frauen in Armeekleidung, mit festem Blick und strammer Haltung. Sie unterhielten sich eifrig und überprüften einige auf dem Tisch liegende M16 und AR15 auf deren Funktionstauglichkeit. Darunter stapelten sich große Holzkisten mit weiteren Waffen, Munition und Granaten. In der Mitte genau vor uns ragte ein Hummer H2 empor. Auf seinem Dach war ein mächtiges MG montiert, hinter dem sich ein dürrer Kerl in Polohemd und Hornbrille versteckte. Vom Aussehen her hätte ich ihn als Banker oder Versicherungsvertreter eingeschätzt, doch sein Blick war entschlossen und konzentriert. Die gesamte Brücke und das Camp darauf waren so lang, dass ich das Ende nicht erkennen konnte. Doch wenn sie es auf beiden Seiten so stark gesichert hatten, waren wir zum ersten Mal seit Tagen wieder an einem sicheren Ort. Hank ging vor uns her und gab uns mit einer kleinen Handbewegung zu verstehen, dass wir ihm folgen sollten. Er führte uns zu einem kleinen Wohnwagen, hielt davor an und lächelte uns zu. „Als Erstes muss ich euch unseren Leiter vorstellen. Er entscheidet, ob ihr bleiben dürft." Er drehte sich zu der Tür des Wagens und klopfte daran. „Isaac, ich hab' zwei Neuankömmlinge aufgegabelt", sagte Hank und stellte sich nun stramm und stolz neben die Türe. Leise Schritte waren zu hören. Ein leichtes Schwanken im Wagen war zu spüren und die Federn der Radaufhängung quietschten, als die Tür mit Schwung aufflog und den Blick ins dunkle Innere freigab. Die Sonne blendete uns und so konnten wir nicht sehen, was sich darin befand. Der erste Schritt eines Mannes landete auf der Stufe der Trittleiter, bis er schließlich im Freien stand und uns musterte. Es war ein Mann mittleren Alters in einer schwarzen Kutte mit weißem Kragen, so wie ihn Priester trugen. Er sah sauber und gepflegt aus. Im Vergleich zu ihm kam ich mir wie ein Landstreicher vor, was wir in gewisser Weise ja auch waren. Er zupfte seine Jacke zurecht und schritt auf uns zu. Nachdem er mich eine Sekunde gemustert hatte, streckte er mir seine mit leicht angegrauten roten Haaren bedeckte Hand entgegen. Seine goldene Brille blitzte in der Sonne und sein gebleichtes Lächeln wirkte kühl und entschlossen. Ich starrte einen Moment zurück, bevor ich ihm die Hand reichte, die er sogleich fest packte und kräftig schüttelte. „Ich bin Vater Isaac, mein Sohn. Aber alle sagen nur Vater zu mir. Und dies ist mein Camp mit meinen Schäfchen. Willkommen. Und wer ist das hier? Was für eine bezaubernde junge Dame", sagte Isaac und betrachtete Sarah ganz genau. Er reichte auch ihr die Hand, doch sie erwiderte es nicht, sondern bohrte ihre Fingernägel fest in den Riemen ihrer Creedmore. „Ich bin Chris und ihr Name ist Sarah. Danke, dass wir hier sein dürfen. Wir sind schon seit Tagen unterwegs und freuen uns einfach, ein paar neue Gesichter zu sehen. Wir sind ziemlich erledigt." „Nun", fing Isaac an, „Hank, du kannst den beiden doch sicher eines der Quartiere zeigen. Neben Olivia sollte das Zelt mittlerweile freigeworden sein. Ihr dürft gerne so lange bleiben, wie ihr möchtet. Wir können Schutz bieten, haben ausreichend Verpflegung und bequeme Betten. Später kann euch Kenny das Camp zeigen. Würdest du bitte noch deine Waffe hier vorne bei Renée abgeben. Im Camp HOPE haben wir Profis, die sich um den Schutz kümmern und du wirst sie nicht brauchen." Eine der Frauen in Armeekleidung kam auf Sarah zu und wollte gerade die Hand nach ihrem Gewehr ausstrecken, als Sarah zurückwich und sie böse anfunkelte. „Wenn du deine Hand behalten willst, rate ich dir, sie nicht anzufassen", fauchte Sarah bissig und umklammerte ihr Gewehr mit festem Griff. Renée, die kurz verblüfft innehielt, machte einen weiteren Schritt auf Sarah zu und versuchte erneut, das Gewehr zu nehmen. Sarah wich weiter zurück, nahm die Creedmore blitzschnell in den Anschlag und zielte auf René, bevor sie überhaupt eine Chance hatte, in ihre Nähe zu kommen. „Ladys, Ladys, bitte," beschwichtigte Isaac die beiden und deutete Sarah, sie solle die Waffe senken. „Eine Frau mit Temperament, das gefällt mir. Ich kann verstehen, dass du uns gegenüber misstrauisch bist, doch kann ich dir versichern, dass wir keinerlei böse Absichten gegen euch hegen. Renée, die junge Dame darf ihre Waffe behalten. Wenn ihr später zu Tisch kommt, würde ich euch nur bitten, sie nicht mitzubringen. An der Tafel des Herrn hat keine Waffe einen Platz. Ich fürchte, an diese Regel musst auch du dich halten oder ich kann euch hier nicht weiter dulden." Mit diesen letzten Worten drehte er sich von uns weg und ging zu den Männern mit dem Funkgerät. Er schien nicht erfreut über die Neuigkeiten, die sie ihm berichteten. Aus dem Augenwinkel konnte ich noch erkennen, wie er den Kopf senkte und entnervt mit den Fingern seine Augen unter der goldenen Brille rieb. „Kommt mit!", sagte Hank knapp und schritt mit seinem Sohn auf den Fersen davon. Wir schlenderten durch die mit eng aneinander gereihten Zelten bestückte Straße, bis wir vor einem leeren Familienzelt stehenblieben. Auf dem Weg kamen wir an vielen Leuten vorbei. Kinder spielten Fangen zwischen den wehenden Abdeckplanen und Trailern. Frauen machten zusammen in einer riesigen Gulaschkanone etwas zu essen, was offensichtlich für das gesamte Camp reichen sollte. Zwei alte Männer hatte sich auf Campingstühlen im Schatten eines Wohnwagens niedergelassen und spielten entspannt Dame. Der eine dachte fieberhaft über seinen nächsten Zug nach, während er genüsslich auf seiner rauchenden Pfeife herumkaute. Es wirke auf den ersten Blick etwas chaotisch, doch schien jeder hier seine Aufgabe zu haben, und ihnen schien es an nichts zu fehlen. Hank lupfte die Plane unseres Zelts zur Seite und zeigte uns unser neues Heim. Kurze Zeit später schlenderten wir hinter Kenny her, der uns einen groben Überblick über das Camp verschaffte. Sie hatten Waschplätze, Kochstellen, Rationseinheiten, einige Handwerker, die allerlei Sachen reparieren konnten, die sogenannte Kommandozentrale und zu guter Letzt einen riesigen Container mit einer mobilen Sanitäreinrichtung, in der sogar Duschen verbaut waren. „Ihr könnt euch erst mal frisch machen. In gut 2 Stunden gibt es Abendmahl. Kommt nicht zu spät, das mag Vater nicht. Ich muss wieder zurück ans Tor. Meine Wache ist eigentlich noch nicht zu Ende," sagte Kenny und war schon verschwunden. Sarah trat an den Rand der Brücke und krallte ihre Finger in den Maschendraht, der an der Kante entlang gespannt war. Sie stellte sich auf die Zehenspitzen und lugte nach unten. Eine Windböe wehte ihre Haare nach hinten und ich konnte deutlich eine Gänsehaut auf ihren Armen erkennen. „Du bist kein Freund von großen Höhen, hab' ich recht?", fragte ich sie und stellte mich neben sie. Mein Blick folgte ihrem nach unten und selbst ich, der keine Höhenangst hatte, bekam ein flaues Gefühl in dieser Höhe. „Nein, das macht mir nichts aus", entgegnete sie mir leise und drehte sich um. „Mir gefällt dieser Ort nicht. Irgendetwas stimmt hier nicht." Ihr Blick wanderte ziellos zwischen den Leuten und Zelten umher, so als würde sie angestrengt nach etwas suchen. „Was meinst du? Wir haben ein Dach über dem Kopf, diese Menschen sind unglaublich freundlich und wir sind nicht mehr auf uns alleine gestellt. Wir haben es geschafft.

Das ist es doch, wonach wir gesucht hatten oder etwa nicht?"
Sie blickte mich kurz an und schaute dann auf ihre Zehenspitzen. „Die Tatsache, dass sie zuerst schießen und dann reden, ist dir wohl entgangen. Und warum wollen sie, dass ich meine Waffe abgebe? Das ergibt alles keinen Sinn. Ich sage dir, hier ist etwas faul!" „Ich kann beim besten Willen nicht verstehen, was du für ein Problem hast." Ich schlug mit der Ferse an den Zaun in meinem Rücken und betrachtete die Wellen, die sich die gesamte Brücke entlang bewegten. „Wir sind hier sicher! Das ist es, was für mich am meisten zählt." Meine Stimme klang jetzt etwas genervter, als es beabsichtigt war. „Ich habe vor, meine Familie irgendwann wiederzusehen und mit diesen Menschen hier haben wir die beste Chance." Als es später Zeit für das Abendessen war, tat Sarah, wie ihr aufgetragen wurde, und ließ die Waffe im Zelt. Sie wickelte sie widerwillig in den Schlafsack und stapfte dann Richtung Eingang, durch den wir zuvor gekommen waren. Dort, wo einst der Tisch mit den Karten und dem Funkgerät stand, war nun eine riesige Tafel aufgebaut. Sie hatte die Form eines Hufeisens, und nach und nach trudelten mehr Leute ein, die daran Platz nahmen. Sarah und ich setzten uns ganz an den Rand der Runde, als auch schon die große Gulaschkanone in die Mitte getragen wurde. Renée und eine weitere Frau portionierten das Essen in kleinen Plastikschüsseln und ein paar Kinder verteilten sie auf den Tischen. Es war wie auf einem Familientreffen oder einem großen Campingausflug. Die Leute unterhielten sich, lachten und hatten Spaß. Das Geschirr klapperte und der Duft des Essens stieg mir in die Nase. Es roch köstlich, als ein kleines Mädchen eine Schüssel mit Eintopf vor mir abstellte. „Danke, junges Fräulein", sagte ich mit einem zufriedenen Gesicht und sie hüpfte kichernd davon. Jetzt kam auch Issac an den Tisch und augenblicklich verstummten alle. Als jeder am Tisch Platz genommen hatte, stand Isaac auf und klopfte mit seinem Löffel an einen Metallbecher, um die Aufmerksamkeit auf sich zu lenken. Das fiel ihm nicht besonders schwer, denn jeder schien schon sehr gespannt auf seine Worte zu sein. „Freunde," sag-

te er und klopfte erneut auf den Becher. „Freunde, meine lieben Kinder, wie freue ich mich, hier mit euch zusammen zu sitzen. Begrüßen wir unsere heute neu eingetroffenen Schäfchen in der Runde." Isaac nickte in unsere Richtung und erhob sein Glas auf uns. Alle schauten zu uns, klatschten oder murmelten ein freundliches Willkommen. „Es ist schön, hier mit euch allen zusammen zu sitzen, denn wir ... wir sind gesegnet!" Ein zustimmendes Raunen unterstützte wie ein Echo seine Worte. „Wir sind gesegnet, liebe Kinder, und zwar von Gott höchstpersönlich. Wir sind die Auserwählten!", sagte er erhobenen Hauptes und mit einer kräftigen Stimme, so als würde er gerade die Vereidigungsrede des Präsidenten vor Tausenden Wählern halten. „Meine lieben Kinder, ich freue mich, euch alle wohlbehalten hier zu sehen. Gott stellt uns auf eine harte Probe, doch wir werden bestehen. Gott prüft unseren unerschütterlichen Glauben, doch wir werden bestehen. Wir sind hier, oh Herr, und wir glauben. Doch jene, die es nicht tun, jene, die sich nicht an seine Gebote halten, die werden von der Sintflut vom Antlitz der Erde gefegt. Mose, Kapitel 6, Vers 7. „Und er sprach: Ich will die Menschen, die ich geschaffen habe, vertilgen von der Erde, vom Menschen an bis hin zum Vieh und Gewürm und bis zu den Vögeln unter dem Himmel; denn es reut mich, dass ich sie gemacht habe." Jene, die seine Gesetze missachten, werden zur Hölle fahren und auf ewig verdammt. Er wird diese Erde reinigen, um uns ein neues Eden zu erschaffen. Er geleitet uns zu seiner grünen Aue und wird uns satt und wohl machen. Doch jene, die sich weigern, ihm zu gehorchen, werden zerschmettert von seinem Zorn. Doch wir wussten alle, dass dieser Tag kommen würde. Lange wurde er uns prophezeit, doch die Frevler schenkten uns keine Beachtung und mit ihren gleichgeschlechtlichen Ehen, der Rassenmischung, Kinderschändungen, vorehelichem Sex und Ehebruch haben sie die Verdammnis heraufbeschworen und sich so selbst ein Ende zugefügt. Wenn Gott diese Menschen von der Erde gefegt hat, werden wir, meine Kinder, ein Paradies vorfinden. Denn wir, meine Kinder, wir sind gesegnet.

Gott liebt uns, denn er ist der Schäfer und wir seine Schäfchen. Und mit seinem schützenden Stab der Gerechtigkeit wird er uns vor den bösen Wölfen beschützen, die uns in Stücke reißen wollen. Solange wir den Glauben nicht verlieren, haben wir nichts zu befürchten. Und wenn es in unserer Macht steht, werden wir Gottes Werk unterstützen. Wir sitzen nicht still und warten. Wir vollbringen Gottes Werk, denn wir sind sein Werkzeug. Amen." Bei diesen Worten bildete sich ein dicker Kloß in meinem Hals und ich konnte sehen, wie Sarahs Miene erstarrte. Die anderen Zuhörer hatten ebenso gebannt, allerdings mit mehr Begeisterung, der Rede von Isaac gelauscht. Sie starrten ihn an, als würde Gott persönlich durch ihn sprechen, und so unterstützten sie seine abklingenden Worte mit Jubel und Beifall. Als er mit der Ansprache fertig war, setzte sich Issac und brach symbolträchtig einen riesigen Laib Brot in der Mitte durch und reichte ihn wie beim letzten Abendmahl an die anderen weiter. Für wen hält er sich, fragte ich mich leise. Etwa für den Messias? Für einen Heiligen oder gar einen Jünger persönlich? Sein Brot, das er durch die Runde reicht, wird zumindest weniger. Der ist doch nicht ganz dicht. Ich blickte zu Sarah und ihr Gesichtsausdruck schrie mich förmlich an, obwohl sie mich nicht einmal ansah, geschweige denn ein Wort sagte. Siehst du, ich hab's dir gesagt. Ich hab' dir gesagt, hier stimmt etwas ganz und gar nicht, aber du Grünschnabel wolltest es mir ja nicht glauben. Siehst du, bei was für kaputten Leuten wir gelandet sind? Ich ergriff beklommen den Löffel vor mir, tauchte ihn in den lecker duftenden Eintopf und führte leicht zitternd das Essen Richtung Mund. Geistesabwesend schlang ich das Essen hinunter, noch immer ungläubig die anderen um mich herum betrachtend. Der erste Eindruck, den ich von ihnen gewonnen hatte, zerfiel langsam in meinen Gedanken und die große und glückliche Gemeinschaft, die etwas Familiäres an sich hatte, wandelte sich in das Bild einer Sekte, die blind und fernab der Realität ihrem Führer folgte. Kinder lachten und rannten zwischen den Tischen umher. Die Erwachsenen unterhielten sich ausgelassen und genossen das gemeinsame Mahl. Nur Sarah saß noch immer regungslos vor ihrem nicht angerührten Teller und hatte die Hände auf dem Schoß fest zu Fäusten geballt. „Schmeckt es dir etwa nicht, mein Kind?", fragte sie die Frau neben ihr und deutete auf ihren Teller. „Entschuldigt mich bitte", entgegnete Sarah mit einem Flüstern, stand auf und ging davon. Ich blickte ihr hinterher und überlegte, ob es eine gute Idee sei, ihr jetzt zu folgen, als mich der Junge zu meiner Rechten ansprach. „Ihr seid also die Neuen hier, ja? Wo kommt ihr denn her?", nuschelte er, während er sich den Löffel in den Mund schob. Etwas an meinem Blick musste ihn irritiert haben, denn er erstarrte für den Bruchteil einer Sekunde und ließ klappernd den Löffel auf den Teller fallen, um mir seine Hand entgegenzustrecken. „Oh Mann, wie unhöflich von mir!", schmatze er mit vollem Mund und würgte den riesigen Bissen eifrig hinunter. „Ich bin Steven, Steven Banner. Die meisten nennen mich aber der Einfachheit halber nur Steve." „Ich bin Chris", sagte ich und schüttelte seine Hand. „Wie seid ihr denn hierhergekommen? Ich meine, dieser Ort ist ja nicht gerade einfach zu erreichen über die Passstraße." Seine großen Glupschaugen wirkten, als würden sie ihm gleich aus dem Kopf fallen, und sein überdimensionales Grinsen ließ seine Hasenzähne aus einem dürren, kantigen Gesicht sprießen. Doch er wirkte offen, ehrlich und freundlich. Herzlich könnte man auch meinen. Er begegnete einem, als wäre man schon seit Jahren sein bester Freund, obwohl man sich noch nie zuvor gesehen hatte. „Wir waren auf der Straße unterwegs. Wir hatten ein Auto, aber uns ist ziemlich genau bei eurer Barriere der Sprit ausgegangen. Ich bin vor vier Tagen in Winchester aufgebrochen und seither war ich eigentlich völlig planlos in der Gegend unterwegs." Ich stocherte mit meinem Löffel in dem Eintopf herum, als ich ihm eine Kurzfassung der letzten Tage berichtete. Allerdings ließ ich die meisten Details aus. Mir war nicht danach, alle Geschehnisse noch mal Stück für Stück durchzukauen. Schon gar nicht mit einem Fremden. Dafür war das, was ich auf dem Weg hierher gesehen hatte, einfach zu schmerzlich. Was würde ich jetzt nicht alles geben, um Jack oder Anika hier zu haben. Sie hier zu sehen, in Sicherheit wissend und auf mich wartend. Doch das war reines Wunschdenken. Ich war inzwischen so weit von zuhause weg, dass die Wahrscheinlichkeit, sie jemals wiederzusehen, auf beinahe null sank. Doch das wollte sich mein Kopf nicht eingestehen. Ein kleiner Hoffnungsschimmer flammte immer wieder in mir auf, auch wenn es nur ein Funke in einem großen dunklen Raum war. Doch er war da und verlieh mir stetig neuen Antrieb. „Da habt ihr ja einen steinigen Weg hinter euch", entgegnete Steve mit seinem breiten Grinsen. „Wir haben von all dem nicht so viel mitbekommen. Unsere Gruppe lebte schon länger zusammen auf einer Gemeinschaftsfarm. Wir leben unabhängig von den meisten staatlichen Strukturen und der strengen Gesellschaft. Isaac kam eines Morgens zu uns und meinte, wir brechen in ein neues Lager auf, da die Stunde eines neuen Anfangs gekommen war. Also packten wir nur das Nötigste ein und haben uns hier einquartiert. Ist aber auch nur ein kleiner Zwischenstopp." Er kratze die letzten Reste seines Essens vom Teller und rieb sich zufrieden und satt den Bauch. Er machte ein bisschen den Eindruck eines naiven Kindes, das mit voller Begeisterung bei allem dabei war, was man ihm vorschlug. Ich hatte nicht wirklich große Lust auf eine längere Konversation mit ihm, doch ich war neugierig geworden. „Wo genau wollt ihr denn hin?", fragte ich ihn und deutete auf die riesigen Armeelaster, vor denen die Kisten mit Ausrüstung, Waffen und Munition gestapelt waren. „Ich meine, ihr seid ja wirklich groß ausgerüstet. Wo kommt das alles her?" „Das meiste stammt von einem Lager der US-Armee, das wir auf unserem Weg passiert hatten. Es war keiner mehr dort und all das Zeug stand frei zugänglich einfach so herum. Nicht zu fassen, oder? Die haben einfach alles liegen lassen. Wir haben einige unserer alten Trailer gegen die Laster getauscht und so viel mitgenommen, wie wir konnten. Der Rest, den wir dabeihaben, stammt aus unserem eigenen Speicher. Wir wussten, dass so etwas irgendwann passieren würde. Vater hat uns immer wieder davon erzählt, dass wir vorbereitet sein müssen. Es war also keine große Überraschung für uns." Er stand auf, nahm sein Geschirr in die Hand und legte es in einen großen Waschbottich hinter uns. „Ich muss jetzt los ans Tor, meine Schicht beginnt gleich. Wenn du möchtest, kannst du mich begleiten. Wir können dort immer gute Leute gebrauchen." Ich blickte noch einmal in die Richtung, in die Sarah davongestapft war, und fuhr mir mit der Hand durch die Haare. Sie waren verklebt und fettig, sodass sie einen leichten Film auf meinen Fingern hinterließen. Doch das beachtete ich kaum noch. „Ja", entgegnete ich ihm knapp und blickte ihn an. „Warum eigentlich nicht." Ich stand auf, machte es ihm mit dem Geschirr nach und folgte ihm zur Mauer aus Lastwagen. Davor war aus Paletten und Brettern eine Art Balustrade gebaut, auf der Renée und ein paar andere hin und her patrouillierten. Sie hatten alle eine Waffe in den Händen und richteten den Blick zielstrebig in die Umgebung hinter dem Camp, um eventuelle Eindringlinge abwehren zu können. Erneut verspürte ich ein Gefühl der Sicherheit. Es beruhigte mich und verlieh mir im Inneren etwas Auftrieb. Die letzten Tage waren die Hölle gewesen und nirgends fühlte ich mich so beschützt wie hier mit all diesen Menschen im Camp. „Da bist du ja endlich", sagte Renée und sprang von der Balustrade. „Wird aber auch Zeit, dass du kommst. Ich hab' tierischen Hunger. Sieh zu, dass du noch die Planen auf die Kisten legst, bevor es später nass wird, hast du verstanden?" Sie drückte Steve im Vorbeigehen grob das Gewehr gegen die Brust und machte sich, ohne uns eines weiteren Blickes zu würdigen, auf zur Tafel. „Ja Renée, mach' ich, sobald ...", sagte Steve, während ich mich umdrehte. Erstaunt über ihr Auftreten und ihren Befehlston blickte ich ihr über meine Schulter hinterher, als ich vor ihr einen silbernen Schweif auf sie zufliegen sah. Es gab einen dumpfen Schlag, Renée warf ihren Kopf zurück und taumelte nach hinten. „Wo ist es, du verdammtes Miststück", hörte ich Sarah kreischen, die langsam hinter Renées zu Boden sackendem Körper auftauchte. Renée lag nun rücklings auf der Straße, hielt sich mit beiden Händen die Nase und zwischen ihren Fingern quoll ein dicker Schwall von Blut hervor. Sarah stellte sich über sie, bereit, ihr den Rest zu geben, als sie von zwei anderen an den Armen festgehalten wurde. Renée drehte sich zur Seite, richtete sich schwankend auf und ging einen ruckartigen Schritt auf Sarah zu, die vor ihr wie in einen Schraubstock gespannt war, unfähig sich zu bewegen. Sie hob den Arm, um zum Gegenschlag auszuholen, als eine Stimme das Geschehen durchschnitt. „Was um alles in der Welt ist hier los?" Isaac war aufgetaucht und seine strenge Stimme ließ Renée innehalten, die Sarah ansonsten vermutlich mithilfe der anderen den Arsch aufgerissen hätte. Doch Sarah schien das in keiner Weise zu beeindrucken. Sie funkelte zornig zurück, nur auf eine Chance wartend, sich zu befreien und ihr den nächsten Hieb zu verpassen. „Diese kleine Kröte hat mir die Nase gebrochen", sagte Renée verächtlich zu Isaac und spuckte etwas Blut auf den Boden. Sie umklammerte mit ihren Zeigefingern ihre Nasenwurzel und mit einem knackenden Geräusch renkte sie sie wieder gerade, als Sarah schon zurückkeifte. „Du hast es mir gestohlen, gib es zu, du kleines Stück …", schrie Sarah, sich in die Arme der beiden Männer stemmend, die sichtlich große Mühe hatten, sie festzuhalten. Das Gesamtbild ließ mich ein wenig schmunzeln, denn Renée war gut einen Kopf größer und um einiges stämmiger als Sarah, und doch hatte diese ihren Arsch mit nur einem Hieb zu Boden befördert. „Junge Dame, hier regeln wir unsere Angelegenheiten mit Worten, egal wie aufgebracht wir sind. Das gilt auch für dich!", mahnte Isaac streng und blickte sie dabei mit väterlicher Miene an. „Gewalt haben wir dort draußen genug, also wollen wir sie hier in unseren Reihen nicht auch noch schüren. Ich habe mich hoffentlich deutlich genug ausgedrückt." Er ging einen Schritt auf Renée zu und musterte ihr Gesicht. „Was ist hier passiert?" Isaacs Gesicht war nur wenige Zentimeter von Renées entfernt, sodass sich ihre Nasen fast berührten. René hielt sich noch immer mit einer Hand die blutende Nase, als Sarah wieder das Wort ergriff. „Sie hat mir mein Gewehr gestohlen!" „Ist das wahr?", bellte Issac in Renées Gesicht und fixierte dabei ihren Blick. „Hast du ihre Waffe genommen?" „Du hast gesagt, es sind keine Waffen im Camp erlaubt, und ich dachte ..." „Du bist nicht hier, um zu denken!", schrie er ihr ins Gesicht. „Ich habe hier das Sagen und ich habe ihr erlaubt, die Waffe zu behalten, solange sie sie nicht mit an die Tafel bringt. War daran etwa irgendetwas missverständlich für dich?" Seine Stimme bebte und die noch immer blutenden Renée versuchte, vor ihm zurückzuweichen. „Nein, aber ..." „Kein Aber, gib ihr sofort ihr Eigentum zurück, hast du mich verstanden?" Renée zögerte eine Sekunde, bis sie regieren konnte. Sie drehte sich um, ging zu einem der Laster und zog mit der freien Hand die Creedmore von der Ladefläche. Langsam streckte sie Sarah die Waffe entgegen und trat dann einen Schritt zurück. „Gut. Und jetzt sieh zu, dass du dein Gesicht versorgst. So setzt du dich auf keinen Fall zu Tisch." Mit einem leichten Gurgeln und offensichtlich stinksauer über die Niederlage, stapfte Renée davon. „Lasst sie gefälligst los, ihr Idioten", fauchte Isaac die beiden an, die noch immer Sarahs Arme hielten. „Seht bloß zu, dass ihr verschwindet, oder ich lasse euch die Latrinen schrubben, habt ihr mich verstanden?" Das ließen sich die beiden nicht zweimal sagen und folgten Renée zwischen die Zelte hindurch. „Ich muss mich für sie entschuldigen", sagte Isaac und blickte uns an. „Manchmal muss sie auf die harte Tour auf den Boden der Tatsachen zurückgebracht werden." Sarah stand noch immer wie angewurzelt da, umklammerte ihre Creedmore und blickte Isaac hinterher, als er sich wieder auf den Weg zur Tafel machte. „Ja, Renée ist nicht einfach", lachte Steve und rieb sich verlegen den Hinterkopf. „Was für eine Bitch!", zischte Sarah und löste sich langsam aus ihrer Starre. „Sie ist eigentlich voll in Ordnung. Chris, kannst du mir mal zur Hand gehen? Wir sollten uns wirklich mit den Planen beeilen, bevor es anfängt zu regnen." Ich blickte hinauf in den langsam dunkler werdenden Himmel, an dem mittlerweile schwarze Wolken aufzogen. Es hatte seit einer Ewigkeit nicht mehr geregnet und die kühle Brise, die sich aus der näherkommenden Wetterfront auf uns zu bewegte, versprach baldige Abkühlung. Ich gesellte mich eine ganze Weile zu Steve und ein paar anderen Jungs auf die Absperrung. Sarah war nach der kleinen Eskapade bald ins Zelt gestapft, ohne sich bei uns zu verabschieden. Anfangs hatte ich überlegt, ob ich ihr folgen sollte, doch ich war ihre Launen leid und freute mich umso mehr, ein paar Jungs in meinem Alter gefunden zu haben, mit denen ich mich unterhalten konnte. Alle von ihnen, bis auf einen kräftigen Typ namens Bill, den aber alle nur One nannten, kamen aus derselben Gruppe und hatten schon lange zuvor auf der Selbstversorgerfarm gelebt. One hatte sich offenbar gestern im Laufe des Tages der Gruppe angeschlossen und war über denselben Weg in das Camp gekommen wie wir. Er war ein bekannter Spieler im High-School-Football und daher kannten ihn sogar schon manche, bevor er ihnen zum ersten Mal über den Weg gelaufen war. Seinen Spitznamen verdankte er seiner Position als First Safety, die er laut der schon fast schwärmerischen Erzählungen der anderen Jungs über seine früheren Heldentaten tadellos erfüllte. „Er war wie eine Wand und man hatte keine Chance gegen ihn", berichtete mir einer von vergangenen Spielen. „Man brauchte gar nicht erst versuchen, sich mit ihm anzulegen, denn er schaffte es oft genug, seinem Gegner mit nur einem präzisen Tackle die Lichter auszuknipsen. Kein anderer Spieler hat in der Junior League mehr Knock-Outs geschafft." One schien es weder zu imponieren noch sonderlich zu stören, dass sie ihn so gut kannten. Er stand einfach nur daneben und hörte ihnen beim Erzählen der Kriegsgeschichten zu. Einige der Jungs spielten seine bekanntesten Tackle nach, indem sie sich scherzhalber gegen ihn warfen und so taten, als würden sie bewusstlos zu Boden stürzen. Später am Abend, als die Wachablösung alle vom Tor verscheuchte, begaben wir uns in Richtung unserer Zelte. Ich verabschiedete mich von Steve, der nur wenige Meter hinter meinem Zelt nächtigte, und kroch vorsichtig unter die Plane. Es war stockdunkel im Inneren, doch ich konnte Sarah sehen, wie sie zusammengekauert in ihrem Schlafsack lag, eine weitere Decke über sich geworfen und die Creedmore fest mit ihrer Hand umklammert. Ich versuchte, so gut es ging, keinen Lärm zu machen, doch sie schien das Rascheln des Schlafsacks zu bemerken, als ich darunter kroch. Sie drehte sich entweder im Schlaf oder demonstrativ um und zeigte mir den kalten Rücken. Ich schloss die Plane und versuchte, es mir, so gut es ging, bequem zu machen, doch entspannen konnte ich mich nicht. Dafür waren mir diese Gegend und diese Menschen viel zu befremdlich. Ich rückte meine Kissen zurecht und mit verschränkten Armen hinter dem Kopf flüsterte ich noch ein leises „gute Nacht" zu Sarah, bevor ich vor Erschöpfung einschlief.

TAG 6

Als ich die Augen öffnete, war es kühl, aber schon hell. Der Regen hatte über Nacht eingesetzt und prasselte im schnellen Takt auf unsere Zeltplane. Feinste Wasserspritzer gingen manchmal hindurch, was meinen Schlafsack nach einigen Stunden völlig durchnässt hatte. Ich hatte grauenhaft geschlafen. Immer und immer wieder hatte ich diese schrecklichen Bilder vor Augen. Mr. Keyel, der aus dem Haus auf mich zustürmte, riesige Horden der Sprinter, die auf mich zurasten, und Sarah, die mit ihrer Creedmore genau in mein Gesicht zielte, und ohne eine Miene zu verziehen, den Abzug durchzog. Ich rieb mir verschlafen das Gesicht und bei dem Gedanken an den letzten Traum sah ich auf den Schlafplatz neben mir. Er war leer. Sarah war nicht mehr hier? Ich merkte, wie die schlaflose Nacht, der Nikotinentzug und das dringende Verlangen nach einer Zigarette meine Laune in den Keller trieben, und so stand ich kurzerhand auf und stapfte los. Ich wusste, dass sie ein Versorgungszelt hatten, von dem mir die anderen auf der Absperrung gestern Abend erzählt hatten. Sie kümmerten sich um die Verpflegung beim Frühstück und mussten recht bald dort sein. Deswegen war auch die Schicht am Abend nicht besonders lange gewesen. Doch ohne eine Uhr und mit meinem schlechten Zeitgefühl konnte ich so etwas eh nur ganz schlecht einschätzen. Durch das schlechte Wetter und die graue Stimmung, die überall herrschte, konnte es genauso gut schon Mittag sein. Ich stellte den Kragen meines Poloshirts auf, doch wirklich viel brachte das nicht. Nach nur ein paar Schritten war ich von oben bis unten durchnässt. Als ich an einem der ersten Trailer vorbeikam, der kurz vor dem Versorgungszelt lag, hörte ich meinen Namen. „Chris ... hey, Chris, komm her!", schrie eine Stimme zu mir herüber. Ich blickte mich um und sah Isaac in der Tür des Trailers stehen, wie er eifrig mit der Hand winkte. Mit hochgezogenen Schultern und die Arme fest

um ich geschlungen, hüpfte ich über einige große Pfützen zu
ihm und stieg in den Trailer. Er machte mir Platz und schloss
die Türe hinter mir. „Guten Morgen, Isaac", sagte ich und hatte durch die Kälte ein leichtes Wimmern in der Stimme. „Bitte sag doch Vater zu mir", entgegnete er mir mit einem Lächeln.
„Meine Güte, du musst völlig durchfroren sein. Hast du denn
keine andere Ausrüstung von uns bekommen?" Ich schüttelte
verlegen den Kopf und zupfte das nasse und an mir klebende
Poloshirt von meiner Haut. „Warte, ich finde hier schon was
für dich. Was wären wir für Gastgeber, wenn du uns hier noch
eine Lungenentzündung bekommst", lachte er und verschwand
hinter einem Paravent. Als sich meine Augen etwas besser an
das schummrige Licht gewöhnt hatten, blickte ich mich etwas
genauer um. Hier war offenbar sowas wie ihr Materiallager.
Der Trailer war mit hohen Regalen bestückt, die bis unter die
Decke prall gefüllt waren. Zelte und Schlafsäcke stapelten sich
in einer Ecke, Karten, Taschenlampen, Gaskocher und Stühle
waren sauber in die Fächer gestapelt. Kochgeschirr und vereinzelte Kartons ohne Aufschrift füllten eine ganze Reihe bis
zu Isaac aus. „Wir sind hier eine Gemeinschaft, die sehr auf
den Zusammenhalt angewiesen ist. Das bedeutet, wir passen
alle gemeinsam aufeinander auf. Jeder bekommt dafür eine
Aufgabe zugewiesen, die seinen Talenten und Fähigkeiten ent-
spricht. Was hast du denn früher so gemacht?", fragte er mich,
als er mit einem Regenponcho und einem Sweatshirt mit dem
Logo der Red Sox auf mich zukam. „Hier, zieh das an, sonst
holst du dir noch den Tod." „Danke", erwiderte ich knapp und
streifte mir flink den etwas zu großen Pullover über. „Also
Chris, was hast du früher gemacht? Ich meine, bevor all das
hier begonnen hat?" Er musterte mich kritisch und beobach-
te mich, wie ich mich in die trockenen Klamotten kämpfte.
„Ich war in der Gastronomie", antwortete ich kurzerhand. „Ah,
ein Mann, der sich in der Küche auskennt", lächelte mich Isaac
an. „So jemanden können wir immer gut gebrauchen." „Nicht
ganz", murmelte ich, als ich meinen Kopf durch die enge Öffnung zwängte und mich dabei fast in der Kapuze verhedder-

te. „Ich habe an der Bar gearbeitet. Mein Fachgebiet sind eher die Getränke." „Nun, ich bin mir sicher, wir finden eine Aufgabe für dich. Jetzt besorgst du dir erst einmal ein Frühstück. Mathilda ist heute im Versorgungszelt und gibt dir alles, was du brauchst." Er öffnete die Tür des Trailers und schob uns beide hinaus in den Regen. Wassertropfen sammelten sich auf seiner vergoldeten Brille, die in der Feuchtigkeit sofort anlief. „Ich muss jetzt bei der Absperrung nach dem Rechten sehen. Du kannst ja nach dem Frühstück dazustoßen. Deine Freundin ist auch schon dort." Sie ist nicht meine Freundin, wollte ich entgegnen, doch ich nickte nur verlegen, zog mir die Kapuze über den Kopf, und schon war er verschwunden. Ich stapfte noch ein paar Meter durch den Regen, bis ich den süßlichen Geruch von Kaffee und Eiern in der Nase spürte, die Mathilda gerade an einige Leute im Zelt verteilte. „Ah, du musst Chris sein", kam sie mir mit heiterer Miene entgegen und legte mir ihre Hand auf die Schulter. „Ich bin Mathilda. Hier kannst du dir so viel zu Essen nehmen, wie du möchtest. Wenn du noch etwas brauchst, ruf mich einfach." Und schon war sie wieder dabei, sich der Auslage an Essen und Getränken zu widmen. Ich schnappte mir den größten Becher, den ich finden konnte, füllte ihn bis zum Rand mit Kaffee, sodass ich Mühe hatte, ihn nicht zu verschütten, und machte mich auf den Weg zur Absperrung. Ich wollte unbedingt Sarah sehen. Hatte sie jetzt bessere Laune? Kam sie mit den anderen gut klar? Viele Fragen schossen mir durch den Kopf, bis ich sie vor mir sah. Ihr Gesichtsausdruck war noch immer kühl, und geistesabwesend lauschte sie einem der Wachhabenden, der ihr ein paar Instruktionen gab. „Du bleibst einfach hier stehen, bis wir abgelöst werden. Eine Waffe hast du ja schon. Jedem, der sich dem Tor nähert und nicht nach einem von uns aussieht, jagst du eine Kugel zwischen die Augen. Versau es nicht oder wir alle sind am Arsch," gab er ihr zu verstehen und schlenderte auf die andere Seite der Mauer, um weiter Ausschau zu halten. Als sie mich sah, verzog sie keine Miene, sondern wandte ihren Blick weiter nach draußen, um die Gegend zu beobachten.

Ich stellte den Kaffee neben ihr auf dem gut eineinhalb Meter hohen Podest ab und versuchte, zu ihr hinaufzuklettern. Das war definitiv leichter gesagt als getan, denn durch den andauernden Regen waren die Paletten völlig aufgeweicht und rutschig geworden. Als ich meinen Fuß neben sie nach oben wuchtete, verlor ich fast den Halt und wäre beinahe rücklings gestürzt. Ich konnte mich gerade noch fangen und hievte mich nach oben in der Hoffnung, dass keiner meine peinliche Kletteraktion bemerkt hatte. „Schön, dass du es hierhergeschafft hast, ohne dir den Hals zu brechen", murmelte Sarah, ohne mich anzusehen. Nun, das mit dem unbemerkt hatte offenbar nicht geklappt. Ich hob meinen Kaffee auf und stützte mich mit den Ellbogen auf die Plane des vor uns geparkten LKWs. Als die Plane leicht einknickte, schwappte das darauf gesammelte Wasser über meine dünnen Schuhe. Etwas peinlich berührt blickte ich nach unten auf meine erneute Heldentat und verschüttete dabei etwas von meinem Kaffee. „Ja, ich bin auch immer wieder von mir überrascht, wie ich es so lange geschafft habe, mich nicht selber umzubringen." Ein leichtes Schmunzeln machte sich in Sarahs Gesicht bemerkbar, welches sie aber angestrengt versuchte zu unterdrücken. „Du bist ein echter Tollpatsch, weißt du das?" „Ja, das hab' ich, glaub' ich, schon mal gehört", entgegnete ich trocken und nahm einen großen Schluck aus meiner Tasse. „Hör zu, wir ..." „Wir bleiben", fuhr sie mir ins Wort. „Ich weiß, dass du das möchtest. Ich will nur ...", sie hielt inne und vergrub ihre Fingernägel tief im Riemen ihrer Creedmore. „Was willst du?", fragte ich sanft, um sie nicht von ihrer Meinung abzubringen, die mir bisher sehr zusagte. Ich wollte wirklich hierbleiben, denn dieser Ort hier gab mir genau die Sicherheit, nach der wir die ganze Zeit gesucht hatten und auf die ich auf keinen Fall verzichten wollte. Sarah seufzte tief, steckte ihren Kopf etwas näher zu meinem, damit die anderen auf der Barrikade sie nicht hören konnten, und blickte mich eindringlich an. „Findest du das alles hier nicht seltsam? Ich meine, diese Leute wirken wie ...", sie blickte sich noch mal um, um sicherzugehen, dass uns wirklich keiner hören konnte. „Sie wirken wie ferngesteuert. Als hätten sie eine Gehirnwäsche bekommen. Und dann die Ansprache gestern Abend beim Essen. Kam dir das nicht komisch vor? Dieses Gerede von Gott, auserwählt sein und so weiter. Das ist doch krank!" „Ich weiß, was du meinst, aber jeder hat so seinen Glauben. Ich persönlich glaube nicht an Gott, aber wenn die alle sich das Geschehen so erklären wollen, meinetwegen. Das bedeutet aber nicht, dass ich mich ihrer Meinung anschließe. Und diese höchst konservativen Themen waren schon seit Tausenden von Jahren ein riesiger Streitpunkt. Nicht jeder Mensch ist so tolerant, um andere aufgrund anderen Glaubens oder Lebensweise zu akzeptieren. Das bedeutet nicht, dass ich das gutheiße. Ich will damit nur sagen, dass wir momentan nicht wirklich eine andere Wahl haben, als hierzubleiben." „Du hast bestimmt keine andere Wahl. Ohne die Hilfe von anderen wärst du nach spätestens 5 Minuten tot", zischte sie trotzig zurück und wandte ihren Blick wieder von mir ab, um weiter in die Umgebung zu spähen. „Ich will damit nur sagen, dass ich dich hier gerne bei mir in Sicherheit wüsste. Ich weiß, dass du es auch alleine schaffst, aber ich will es nicht ohne dich schaffen." Auch ich löste jetzt meinen Blick von ihr und starrte die Straße vor uns entlang, die sich hinter einigen abgestellten Autos nach rechts in den mit steilen Felswänden bespickten Wald verabschiedete. Es goss noch immer wie in Strömen und dicke Wassertropfen perlten mir über das Gesicht. Mein Kaffee in der Hand war mittlerweile so stark verdünnt, dass er kaum noch trinkbar und eiskalt war. „Ich hole mir noch etwas Heißes zu trinken. Möchtest du auch etwas?", fragte ich Sarah, doch sie antwortete mir nicht, sondern schüttelte nur leicht den Kopf. Ich schüttete die dürre Plörre aus Wasser und Kaffee auf die Straße, kletterte die Barrikade hinunter und machte mich wieder auf den Weg in das Versorgungszelt. Ich versuchte, Sarah mit dieser anstehenden Diskussion aus dem Weg zu gehen. Sie schien es zu wissen, doch hakte nicht weiter nach. Mir war nicht danach, darüber zu streiten, ob wir bleiben oder verschwinden sollten. Im Zelt angekommen, zog ich die Kapuze vom Kopf und schüttelte das Regenwasser von meinem Poncho. Mathilda war gerade dabei, die letzten Reste des Frühstücks aufzuräumen, als sie mich triefend nass in das Zelt stapfen sah. „Du meine Güte", sagte sie und legte ihre Stirn in Falten. „Bei diesem Wetter sollte keiner von euch da draußen stehen. Du musst ja total durchfroren sein." „Naja", erwiderte ich und zuckte nur mit den Schultern. „Dort drüben in den Kannen findest du noch etwas heißen Zitronentee. Es ist nicht mehr viel, aber er wird dich wieder aufwärmen", sagte sie mit einem breiten Lächeln und räumte weiter die Schüsseln und Teller von der Auslage. Ich schnappte mir zwei Becher, füllte sie bis obenhin auf und bedankte mich bei ihr. „Schon gut. Wenn du noch etwas brauchst, melde dich einfach bei mir. Wir müssen ja schauen, dass wir euch bei Laune halten. Bei diesem Wetter schickt man ja keinen Hund vor die Tür." Auf dem Weg nach draußen hatte ich die beiden Becher fest im Griff. Der Regen hatte kein bisschen nachgelassen und sofort liefen mir wieder dicke Tropfen über mein Gesicht. Ich versuchte, mit einer Hand und mit der Armbeuge etwas davon wegzuwischen, aber mit dem Tee in der Hand war das so gut wie unmöglich. Ich hab' ja nicht besonders weit, dachte ich und stapfte zielstrebig weiter drauflos. Sarah sah mich schon von Weitem kommen und nahm mir die beiden Becher ab, als ich sie ihr entgegenstreckte, um besser zu ihr nach oben klettern zu können. Nachdem ich es ohne eine peinliche und akrobatische Einlage geschafft hatte, mich neben sie auf die Balustrade zu hieven, reichte sie mir einen der Becher zurück und umklammerte den anderen fest mit beiden Händen. „Danke", murmelte sie und pustete auf das dampfende Gebräu vor ihr. „Dachte mir schon, du kannst auch etwas gebrauchen, um dich wieder etwas aufzuwärmen. Immerhin ist es hier im Regen arschkalt und ...". Ich blinzelte kurz durch die Schauer vor mir. Zwischen den Autos vor uns. Ganz am Ende der Straße hatte sich etwas bewegt. Oder hatten mir meine Augen bei diesem Mistwetter einen Streich gespielt? „Hast du das auch gesehen?", fragte ich Sarah und nickte in die Richtung, in der ich eine Bewegung vermutet hatte. Sie sah von ihrem Tee auf und durchforstete die Gegend, als sie plötzlich neugierig den Kopf reckte. Sie schien es auch gesehen zu haben. „Da vorne ist jemand", schrie sie zu den anderen durch das Prasseln des Regens, der auf uns niederging. „Da hinten bei den letzten Autos geht jemand." „Was? Bist du sicher? Wer ist es? Ist es einer von uns?" Einer der Wachen kletterte jetzt neben uns auf die Brüstung und sah mit einem Fernglas nach vorne. „Vater, das sollten Sie sich ansehen", rief er nach unten und ließ den Blick dabei starr auf der sich nähernden Person. Auch ich konnte sie jetzt etwas besser erkennen. Nein beide. Es waren zwei. Ein junger Schwarzer, nicht älter als fünfundzwanzig und mit einem knallgelben Lakers-Trikot, welches ihm fast bis zu den Knien reichte und nass an seinem schlanken Körper klebte. Auf seine Arme war eine junge Frau gestützt, die sich mühte, alleine gehen zu können, und dabei mit einer Hand ihren zu einer Kugel angeschwollenen Bauch hielt. Isaac war inzwischen neben uns aufgetaucht und hatte sich das Fernglas geschnappt. Doch auch ohne Fernglas konnte ich sehen, dass das Mädchen hochschwanger war. Ihre langen, braunen Haare klebten in Strähnen in ihrem Gesicht und sie stieß immer wieder ein schmerzverzerrtes Stöhnen aus. Sie war eine hübsche, sehr schlanke lateinamerikanische Frau, die offensichtlich trotz aller Anstrengungen vorwärtszukommen kurz davor war, in den Armen des Jungen zusammenzubrechen. Dieser wedelte immer und immer wieder mit den Händen in unsere Richtung und schien etwas zu rufen, doch das prasselnde Geräusch des Regens auf den Planen der LKWs vor uns übertönte fast alles. Isaac ließ langsam das Fernglas sinken und blickte die beiden noch einen Moment an. „Sie sind infiziert", sagte er knapp und drehte sich um. Nur eine Sekunde später, lupften die Wachen auf der Balustrade mit einem breiten Lächeln im Gesicht ihre Gewehre. Sarah wollte noch etwas rufen, doch das laute Donnern der Schützen übertönte alles andere. Fassungslos blickte sie über die Absperrung und musste mitansehen, wie die beiden Ankömmlinge von den Kugeln durchsiebt wurden. Der

Junge wurde auf Höhe des Schlüsselbeins mittig in der Brust getroffen und viel steif nach vorne über, sodass sich sein Gesicht in den Boden rammte. Seine Begleiterin landete unsanft auf den Knien, als ihre Stütze tot neben ihr auf der Straße landete. Sie umklammerte noch immer ihren Bauch und eine weitere Kugel durchschlug ihre Brust. Sie richtete den Blick nach oben und sackte rücklings zusammen. Sarah ließ ihre Creedmore fallen und sprang wie von der Tarantel gestochen über die Brüstung, rutschte die Plane auf dem Lastwagen entlang und verschwand mit einem Satz hinter den Lastern. Isaac hatte sich mittlerweile wieder seinen Aufgaben gewidmet, so als wäre nichts gewesen. Als Sarah auf der anderen Seite der Absperrung auf die beiden reglos am Boden liegenden Körper zurannte, vernahm ich ein spöttisches Glucksen, und das Grinsen des Mannes neben mir ließ mich erstarren. „Was ist denn mit der los?", fragte einer der Schützen trocken, so als hätte er gerade die normalste Sache der Welt gemacht. Sarah rutschte den letzten Meter auf Knien zu der am Boden liegenden Frau. Aus deren Brust und dem Bauch quoll das Blut in Strömen heraus und ergoss sich über ihr blaues Spitzenkleid. Sarah stützte ihren Kopf und betrachtete das vor Schreck verzerrte Gesicht. Mit den letzten Atemzügen hustete sie etwas Blut hervor, bevor das Licht in ihren Augen erlosch. Sie hielt sie noch immer fest auf den Schoß gedrückt, als ich mich durch die Barrikade gedrückt hatte und mich auf sie zubewegte. Sie schluchzte und ihr ganzer Körper zuckte zusammen, als ich sie vorsichtig an der Schulter berührte. Ich kniete mich neben sie und sah in das leere Gesicht der in ihren Armen liegenden Frau, als aus dem Canyon vor uns ein markerschütternder Schrei drang, der mich zusammenzucken ließ. „Wir müssen hier weg", sagte ich langsam und leise, während ich versuchte, ihr die tote Frau aus den Händen zu nehmen. Ein weiterer Schrei, diesmal aus einer anderen Richtung und viel näher, drang auf uns zu. Ich packte Sarah unter den Armen, die noch immer schluchzend auf die reglosen Körper vor ihr starrte und der Frau eine ihrer schwarzen Strähnen aus dem Gesicht streifte. Langsam, doch mit gebotener Eile brachte ich sie zurück zum Camp. Gebrochen und wie ein altes Weib hing sie noch immer schluchzend in meinen Arm gekrallt und stolperte wie in Trance durch die tiefen Pfützen neben mir her. Ein erneuter Schrei schallte jetzt genau hinter uns durch die Bäume und die nur noch wenige Meter von uns entfernten Schützen auf der Absperrung zückten erneut ihre Waffen und zielten über unsere Köpfe. Als wir gerade an der ersten Planke durch die Lastwagen in das Innere kletterten, durchzuckte ein erneuter Schuss das Prasseln des Regens auf den Planen. Sarahs Bewegungen waren noch immer wie in Zeitlupe und schlapp, sodass ich sie leicht vor mir herschieben musste. Noch ein Schuss war zu hören. Ein Schrei, ein weiterer Schuss. Ich wagte es nicht, mich umzudrehen, doch ich wusste, dass wir uns verdammt noch mal beeilen mussten. Wir verschlossen die Barrikade hinter uns. Sarah schnappte sich ihre Waffe, welche noch auf der Brüstung lag, und wir rannten weiter in das Innere des Camps. Ein lauter Schlag ließ die Lastwagen beben. Die einzelnen Schüsse hatten sich in kürzester Zeit in ein Dauerfeuer verwandelt und das Klimpern der auf den Boden rasselnden Patronenhülsen klirrte im Takt mit dem Regen. „Lasst sie nicht ins Innere", brüllte Issac aus vollem Hals, während er sich ein Walkie-Talkie vom Tisch mit dem Funkgerät schnappte und Befehle an die anderen weitergab. „Die Frauen und Kinder in die Trailer, alle anderen an die Barrikade. Lasst sie verdammt noch mal nicht hier herein, habt ihr das verstanden!" Er selbst machte sich in die entgegengesetzte Richtung auf und stieg in seinen Wohnwagen. Er schlug hastig die Tür zu und verriegelte sie hinter sich. Ein weiterer Schlag erfasste einen der Laster, sodass er ein ganzes Stück nach hinten katapultiert wurde und einer der Schützen das Gleichgewicht verlor und zu uns herunter stürzte. Das Geschrei, das sich jetzt direkt hinter uns befand, war markerschütternd und rief mir die Bilder der letzten Tage wieder ins Gedächtnis. Wir drängten uns zwischen einigen Männern hindurch, die auf dem Weg waren, die anrückende Horde aufzuhalten. Dicht gedrängt zwängten wir uns durch die Massen. Eine Frau geleitete eine Handvoll Kinder zu einem kleinen Bus und mahnte sie, sich still zu verhalten und zwischen den Sitzen zu verstecken. Wir rannten, so schnell es ging, zu unserem Zelt, schnappten uns unsere Sachen und liefen weiter auf die andere Seite der Brücke, in der Hoffnung, dass sie noch nicht so überrannt wurde. Als ich mich umdrehte, um zu sehen, was an der vorderen Absperrung passierte, sah ich, wie einer der Laster durch die Massen an darauf prallenden Körper wie ein Spielzeug umgeworfen wurde, und das Gebrüll und Kreischen erreichte das Innere des Camps. Kenny rannte mit hochrotem Kopf und blanker Panik in den Augen zu dem Bus mit den Kindern. „Lasst mich rein", schrie er und hämmerte mit den Fäusten gegen die verschlossene Tür. „Bitte, lasst mich ..." Mit einem dumpfen Schlag wurde er von einer der Kreaturen wie von einem Footballspieler attackiert und zu Boden geworfen. Er strampelte wild mit seinen Beinen, als sie sich in seinem Gesicht verbiss und von ihm nur noch ein leises Röcheln zu hören war. Die Kinder im Bus mussten das grausame Spektakel mit ansehen. Sie fingen an, vor Angst zu kreischen, was die Aufmerksamkeit der Angreifer auf sie lenkte. Immer mehr von ihnen kamen angelaufen und warfen ihre Körper im vollen Sprint gegen das Fahrzeug, das unter der Wucht des Aufpralls etwas versetzt wurde. Die Fenster zerplatzten und eine röchelnde Welle durchflutete das Innere des Busses, als sie sich hindurch fraßen. Sarah schnappte mich am Ärmel und sprang mit mir über ein paar kleinere Zelte, Kisten und Taschen, die auf dem Boden lagen. Sie schien aus ihrer Starre erwacht zu sein, denn nun war sie es, die mich hinter ihr herzog. Wir zwängten uns zwischen den Massen hindurch. Die meisten Bewohner rannten in die gleiche Richtung wie wir, nur einige Wenige kamen uns in voller Bewaffnung entgegen, um das Camp, so gut es ging, zu verteidigen. Wir kletterten um den letzten Container hin zu den Trucks, die auf dieser Seite der Brücke die Barrikade bildeten. Sarah öffnete die Fahrertür, warf einen kurzen Blick hinein rannte weiter zum nächsten. Sie griff durch das offene Fenster Richtung Zündschloss. Dann warf sie ihre Sachen in das Innere und riss die Tür auf. „Steig ein!", schrie sie mich an und knallte schon die Fahrertüre zu. Dumpf klappernd und mit einer dicken Rauchsäule sprang der Wagen an. Ich schaffte es gerade noch so, mich auf die Rückbank zu werfen, bevor sie das Gaspedal durchdrückte. Mit vollem Schwung rammten wir die vor dem Auto aufgestapelten Paletten und Kisten, die dabei im hohen Bogen von der Straße katapultiert wurden. „Haltet sie auf, ihr verdammten Idioten. Könnt ihr denn ... was zum ... nein! Nein, nicht, ich ... " Die Worte von Isaac schallten durch ein am Armaturenbrett befestigtes Funkgerät. Schien, als hätte auch sein Trailer den anrollenden Massen nicht standhalten können. Als Sarah einen Schlenker nach rechts machte, um einer auf der Straße laufenden Frau auszuweichen, wurde ich gegen die Tür geschleudert und der Griff von Sarahs Creedmore bohrte sich schmerzhaft in meine Rippen, sodass mir für einen Moment die Luft wegblieb. Erst als sie das Gefährt wieder gerade auf der Straße halten konnte, krabbelte ich nach vorne und setzte mich neben sie auf den Beifahrersitz. Durch den großen Seitenspiegel betrachtete ich noch einige Meter das Spektakel hinter uns. Schüsse und Schreie vermischten sich zu einer Einheit und waren trotz der lauten Motorengeräusche noch gut zu hören. Einer der vordersten Männer musste versucht haben, mit einer Granate die auf sie zustürmenden Horden zu bremsen, denn eine gewaltige Explosion ließ die Brücke erschüttern und ein leuchtend oranger Ball züngelte sich langsam in den verregneten Himmel, bis wir hinter einer Kurve außer Sichtweite waren. Selbst als ich nur noch Bäume und Sträucher an uns vorbeifliegen sah, konnte ich meinen Blick nicht von dem Spiegel abwenden. Auch die Geräusche aus dem Camp waren längst nicht mehr zu hören, doch die Schreie der Kreaturen und der Menschen, in die sie ihre Zähne vertieften, schallten noch immer durch meinen Kopf. Es schien langsam wie eine grausame Routine, einen Ort der Verwüstung hinter sich zu lassen. Mein Blick war trüb, und geistesabwesend starrte ich weiter aus dem Fenster. Ich zitterte, wohl mehr vom Schock als von der Kälte. Sarah hingegen schien noch immer voll geflutet von Adrenalin, denn sie presste den Fuß weiter fest auf das Gaspedal und der schwere Truck lehnte sich beängstigend weit in die Kurven. Allerlei Gerümpel schien lose auf der Ladefläche zu liegen, denn bei jeder Bewegung, die wir machten, polterte es laut hinter unseren Sitzen. Sarah schien mir irgendwas zuzurufen, doch sie klang dumpf, so als hätte ich meinen Kopf weit unter Wasser getaucht. Sie packte mich am Arm und schüttelte mich etwas durch, um mich aus meiner Starre zu lösen. „... Chris ...gut ... wir ... geschafft ...", sagte sie laut zu mir, doch die Worte kamen noch nicht bei mir an. Mein Puls raste und meine Augen brannten, weil ich, ohne zu blinzeln, in den Spiegel blickte. Ich weiß nicht, ob es Hoffnung oder Angst war, noch mal etwas darin zu erblicken, doch ich wollte nicht wegsehen. Was nun? Wo sollten wir hin? Wir hatten absolut keine Alternative, keine Ahnung, wo wir waren, keine Verpflegung. Keine Hoffnung. Das, was ich die letzten Tage noch an Hoffnung in mir hatte, war gerade in nur wenigen Sekunden zunichtegemacht worden. Sarah rüttelte mich noch mal am Arm und sagte etwas zu mir, doch ich verstand sie nicht. Wir bogen in eine steile Passstraße ab und fuhren einen mit engen Serpentinen bespickten Bergrücken hinunter ins Tal. Immer wieder hatte ich versucht, mit dem Funkgerät etwas zu empfangen, doch mehr als Rauschen war nie zu hören. Ein gigantisches Bergpanorama breitete sich vor uns aus, welches ich durch die an der Scheibe entlangziehenden Regentropfen stumm betrachtete. Vereinzelte Kiefern standen an den Hängen und schaukelten im Wind. Ihre Äste wirkten wie Arme, die uns im Takt zuwinkten, und dünne Sonnenstrahlen rissen kleine Löcher in den sonst schwarz bewölkten Himmel. Ein dunkelbraunes Holzschild mit tief eingeschnitzten Buchstaben flog an meinem Fenster vorbei. Willkommen bei den „Black Waterfalls". Kurz dahinter war ein Parkplatz mit einer Sunoco-Tankstelle und einem Souvenirshop. Der Boden davor war aufgebrochen und schwarz verrußt. Die letzten Reste einer metallenen Gitter-

konstruktion ließen auf die einstige Form des Gebäudes schließen, das nun wie ein Kartenhaus in sich zusammengefallen
war. Jeder weitere Meter, den wir fuhren, kam mir wie eine
übertrieben lange und anstrengende Reise vor. Es war sicher
erst kurz nach Mittag, aber ich war müde und schlapp. Meine
Kraft war aufgebraucht und die in meinem Kopf schwirrenden
Gedanken hämmerten schmerzhaft an meine Schädeldecke.
Seit ich das Zuhause von Jack und Anika verlassen hatte, war
ich nichts als Tod und Zerstörung begegnet. Immer wenn ich
dachte, ich wäre in Sicherheit, stellte es sich erneut als ein großer Irrtum heraus. Warum sollte es meiner Familie dann anders ergangen sein. Anika und Jack, alle waren mit großer
Wahrscheinlichkeit nicht mehr am Leben. Somit hatte ich auch
keinen, der sich auf die Suche nach mir machte oder sich um
mich sorgte. Ich war mit Sarah allein. Auch sie schien nicht
weiter auf der Suche nach jemandem zu sein, sondern versuchte wie ich einfach nur den nächsten Tag noch zu erleben. Meine Enttäuschung und Frustration nagten schwer an mir. Ich
beugte mich nach vorne und drehte an den Reglern des Funkgeräts. Kein Ton, kein Signal mehr, nur unbeirrtes Rauschen.
Wie auch, denn wir waren hier absolut im Niemandsland. Abgesehen von kleineren Ortschaften war hier nichts als Felsen
und Wald. Als wir an einem kleinen See namens Silver Lake
vorbeifuhren, widmete ich mich dem CD-Player. Ich konnte
dieses trockene Kratzen aus dem Funk nicht mehr ertragen.
Ich drückte auf den Einschaltknopf und beobachtete die schweren Regentropfen, die neben uns in das flache Wasser des Sees
fielen. Ein leises Klicken ertönte und krachend ging das Radio
an. „... ihr mir glauben, meine Freunde. Ich hoffe, ihr miesen
Biester steht irgendwo neben einem laufenden Radio und könnt
mich hören, denn das hier ist eine Warnung an euch Mother-
fucker. Lasst euch hier bei mir in Oakland blicken und ich mache euch fertig." Die schrille Stimme einer jungen Frau drang
aus den Lautsprechern und erschreckte Sarah und mich fast
zu Tode. Sarah zuckte so heftig zusammen, dass sie das Lenkrad verriss und mit dem Wagen einen Wegbegrenzungsstein

überfuhr, der uns nach einem heftigen Aufprall hart durchschüttelte. Das Auto sackte leicht auf meiner Seite ab, und schlingernd und schleifend kamen wir zum Stehen. „Und damit ihr das nicht vergesst, spiele ich euch den Song eines der größten Musiker aller Zeiten." Ihre Stimme verstummte und Sarah sah mich erschrocken an. Sie atmete schnell, als ein Takt aus den Lautsprechern schallte, der sich ihrer Bewegung anzupassen schien. You can run on for a long time. Run on for a long time. Run on for a long time. Sooner or later God'll cut you down. Sooner or later God'll cut you down. Go tell that long tongue liar. Go and tell that midnight rider. Ich war völlig erschlagen von dem Masseneinbruch an Geschehnissen der letzten Sekunden. Nicht nur, dass wir unser Fahrzeug zu Schrott gefahren hatten und dazu der rauen Stimme von Johnny Cash lauschten. Wir hatten gerade jemanden aus dem Radio gehört, der live sendete. Sarah hatte noch immer ihre Hände fest in das Lenkrad gekrallt und schaffte es nicht, ihren Blick vom Radio zu lösen. Ihre Haare hingen ihr vor dem Gesicht und ihre schnelle Atmung ließ die lila Strähne vor und zurück wehen. Ich öffnete den Gurt und stieg aus dem Laster ins Freie. Der Regen prasselte auf mich nieder, als ich um die offene Türe ging, um mir den Schaden am Wagen anzusehen. Die Felge war tief eingedellt und der Gummi war heruntergesprungen, sodass sich der Reifen tief in den schlammigen Boden bohrte. Endstation. Damit fahren wir nirgendwo mehr hin. Genervt trat ich mit meinem Fuß dagegen und prellte mir dabei leicht den Fußballen. Auch das noch, schrie ich in Gedanken laut auf und biss mir auf die Unterlippe. So eine Scheiße! Ich hievte mich zurück in den Laster und knallte die Türe zu. „Wie schlimm ist es?", fragte Sarah und sah mich mit einem schuldbewussten Blick an. Ich runzelte nur die Stirn und wischte mir mit der Hand den Regen aus dem Gesicht. Sarah schien keine Antwort von mir zu brauchen, um zu wissen, dass der Laster im Arsch war. Sie drehte sich um und krabbelte auf die Rückbank. Das Radio spielte jetzt einen Song von Tom Waits. Gun Street Girl schallte durch die Lautsprecher und Sarah zog quietschend

eine kleine Luke auf, die sich zwischen Rückbank und Ladefläche befand. Sie streckte ihren Kopf hindurch und mir ihren
Hintern entgegen, auf den ich mit rotwerdendem Gesicht starrte. „Hey, Chris, dort hinten ist …" Sie zog sich wieder heraus
und wollte mir gerade berichten, was sie dort gefunden hatte,
als sie meinen Gesichtsausdruck bemerkte. „Wirklich?", fragte sie mich und zog ihre Stirn in Falten. „Was denn?" Meine
Gegenfrage klang etwas erzwungen und versuchte wohl, den
peinlichen Moment zu vertuschen. Sie schüttelte den Kopf und
sprang seelenruhig aus dem Wagen. Ihre Stiefel landeten platschend im Matsch und verteilten große Spritzer auf ihrer schwarzen Hose. Ich tat es ihr gleich und folge ihr zur Ladeklappe des
Lasters. Sie zog die Plane zur Seite und winkte mit ihrer Hand
ins Innere, um mich zu animieren, es anzusehen. Als ich näherkam und sich das Dunkel etwas lichtete, sah ich, was in
den Kurven so gepoltert hatte. Einige Holzkisten waren über
den Boden verteilt und teilweise aufgesprungen. Strohwolle
und ein paar schwarze Gewehre lagen auf dem Boden herum
zusammen mit allerlei Konservendosen. Auch eine Kiste mit
Whiskey war dabei gewesen. Diese hatte unsere Fahrt leider
nicht unbeschadet überstanden und zwischen allerlei Scherben schwamm der stark riechende Alkohol auf dem Boden. Sarah ließ die Plane schlapp in meinen Rücken fallen und holte
ihre Tasche von der Rückbank. Als sie zurück war, warf sie die
Tasche auf die verwüstete Ladefläche und hievte sich hinterher. Ich blieb davor stehen und zog die Plane weiter auf die
Seite, damit sie etwas mehr Licht im Inneren bekam. Sie schnappte sich ein paar der Konserven und etwas aus den Holzkisten
und belud ihre Tasche bis oben hin voll. Dann schnappte sie
sich eine der Waffen, sprang von der Ladefläche und hämmerte sie mir an die Brust. „Nimm!", zischte sie und ließ das Gewehr los, bevor ich danach greifen konnte. „Ich kann doch …",
entgegnete ich und versuchte, es zu greifen, doch es landete
laut platschend vor mir im Matsch. „Das ist eine AR15, die ist
absolut idiotensicher, also perfekt für dich. Quasi ein Bum-
bum für den Dummdumm." Sie hing mir ihre schwere Tasche

über die Schulter und stapfte davon, ohne sich umzudrehen. „Wo zum Teufel willst du hin?", fragte ich irritiert und sah ihr nach. Sie gab keine Antwort, sondern ging unbeirrt weiter. Also musste ich ein paar Schritte laufen, um sie wieder einzuholen. Der Riemen ihrer schweren Tasche bohrte sich tief in meine Schulter, und mein Oberkörper schlingerte bei jeder Bewegung, um das Gewicht auszugleichen. Wir stapften durch den Regen weiter vorbei an dem See, bis unser Laster nicht mehr in Sichtweite war. Auf Sarahs Gesicht zeichnete sich ein leichtes Grinsen ab, aber sie wollte mir noch immer nicht verraten, was sie vorhatte. „Wohin zum Teufel gehen wir", fragte ich schwer atmend und sah sie dabei eindringlich an. „Wirst du schon sehen." Mit dieser Aussage konnte ich leider nicht viel anfangen. „Jetzt verrate mir endlich, was du vorhast. Sollten wir nicht lieber ..." „Ja", unterbrach sie mich im Satz, so als wüsste sie, was ich sagen wollte. „Den Straßenschildern zu urteilen, an denen wir vorhin vorbeigefahren sind, ist hier irgendwo eine Ortschaft. Da gehen wir hin. Also beeil dich." „Und weiter? Was wollen wir dort? Glaubst du, da ist jemand?" Meine Fragen schienen sie langsam etwas zu nerven, daher blieb sie stehen, drehte sich zu mir und pustete ihre Strähne aus dem Gesicht. Ihre Augen waren zusammengekniffen und dicke Regentropfen liefen ihr übers Gesicht. „Das Einzige, was ich dort brauche, ist eine Karte oder ein Plan oder was auch immer, damit ich weiß, wie weit genau wir von Oakland entfernt sind. Kleinere Radiostationen haben für gewöhnlich nicht eine so besonders große Reichweite, daher glaube ich, wir könnten ganz in der Nähe sein. Du hast doch selbst gehört, dass jemand von dort live gesendet hatte. Und da das Wetter momentan echt zum Kotzen ist, können wir auch gleich nach einer Unterkunft bis morgen suchen. Ich hab' definitiv keine Lust, die Nacht in einem Laster zu verbringen, der nicht fahrbereit in der Pampa steht, du etwa?" „N-Nein!" Nach dieser Ansprache hielt ich die Luft an und fragte nicht weiter. Ich war viel zu sehr verblüfft, wie sie in der jetzigen Situation einen so kühlen Kopf bewahren konnte. „Na prima", sagte sie mit gekünsteltem Lächeln und schritt weiter voran. „Dann hör auf, dumm zu fragen und beeil dich ein bisschen." Und schon marschierte sie in großen Schritten weiter und hinterließ platschend und saugend schmale Abdrücke ihrer Stiefel im Morast. Der Regen hatte sich inzwischen zu einem herben Unwetter entwickelt. Der Sturm peitschte uns ins Gesicht und ich musste mich weiter nach vorne beugen, um nicht umgeweht zu werden. Das Wasser auf dem See war unruhig und ähnelte durch die Einschläge der dicken Regentropfen mehr einem Bett aus Bruchkies, wie man ihn in Steinbrüchen sieht. Bei jeder neuen Windböe bogen sich die Bäume im Takt, und im Schilf neben dem Wasser konnte man die Wellenbewegung der Luft beobachten. Während wir am Ufer vorbei der Straße weiter in den Wald folgten, redeten wir kein Wort. Der Regen war so laut, dass wir ohnehin nichts vom anderen verstanden hätten, ohne zu schreien. Mit jedem Schritt verschwand mehr und mehr das Licht um uns herum. Die eng aneinander stehenden Bäume ließen es kaum mehr zu uns herunter und durch die kleinen Lücken in den Baumkronen konnte man erkennen, wie sich der Himmel mit tiefschwarzen Wolken füllte. Es war noch Tag und doch dunkel wie in der Nacht. Na toll, so fangen in der Regel Horrorfilme an, dachte ich und umklammerte den Griff meiner AR15 entschlossener. Wären wir jetzt solche Teenies aus den amerikanischen B-Movie-Horrorfilmen, würde es gleich irgendwo knacken oder ein Knurren würde aus dem Unterholz ertönen. Doch anstatt einfach davon wegzulaufen, bleiben alle immer stehen, um zu sehen, was es war. Meistens geht dann auch noch jemand alleine auf das Geräusch zu und als Zuschauer des Films ist einem sofort bewusst: Alles klar, du Idiot, jetzt gehst du drauf! Das Letzte, was man dann von ihm findet, ist ein einzelner Schuh, seine Brille oder etwas anderes Markantes, was er bei sich hatte. Doch wir waren hier nicht in einem verdammten B-Movie. Ich würde nicht alleine in diesen gottverlassenen Wald gehen. Keine Chance. Meine Überlebenschancen waren höher, wenn ich bei Sarah blieb. Ich blickte zu ihr hinüber und auch sie schien sich hier nicht wirklich wohlzufühlen. Man konnte kaum etwas sehen und durch das Rascheln der Bäume und den strömenden Regen hätte eine dieser Kreaturen direkt hinter uns stehen können und wir hätten sie nicht bemerkt. Nach gefühlt endlosen Biegungen und kleinen Auf und Abs der engen Waldstraße lichtete sich das Dickicht vor uns. Wir standen am Waldrand auf einer breiten Anhöhe und die Straße ging vor uns hinunter zu einem kleinen Städtchen mit alten Häusern und Geschäften. Es sah bis auf das tobende Unwetter ruhig aus, so als wäre hier nie etwas passiert. Nur ein einzelner roter Dodge Ram, welcher mit offenen Türen auf der Straße stand, zerstörte den Eindruck dieser Idylle. Sarah nahm ihre Creedmore in den Anschlag und spähte durch das Visier. Dem Lauf ihres Gewehrs folgend erkannte man, dass sie penibel jedes einzelne Haus genau unter die Lupe nahm. Bei einem blieb sie etwas länger und sie kniff die Augen fester zusammen. Sie schlug mir mit ihrem Handrücken gegen den Arm, ohne den Blick abzuwenden. Dann schulterte sie ihre Waffe und lief weiter. Wie ein Welpe trottete ich hinter ihr her. Unsere Schritte klopften laut auf dem Weg die Straße hinunter. Immer die Häuser neben uns beobachtend, ging Sarah auf ein altes Backsteinhaus zu. „Black Waterfalls Library" stand in großen goldenen Buchstaben darauf und eine lange amerikanische Flagge hatte Mühe, nicht vom Sturm aus der Wandhalterung gerissen zu werden. Wir stapften die fünf Stufen bis zum Eingang hinauf und stützen uns unter dem Vordach an die Wand, um zu verschnaufen. Es war ein tolles Gefühl, aus dem Regen heraus zu sein. Sarah ging vorsichtig zur großen verglasten Eingangstüre und schirmte mit den Händen die Augen ab, um einen Blick ins Innere zu werfen. Ich lehnte weiter an der Wand und betrachtete die kleinen Bäche, die der Regen auf der Straße geformt hatte. Es wirkte unwirklich und doch malerisch. Kein Licht brannte, weder in den Häusern noch auf der Straße. Auf der Straße und den Fußwegen, wo für gewöhnlich ein reger Durchgangsverkehr herrschte, war es jetzt wie ausgestorben, was aufgrund des Unwetters aber nicht sonderlich überraschte. Selbst wenn hier noch jemand wäre, würde er bei diesem Wetter bestimmt nicht draußen herumlaufen. Alles sah so normal aus, nur der rote Dodge vermittelte uns die bittere Realität. Ich legte den schweren Rucksack ab und trommelte mit den Fingern auf das Magazin meiner AR15. Ich blickte mich kurz um und ging dann die Stufen hinunter auf den Truck zu. Der vom Wind getriebene Regen hatte selbst das Innere des Autos völlig überflutet und durch beide geöffnete Türen spiegelte sich schwach das matte Tageslicht auf den schwarzen Ledersitzen. Sarah drehte sich zu mir um und rief mir etwas zu, doch ich konnte sie kaum verstehen, also deutete ich mit meinem Gewehrlauf nur auf den Wagen und ging seelenruhig weiter, die Straße immer im Blick. Vor dem Dodge angekommen, warf ich einen flüchtigen Blick ins Innere. Er war leer und bis auf die Pfützen auf den Fußmatten sah er aus wie ein Neuwagen auf einer Autoausstellung. Ich setzte mich auf den Fahrersitz, schlug die Türe zu und beugte mich weit über die Mittelkonsole, um auch die Beifahrertüre zu schließen. Mit einem sanften Klick glitt sie in das Schloss und augenblicklich war alles um mich herum still. Es war ein schönes Gefühl. Für einen Moment verspürte ich so etwas wie Frieden und Ruhe. Nur der Regen prasselte weiter leise auf die Windschutzscheibe, und als ich die Augen schloss, stellte ich mir für eine Sekunde vor, wie ich früher mit meinem Auto in die Waschstraße gefahren war. Das Geräusch war sehr ähnlich. Nur meine nass und kalt an mir klebenden Klamotten trübten diesen kleinen Tagtraum. Ich umklammerte das Lenkrad und blickte auf die Straße vor mir. Der Wind peitschte den Regen gegen die Häuser, doch hier im Inneren war es still. Ich schweifte durch das Innere und stöberte in der Konsole herum. Eine Tankquittung, Kaugummis mit Eukalyptusgeschmack und eine geschmacklose Sonnenbrille mit gelb schimmernden Gläsern lagen darin. Ich strich mit den Fingern über den Schaltknauf und meine Mundwinkel verzogen sich zu einem Lächeln. Der Schlüssel steckte noch im Zündschloss. Ich drehte ihn herum, doch nichts passierte. Ich hatte für einen Augenblick die Hoffnung, dass wir ein neues Gefährt gefunden hatten, in dem ich mir keine Sorgen machen musste, doch da hatte ich wohl zu viel erwartet. Die Batterie war leer und auch der Tank schien bis auf den letzten Tropfen aufgebraucht zu sein. Sein Besitzer musste das Auto wohl fluchtartig und mit laufendem Motor zurückgelassen haben. Schade, dachte ich und presste meinen Kopf an die Nackenstütze. Sarah stand noch immer vor der Tür der Bibliothek und wedelte wild mit den Armen. Ich konnte allerdings nicht verstehen, was sie sagte. Beim genaueren Hinsehen erkannte ich, dass sie gar nichts sagte, sondern sich hinter einer kleinen Säule versteckend vor mir die Straße hinunter deutete. Ich folgte ihren Bewegungen und kniff die Augen zusammen, um durch den Regen auf der Windschutzscheibe etwas zu erkennen. Mitten auf der Straße, keine fünfzig Meter von mir entfernt, taumelte langsam und wie in Zeitlupe eine Silhouette auf mich zu. Sie war gebeugt und schlürfte mit den Füßen durch die tiefen Pfützen auf dem Boden. Ich blickte zu Sarah, die langsam den Schlitten ihrer Creedmore zurückzog und den Finger auf die Lippen legte. Sie wickelte sich den Trageriemen um die Handfläche und zog den Schaft nah an sich heran, doch sie schoss nicht. Sie wollte bereit sein, falls sie bemerkt wurde, doch sie wollte es nicht unnötig provozieren. Während die taumelnde Gestalt weiter auf mich zukam, rutschte ich, soweit ich konnte, im Sitz nach unten. Ich suchte mit dem Ellbogen nach dem Knopf der Zentralverriegelung, doch diese neuen Autos haben so etwas nicht mehr. Ich zog den Schlüssel aus dem Zündschloss und drückte auf dem Knopf zum Verriegeln des Wagens, doch auch da tat sich nichts. Diese verdammten, mit Elektronik vollgepackten Schrottkisten, dachte ich angespannt. Ohne Batterie funktioniert hier absolut nichts mehr. Ein paar Sekunden später wurden die Umrisse schärfer und als die Person direkt vor meinem Fahrzeug stand, konnte ich sein Gesicht erkennen. Es war ein alter Mann, sicherlich schon um die achtzig. Sein Gesicht war eingefallen mit tiefen Augenhöhlen und seine dürren Arme baumelten leblos hin und her, bei jedem Schritt, den er machte. Seine Augen waren milchig weiß und er knirschte so fest mit den Zähnen, dass ich es bis in das Innere des Autos hören könnte. Es klang fast, als würde jemand mit den Fingernägeln über eine Tafel kratzen, und mir stellten sich die Haare im Nacken auf. Er war von oben bis unten durchnässt, doch er schien keinerlei Verletzungen zu haben. Hätte ich ihn an einem normalen Tag in der Stadt getroffen, wäre er mir vermutlich nicht einmal aufgefallen. Als er genau neben mir war, keinen Meter von mir entfernt, hörte ich auf zu atmen. Ich richtete meinen Blick weiter starr nach vorne, da ich Angst hatte, mich mit jeder noch so kleinen Bewegung zu verraten. Aus dem Augenwinkel konnte ich erkennen, wie sich Sarah fest an die Säule der Bücherei presste und den zwischen uns hindurchwandernden Mann nicht aus den Augen ließ. Ich kniff die Augen, so fest ich konnte, zusammen und versuchte, an etwas anderes zu denken. An einen Urlaubstag am Strand oder Sex mit einem One-Night-Stand, den ich mir des Öfteren an der Bar angelacht hatte und nach der Arbeit mit zu mir nahm, oder an einen Roadtrip mit meinen Freunden in Italien, wie wir mit einer Pizza auf dem Schoß die Beine in das kalte Wasser vom Gardasee hielten. Doch mein Kopf konnte sich nicht von der Gestalt neben mir lösen und so riss mich das Knirschen der Zähne immer wieder aus den Gedanken und zeigte mir bildlich, was passieren würde, falls ich entdeckt werden würde. Dieser alte Mann, der von einer Sekunde auf die andere schneller sprinten konnte, als ich mir vorzustellen wagte. Wie er sich Kopf voraus durch das Fenster hindurch zu mir in den Wagen kämpft, nur um mich in Fetzen reißen zu können. Die wildesten Gedanken und Fantasien gingen mir durch den Kopf, eine schlimmer als die andere, doch alle mit demselben Ausgang. Ich würde sterben. Ich presste die Augen fest zusammen und spielte im Kopf alle Arten von Szenarien durch, die man sich nur vorstellen konnte. Meine Finger krallten sich tief in die Naht der Ledersitze und jede Sekunde kam mir wie eine Unendlichkeit vor, als es an der Scheibe klopfte und ich vor lauter Schreck ein sehr lautes und ängstliches Quietschen von mir gab. Sarah war am Fenster aufgetaucht und öffnete die Fahrertüre. „Komm, raus hier, du Spinner", flüsterte sie in angespanntem Tonfall und behielt dabei die Straße weiter im Blick. Sie zog mich am Ärmel aus dem Auto und drängte mich die Stufen zur Bücherei hinauf. Geduckt hinter den Säulen liefen wir bis zur Tür und pressten unseren Rücken fest dagegen. Erst als der alte Mann nicht mehr in Sicht war, traute ich mich wieder richtig zu atmen. „Mach so ‚nen Scheiß nicht noch mal oder ich werde sauer", zischte Sarah bitter und rammte mir ihren Ellenbogen in die Seite. Ich rieb mir die schmerzenden Rippen und warf ihr einen reumütigen Blick zu. Sie beugte sich noch einmal nach vorne, um sich zu vergewissern, dass nicht noch mehr Überraschungen auf der Straße auf uns lauerten. Dann drehte sie die Creedmore geschickt in ihrer Hand und hämmerte den Schaft mit einem festen Ruck durch das Fenster der Eingangstüre, welches sofort laut klirrend in tausend Scherben zersprang. Sie glitt mit dem Schaft am Fensterrahmen entlang und klopfte immer wieder leicht gegen noch vereinzelt verankerte Splitter, um restlos die Gefahr einer schweren Schnittwunde zu beseitigen, wenn wir hindurch krabbeln würden. Als der Eingang bereit zum Durchqueren war, streckte sie den Kopf hindurch und horchte. Als sie sich sicher zu sein schien, dass nichts im Inneren sein konnte, was uns packen, beißen und fressen wollte, warf sie ihre Tasche hindurch und quetschte sich hinterher. Im Inneren war es stockdunkel und man konnte nicht die Hand vor Augen sehen. Ich reichte ihr meine AR15 und kletterte ebenfalls durch die Öffnung. Das zersplitterte Glas knirschte laut unter meinen Schuhen und ein leichtes Echo hallte durch die riesige Eingangshalle. Schon auf der andern Seite angekommen zog ich am Trageriemen der großen Tasche und versuchte, sie durch die Öffnung zu befördern, doch sie war eindeutig zu groß und kleine vereinzelte Scherben, die noch am Rahmen hafteten, schnitten kleine Löcher in die Seiten. „Schau mal, ob wir die Türe öffnen können, ich bekomme die Tasche nicht hier herein. Sie ist einfach zu groß." Sarah suchte die Tür systematisch ab, doch konnte nichts finden. Man konnte sie nur mit einem Schlüssel aufschließen und den hatten wir leider nicht. „Lass ihn einfach vor der Tür. Du kannst damit den Durchgang etwas verdecken, dann sieht man uns nicht so leicht von außen." Gesagt, getan. Ich zog den Rucksack nahe an die Türe und lehnte ihn hochkant vor die Öffnung. Es funktionierte gut, denn sofort wurde das Geplätscher des Regens von draußen leiser und das Echo von Sarahs Schuhabsätzen schallte deutlicher durch den Raum. Allerdings verdeckte ich so auch das letzte Licht, welches in den Raum schien, und bis auf die kleinen Oberlichter an der Decke hatten wir jetzt keine Möglichkeit mehr, etwas in der Halle zu sehen. „Du hast nicht zufällig eine Taschenlampe dabei, oder?", fragte Sarah, während sie sich halb blind durch den Raum tastete. Ich tastete meine Hosentaschen ab, wohl wissend, dass ich keine Taschenlampe hatte. Vielleicht aber etwas anderes Nützliches. Kleine Blitze funkelten durch den Raum und kurz darauf fiel ein leichter oranger Schein durch die Halle, als ich das Feuerzeug entflammte und etwas in die Höhe hielt. Sarah tastete sich mittig durch den Raum entlang an einigen Glasvitrinen, in denen allerlei altes Zeug schön präsentiert wurde. Ein verrosteter alter Säbel mit goldener Kordel lag auf einem smaragdblauen Samtkissen. Direkt daneben war einiges altes Essbesteck und ein prunkvoll verzierter Revolver, der allerdings auch schon bessere Tage gesehen hatte. Sarah trommelte leise mit den Fingernägeln auf die Glasfront und betrachtete die alten Stücke, während sie weiter den mit hohen Holzsäulen besäumten Gang entlang ging. Links und rechts von ihr führte eine Treppe nach oben, die an einer schön vertäfelten Balustrade mündete. Dahinter konnte man noch den Anfang einiger Bücherregale erahnen, doch das Licht war zu schwach, um auch noch den oberen Bereich ausleuchten zu können. „Glaubst du, hier drinnen ist jemand?", fragte ich sie und musterte weiter die Halle. „Schwer zu sagen, aber ich glaube nicht. Wenn hier jemand wäre, hätte er uns schon beim Einschlagen der Scheibe bemerkt und sicherlich schon angegriffen." Als Sarah ihren Satz beendete und an den

Vitrinen vorbei war, blieb sie vor einer dunklen Türe mit goldenem Knauf stehen. Sie klopfte leise an und horchte, ob sich dahinter etwas bewegte. Sie konnte nichts dergleichen feststellen und so öffnete sie die leise knarzende Tür und schob ihren Kopf hindurch. „Chris, komm mal her. Ich glaube, wir bleiben hier, solange das Wetter so mies ist." Ich ging zu ihr hinüber und leuchtete über ihren Kopf hinweg in den Raum hinein. Das hier musste das Büro des Verwalters gewesen sein, denn es war riesig und auf eine alte Weise prunkvoll ausgestattet. Ein riesiger Schreibtisch befand sich auf der anderen Seite des Raumes und die Wände bestanden fast nur aus bis oben hin gefüllten Bücherregalen. Ein kleiner Sessel und ein großes Sofa teilten sich zusammen mit einer Stehlampe und einer vereinzelten Yuccapalme den Platz um einen niedrigen Tisch in der Mitte des Raumes. Sarah ging hinüber zu dem Sofa und ließ sich mit viel Schwung darauf nieder. Dann bleibt mir wohl nur mehr der Sessel, dachte ich und schloss die Tür wieder hinter uns. Auf dem Weg zu dem Sessel streifte ich die nassen Klamotten ab und setzte mich im Schneidersitz auf das weiche Polster. Der Sessel war sicher schon viele Jahrzehnte alt, denn die Federn bohrten sich schon durch die Polsterung in meinen Hintern und das speckige Holz an den Armlehnen hatte über die Jahre tiefe Kratzer bekommen. Sarah hatte sich mitsamt dem nassen Parker längs auf das Sofa gelegt und starrte mit verschränkten Armen an die Decke. „Was kommt jetzt?", fragte ich sie und fuhr die Rillen in meiner Armlehne mit den Fingernägeln ab. „Was meinst du?" „Ich meine, was machen wir als Nächstes? Das kann doch nicht ewig so weitergehen. Ja, du willst zu dieser Radiostation, schon klar. Aber glaubst du wirklich, dass uns da was anderes erwarten wird?" „Das ist mir völlig egal. Ich will nicht so weit vorausplanen, denn egal, was du dir jetzt in den Kopf setzt, egal wie lange du in die Zukunft planst, egal ob eine Stunde, eine Woche oder ein Jahr. Es wird immer anders kommen, als du es dir vorgestellt hast. Das ist der Nachteil, wenn man nicht in die Zukunft sehen kann. Oder kannst du es etwa?" „Nein kann ich nicht, aber …"

„Nichts aber. Du kannst das, was passiert, sowieso nicht beeinflussen. Ich denke lieber Schritt für Schritt und dabei gibt es keinen Plan oder ein Protokoll, welches man einhalten kann." „Aber du musst doch irgendetwas vorhaben? Ich meine, wir gehen zu der Station, aber was machen wir, wenn wir da sind? Streifen wir weiter durch das Land auf der Suche nach Hilfe? Oder verschanzen wir uns irgendwo und hoffen, dass uns jemand rettet?" „Du gehst mir langsam echt auf die Nerven, weißt du das?", sagte Sarah mit einem verschmitzten Grinsen. „Wie sehen denn deine Pläne aus? Was hast du denn so Tolles geplant? Lass mich teilhaben an deiner unendlichen Weisheit, oh großer Meister." Beim letzten Satz riss sie die Hände preisend in die Höhe und starrte verträumt die Decke an. „Na, ich hab' keinen Plan!" „Ach?", stutzte Sarah irritiert und zog eine Augenbraue nach oben. „Der Großmeister der Vorausdenker, der Chef der Planungsabteilung, der Stratege in der Apokalypse hat keine Ahnung, was als Nächstes kommt?" „Naja, mein Plan war es eigentlich, dir zu folgen." Sie guckte mich einen Moment irritiert an, bis wir beide zu lachen begannen. Für einen Moment war es mal ganz nett, sich über die gesamte Situation lustig zu machen. Stück für Stück schien der Stress der letzten Tage und Stunden von uns abzublättern, und je mehr sich davon löste, desto lauter lachten wir. Es tat gut. Kurze Zeit später tastete ich mich langsam zu dem Eingang zurück, durch den wir hier hereingeklettert waren und bei dem ich meinen Rucksack zurückgelassen hatte. Allmählich nagte der Hunger an uns und Sarah hatte ein paar Dosen aus dem Laster hineingestopft. Das Wetter draußen war noch kein Stück besser geworden, der Regen hallte durch die große Eingangshalle und ein leiser Windstoß pfiff durch das Loch in der Tür. Mittlerweile war es draußen stockdunkel geworden und gelegentliche Blitze erhellten den Raum, sodass es ein Leichtes war, wieder zu meinem Rucksack zu finden, ohne über die Vitrinen zu stolpern. Ich kniete mich vor die Öffnung, vor der mein Rucksack angelehnt war, und spähte durch die Reste vom Fenster, um die Straße zu beobachten. Es war noch immer sehr seltsam, in das tiefe Schwarz zu blicken, und bei jedem Blitz, der das Dunkel erhellte, tauchte plötzlich eine ganze Stadt wie aus dem Nichts auf. Ich glaubte, daran würde ich mich nie gewöhnen. Wir waren schon so sehr an all das künstliche Licht gewöhnt, dass wir die absolute Dunkelheit schon gar nicht mehr kannten. Wer nachts manchmal draußen unterwegs ist, kennt das nur zu gut. Die absolute Dunkelheit ließ sich kaum mehr erreichen. Immer leuchtete irgendwo etwas Licht. Sei es von den Sternen, vom Mond, von dem vielen künstlichen Licht unserer Städte, das durch die Reflexion in der Atmosphäre selbst weit außerhalb zu sehen war, oder sei es auch nur ein vorbeifahrendes Auto. Wenn wir nachts vor die Türe gingen, leuchteten die Straßenlaternen für uns, und wenn es keine Beleuchtung auf dem Weg gab, nutzten wir Taschenlampen oder unsere Telefone, um ihn auszuleuchten. Wir hatten uns so sehr an das viele Licht gewöhnt, dass diese falsche Dunkelheit schon zum Normalzustand für uns geworden war. Daher machte uns das wirkliche Dunkel, das tiefe Schwarz, die absolute Nacht auch umso mehr Angst. Als ein erneuter Blitz die Straße vor mir aufleuchten ließ und ein ohrenbetäubender Donnerschlag den Boden unter mir zum Zittern brachte, riss es mich aus meiner Starre und ich widmete mich wieder dem Rucksack. Ich zog ihn durch das Loch, so nah es ging, zu mir heran und öffnete die Deckeltasche, löste das Zugband und fing an, Stück für Stück den Inhalt vor meinen Füßen zu stapeln, bis ich den gesamten Rucksack durch die enge Öffnung ziehen konnte. Hastig stopfte ich wieder alles zurück und klappte den Deckel darüber, als ein Blitz die Halle erhellte und ich meine Augen bedecken musste, um nicht geblendet zu werden. Nur einen Wimpernschlag danach bebte die Erde und der Donner drückte die Luft durch die Öffnung vor mir, wie bei einem Subwoofer. Der Knall zerschnitt die Luft und schien aus jeder Richtung gleichzeitig zu kommen. Doch etwas war anders. Das Echo aus der Halle hatte zwei unterschiedliche Klänge. Oder bildete ich mir das nur ein? Mein Blut wich aus dem Gesicht und sackte in meine Beine. Mein Magen verkrampfte sich, als ich realisierte, dass der Schall aus dem Büro kam, in dem Sarah auf mich wartete. Ich sprang auf und rannte zurück, den Rucksack geistesabwesend neben mir her schleifend. Die Deckeltasche öffnete sich wieder, sodass die obersten Dosen wieder herausfielen und mir laut scheppernd zwischen die Füße krachten. Doch das war mir im Moment egal. Ich hatte viel mehr damit zu kämpfen, nicht im vollen Sprint gegen eine der Glasvitrinen zu laufen. Vorsichtig spreizte ich links und rechts die Arme ab, um eventuelle Hindernisse rechtzeitig zu erkennen, doch die vor mir auftauchende Vitrine hatte ich verfehlt und so rannte ich mit voller Wucht gegen einen der Glasschränke, sodass sich eine der scharfkantigen Ecken schmerzhaft in meine Leiste bohrte und mich mit einer abrupten Drehung unsanft zu Boden warf. Der Rucksack landete vor mir und verteilte den restlichen Inhalt in der Halle. Ein weiterer Knall zuckte durch die gesamte, tiefschwarze Bücherei. Kein Zweifel, er kam aus dem Büro. Sarah hatte ihre Waffe abgefeuert. Ein zweites Mal. Das war kein Versehen, denn sie wusste wie kein zweiter mit ihrem Gewehr umzugehen. Ich stützte mich vom Boden ab und spürte, wie sich vor Schmerz Tränen in meinen Augen bildeten. Ich hielt mit einer Hand meine pochende Hüfte, mit der anderen zog ich mich an dem Hindernis nach oben, welches mich zu Boden gerissen hatte. Ich taumelte nach vorne, weiter mit einer Hand bemüht, nicht ein weiteres Hindernis zu übersehen und zu rammen. Ich taste wild hin und her, bis ich das Holz der Täfelung spürte, die an der Wand vom Büro angebracht war. Ich presste meine Schulter an die Wand und suchte nach dem Türgriff. Als ich ihn endlich zu fassen bekam, warf ich mich mit meinem ganzen Gewicht dagegen und stolperte durch den Spalt. Ich ruderte mit den Armen, um nicht vornüber zu kippen und wieder der Länge nach auf dem Boden zu landen. Sarah stand in einer Ecke des Raumes und war kaum zu erkennen. Sie hatte ihren Parker ausgezogen und vor der Couch auf den Boden geworfen. „Was ist passiert“, fragte ich schwer atmend, doch ich bekam keine Antwort. Ich machte einen weiteren Schritt auf Sarah zu und bemerkte erst jetzt, dass etwas vor ihr schimmerte. Es waren Scherben, die das schwache Licht im Raum reflektierten. Vor ihren Füßen lag ein regungsloser Körper fest in ein zerschmettertes Regal gepresst. Sie selbst stand ruhig davor, hatte ihre Creedmore zwischen die Beine geklemmt und wischte sich mit einem Stofffetzen etwas Blut vom Unterarm. Sie drehte den Stoff herum und wischte erneut darüber. Rote Schlieren verteilten sich auf ihrer Haut und es schien eher mehr als weniger zu werden. Ich machte einen erneuten Schritt auf sie zu und fixierte dabei ihre sanfte, aber zitternde Bewegung der Hand. „Sarah, was ist ..." „Nichts ist, ich hab' mich geschnitten. Wir haben hier offenbar die hintere Tür übersehen." Sie wickelte sich den Stoff wie einen Verband um den Unterarm und wies mit dem Kopf in die dunkle Ecke neben ihr. Erst als ich fast neben ihr stand, sah ich den Durchgang. Eine Tür, die in die Wandverkleidung eingearbeitet und optisch nicht davon zu unterscheiden war. Zumindest nicht bei diesem schwachen Licht und schon gar nicht, wenn man nicht wusste, dass sie überhaupt existierte. Sarah drehte mir den Rücken zu und versuchte ihre Bemühungen, die Wunde zu versorgen, zu verstecken. Ich berührte vorsichtig ihre Schulter, doch sie blockte ab und drehte sich erneut weg. Sie machte einen Knoten in den Stoff und biss mit den Zähnen fest in eines der Enden, um ihn so fest wie möglich zu ziehen. Es musste höllisch schmerzen, denn sie zuckte leicht zusammen und die noch immer zwischen den Füßen geklemmte Creedmore entglitt ihr und schepperte auf den Boden. „Lass mich mal sehen", sagte ich und griff erneut nach ihrer Hand. „Es ist nichts!" Diesmal schrie sie mich an und ihre Aggression in der Stimme konnte ihre Angst nicht verbergen. Sie stand unter Schock. Ihr Körper zitterte und war von Kopf bis Fuß angespannt. „Tut mir leid. Ich bin wohl nur müde." Sie wandte sich um und blickte mich an. Ihre Stimme bebte und Tränen füllten ihre sonst so leuchtenden Augen. „Wir sollten uns jetzt wirklich ausruhen. Wir ... wir haben einen langen Tag vor uns. Wir müssen die Station ..." Noch während sie die Worte aussprach, gaben ihre Füße leicht nach und sie musste sich anstrengen, nicht zu Boden zu gehen. Ich machte einen Schritt nach vorne und fing sie auf. Als sie wieder festen Stand hatte, legte ich meine Arme fest um ihre Schultern und drückte sie an mich. Sie war kalt und zitterte. Ein leichtes Schluchzen war von ihr zu hören. Gemeinsam gingen wir vorsichtig zur Couch und machten uns darauf Platz. Die sonst so starke und eiserne Sarah hatte ihre gesamte Rüstung verloren und lag nun in meinen Armen und weinte. Gänsehaut überzog ihren Körper und ihre zitternde Hand presste weiter fest auf die Verletzung am Arm. Es war grausam, sie so zu sehen. Mein Gesicht wurde heiß und ich presste die Augen fest zusammen, um meine eigenen Tränen zu unterdrücken.

Der Regen hatte nachgelassen, doch die nassen Blätter der Bäume tropften noch immer auf mich herab, während ich über den schlammigen Boden stapfte. Der Weg durch den Wald glich eher einem Trampelpfad und ausgetretene Wurzeln versuchten immer wieder, mir ein Bein zu stellen. Das schwache Sonnenlicht glitzerte durch die lichten Baumkronen und warf vereinzelte kleine Inseln von Sonnenschein auf den Waldboden um mich herum. Geistesabwesend schlenderte ich den Pfad entlang, das Gewehr auf der einen Schulter, den Rucksack auf der anderen. Das einseitige Gewicht auf meinem Körper ließ mich in einer unnatürlichen Schräglage laufen, doch das war mir egal. Alles war mir egal. Die mit Schlamm gefüllten Stiefel genauso wie der schmerzhaft in die Schulter bohrende Trageriemen. Mir war eiskalt und ich war von Kopf bis Fuß völlig durchnässt. Immer wieder hörte ich Sarahs Stimme, die mir zurief, ich solle mich beeilen. „Wir haben einen langen Weg vor uns, also leg einen Zahn zu, du Pussy". „Stell dich nicht so an, du Weichei. Selbst meine Oma schafft das schneller als du und die hat keine Füße mehr". Trotzig stapfte ich den Pfad vor mir her. Ich hatte keine Ahnung, wo ich war, und auch keinen Plan, in welche Richtung ich ging. Selbst die Himmelsrichtung konnte ich nicht richtig bestimmen. Eine Karte hatten wir gestern nicht mehr gefunden und selbst wenn wir eine gehabt hätten, wurden meine Zweifel, an dem angestrebten Ziel die Radiostation zu finden, auf null reduziert. Meine Finger popelten sich geistesabwesend dicke Klumpen Erde von den Händen und mein Blick richtete sich leer geradeaus. Meine Füße funktionierten automatisch und eigentlich gingen sie mit mir und ich nicht mit ihnen. Das Zeitgefühl war erloschen und alles um mich herum war stumm und dumpf. Es war, als würde mich jemand durch ein Vakuum tragen, in dem es nichts gab als meine Gedanken und mich. Es war mir nicht möglich zu bestimmen, wie lange ich schon so vor mich herlief. Minuten? Stunden? Tage? Solange der Pfad vor mir war, glitt ich wie auf Schienen dahin. Als sich einer meiner Füße in einer herausragenden Wurzel verfing, kippte der Horizont zur Seite und mein Gesicht bohrte sich in den weichen Waldboden. Selbst meine Reflexe schienen abgeschaltet und so schaffte ich es nicht, den drohenden Sturz abzufangen. Ich hörte Sarahs Lachen und ein verlegenes Rot schoss mir in das sonst so blasse Gesicht. Das Gewicht auf meinem Rücken drückte mich noch fester in die nasse Erde und der Geruch von feuchtem Gras und Kiefernnadeln schoss mir in die Nase. Ich machte keine Anstalten, mich aufzurichten. Es fühlte sich an, als säße die ganze Welt auf mir und versuchte, mich in den Boden zu stampfen. Und so lag ich flach im Wald, schloss die Augen, und erneut schossen mir Tränen über das im Dreck versenkte Gesicht. Ich wollte mich nicht mehr bewegen. Hier an dieser Stelle zu liegen und einfach auf das Ende zu warten, schien mir die einzig verbliebene Option, die ich noch hatte. Meine Gedanken versuchten, sich an etwas Schönes zu klammern, und sprangen wild umher. Wie ich morgens im Haus von Anika und Jack aufwachte, mir Kaffee machte und zu dem Hund im Käfig ging, um ihn ins Freie zu lassen. Wie ich in der ausgebrannten Kleinstadt stand und einer dieser Kreaturen ein riesiges Loch im Gesicht aufplatzte, durch das ich Sam im Hintergrund auftauchen sah. Wie ich mit Sarah und Sam zusammen an der Bar saß und über die möglichen Ursachen von all dem hier diskutierte. Sarah, die nur in enger Hose und BH bekleidet vor mir stand und mich verdutzt ansah. Der gestrige Abend, als sie und ich zusammen auf dem Sofa lagen, fest in die Arme gepresst. Sarah lag noch eine ganze Weile bei mir. Sie hatte irgendwann aufgehört zu weinen und ihr Griff auf den Arm wurde schmerzhaft fest. Ich hatte noch immer vor Augen, wie ich ihr die schweißnasse lila Strähne aus dem Gesicht strich, während ihre Zähne laut knirschten. Die Zeit schien fast stillzustehen. Jeder Augenblick zog sich unendlich in die Länge und Sekunden wurden zu Minuten, Minuten zu Stunden. Ihr Puls raste und ihre Atmung war schnell, so als wäre sie einen Marathon gelaufen. Meine Arme umschlangen sie so fest, dass jede ruckartige Bewegung von ihr uns fast von der Couch warf. Als sie ein letztes Mal den Kopf zurückwarf und mich mit ihren großen Augen ansah, wich alles Glück und Hoffnung aus meinem Körper. Ihre Pupillen waren trüb und ihre grüne Farbe war nur noch zu erahnen. Ihr Gesicht näherte sich meinem, doch ich wich zurück und umklammerte sie nur noch fester. Beim Versuch, sich von mir loszureißen, warf sie den Kopf so fest zurück, dass sie mich im Gesicht traf und mir fast einen Schneidezahn abbrach. Bei einem erneuten Treffer mit ihrem Hinterkopf in meinem Gesicht schlug sie mir einen dicken Cut in meine Unterlippe und mit einem Ruck riss sie sich aus meinen Armen los. Sie sprang auf die Füße und stand schwer atmend mit dem Rücken zu mir. „Sarah …", stammelte ich und mein Gesicht verzog sich zu einer weinerlichen Fratze. Als sie ihren Namen hörte, drehte sie sich um und blickte mich für den Bruchteil einer Sekunde an, bevor sie sich auf mich stürzte und wir zusammen mit dem Sofa umkippten. Sarah rollte über mich hinweg und schlug mit Schwung an die Wand dahinter. „Sarah, bitte nicht … nicht du …". Doch sie hörte nicht. Als sie erneut auf die Beine kam, krabbelte ich rücklings nach hinten. Sarahs leerer Blick fixierte mich und ihr Gesicht funkelte zornig im Licht, als ein Blitz das Zimmer erhellte. Scherben schnitten mir tief in meine Hand, während ich weiter rückwärts von ihr wegkroch. Als ich die Holztäfelung im Rücken spürte, fühlte ich unter meiner linken Hand den kalten Stahl der noch am Boden liegenden Creedmore. Sarah beugte sich nach vorne, riss ihren Mund weit auf und stürzte sich erneut mit aller Kraft auf mich, als wäre ich für sie das schlimmste Übel auf dieser Welt, das sie in Fetzen reißen müsse. Blanker Hass prangte in ihrem Gesicht, als ein lauter Knall diese unwirkliche Szene beendete. Ein kleiner dunkler Punkt auf Sarahs rechter Wange war zu sehen, bevor sie wie eine Jacke, die von einem Kleiderhaken rutscht, zu Boden sackte. Die Zeit war erloschen und alles Blut schien aus meinem Körper gewichen. Sarah lag auf dem Boden, ihre Gliedmaßen unnatürlich verdreht und den Kopf auf die Seite geneigt. Ihre Haare verdeckten nur spärlich meine Handlung und darunter bildete sich eine leicht schimmernde Decke. Die Waffe wie versteinert noch auf ihre ursprüngliche Position gerichtet, konnte ich nicht glauben, was gerade passiert war. Es war mir nicht mehr möglich, zu atmen und so saß ich wie versteinert auf dem Boden und starrte ins Leere. Blut quoll aus meiner Handfläche und verteilte sich spürbar zwischen meinen Fingern. Der frische Geruch von Schießpulver stieg mir in die Nase und ich konnte meinen Puls in den Händen spüren. „Sarah?" Mein Mund fühlte sich an, als wäre er mit Kleister gefüllt, und meine Worte waren selbst für mich kaum zu verstehen. Ich fing an zu schlottern und das Gewehr rutschte mir aus dem feuchten Griff. Erst als es dumpf auf die Dielen schlug, löste sich meine Starre und ich zog mich zu Sarah heran, die kaum eine Armlänge von mir entfernt war. „Es tut mir leid", flüsterte ich kaum hörbar und hob sie zu mir in den Schoß. Ein kleiner Tropfen Blut rann ihre Wange hinunter und ihr Gesichtsausdruck wirkte wie versteinert. Sie sah noch immer so zornig aus, als ich ihren Kopf anhob, um ihr einen Kuss auf die Stirn zu geben. Das kleine Einschussloch auf der Wange war so unscheinbar, doch ihr gesamter Hinterkopf war völlig zerfetzt und klebte an meinen Händen. Ich presste sie an mich und vergrub mein Gesicht in ihrer Schulter, die sie samt ihren Arme leblos und schlapp hängen ließ. Ich krümmte meine Finger und spürte noch immer ihren Körper, während ich auf dem durchweichten Boden lag und den Duft der nassen Erde roch. Ich bleibe hier und warte, bis mich eine dieser Kreaturen findet, sagte ich mir. Ich war zu erschöpft, um auch nur einen einzigen weiteren Schritt zu machen. Ich hatte den gesamten Morgen damit verbracht, hinter der Bücherei ein riesiges Loch zu graben. Ich schaufelte es mit meinen bloßen Händen, bis meine Finger völlig aufgerissen und meine Schnitte mit einer Schicht aus Erde und Blut bedeckt waren. Die nasse und schlammige Erde wurde immer und immer wieder vom Regen zurückgespült, sodass es einer Sisyphusarbeit glich. Ich weiß nicht genau, wie lange ich dafür gebraucht hatte, doch es war bereits taghell, als ich Sarah hinein in das dunkle, tiefe Grab legte und vorsichtig die aufgewühlte Erde auf sie schob. Ich konnte sie nicht einfach so zurücklassen. Ich musste sie begraben. Aus ein paar benachbarten Blumenbeeten zog ich ein paar Pflanzen, die dieselbe Farbe hatten wie ihre Haarsträhne. Danach bastelte ich aus etwas Holz, welches ich aus dem benachbarten Wald holte, und dem Gummizug meiner Jacke ein kleines Kreuz. Ich blieb lange vor dem ärmlich angelegten Grab sitzen, ohne mich zu bewegen, ohne einen Gedanken, ohne jegliche Regung. Es dauerte einige Zeit, bis ich mich losreißen konnte, meine Sachen packte und weiterlief. Ich stand einfach auf und ging los. Ich kann nicht einmal genau sagen, ob ich in die Richtung lief, aus der wir gekommen waren, oder nicht. Hier und jetzt, im Dreck liegend, konnte ich auch nicht mehr bestimmen, wie weit ich schon von Sarah weg war. „Steh auf, verdammt noch mal", hörte ich wieder ihre Stimme in meinem Kopf. Ich krallte die Finger erneut in den Boden und versuchte, mich aufzurichten. Rucksack und Creedmore rutschten mir vom Rücken und erleichtert von dem enormen Gewicht machte ich einen tiefen Seufzer. Meine zerschnittenen und ausgewetzten Hände brannten wie Feuer und ich schlotterte vor Kälte. „Reiß dich zusammen, Mann, oder willst du hier im Dreck verrecken?", fragte mich Sarah. Ich wusste darauf keine Antwort. Als ich das Plätschern eines nahegelegenen Baches hörte, ging ich dorthin, um mir meine Hände zu säubern. Das Wasser war eiskalt und vom Regen aufgewühlt, doch es fühlte sich gut an. Die verschmutze Kruste auf meiner Haut löste sich und zog eine rote und dunkelbraune Spur durch das Bachbett. Mein Mund war ausgedörrt und mein Kopf schmerzte bedenklich, doch diese dunkle Brühe vor mir konnte ich unmöglich trinken. Um mich herum waren nichts als Bäume. Einige Jungfarne glitzerten in vereinzelten Sonnenstrahlen und ein leichter Dunst legte sich über das sich erwärmende Dickicht. Der Regen hatte nachgelassen und tauchte die Gegend in ein trügerisches Bild. Ein paar Meter weiter war eine kleine Lichtung. Ich musste unbedingt herausfinden, wo ich war. Leichter gesagt als getan, wenn man von der Wildnis keine Ahnung hatte. Sarah würde mich jetzt bestimmt auslachen, so verloren wie ich gerade aus der Wäsche guckte. Sie wüsste jetzt genau, was zu tun wäre. Ich war ihr tatsächlich wie ein junger Hund gefolgt. Ihre Vermutung dahin war genau richtig gewesen und bei dem Gedanken an sie füllten sich meine Augen erneut mit Tränen. Reiß dich mal zusammen, sagte ich zu mir selbst. Es würde keinen Sinn machen, jetzt einfach aufzugeben und einen Schlussstrich zu ziehen. Ich muss weiter. Ich stieg auf die Lichtung und blickte mich um. Absolut nichts. Sie war nur wenige Meter groß und von dichtem Gebüsch umwachsen. Na super, jetzt hatte ich den Weg auch noch aus den Augen verloren. Ich ging in die Mitte der Lichtung, wo etwas Sonne auf ein paar große Steine schien. Ich legte den Rucksack ab, setze mich auf einen der angewärmten Steine und legte den Kopf in den Nacken. Ich packte die Creedmore in meinen Schoß und schrie. Ich schrie, so laut ich nur konnte. Meine Finger krallten sich fest in den Lauf des Gewehrs und ich spürte, wie einer der Schnitte auf meiner Handfläche wieder aufplatzte, doch ich schrie einfach weiter, bis mir die Luft ausging. Es tat gut, den Frust etwas abzulassen. Doch kaum war ich fertig, die Bäume um mich herum anzubrüllen, hielt ich inne. Ich Idiot, was wenn hier auch Kreaturen waren und dank meinem Gekreische zu mir kamen? Ich horchte kurz, ob im Unterholz etwas zu hören war, doch es blieb still. Nur vereinzeltes fernes Pfeifen einiger Vögel und leises Geraschel der Blätter war zu hören. Ich lehnte mich zurück und breitete mich flach in der Sonne aus, um mich wieder etwas aufzuwärmen. Kurz danach kramte ich in meinem Rucksack nach etwas Essbarem oder was zu trinken. Als ich an der Oberfläche nichts Passendes finden konnte, leerte ich den gesamten Inhalt vor meine Füße, um eine Inventur vorzunehmen. Ein Regenponcho, einige Dosen mit eingelegtem Obst, Thunfisch und Bohnen, eine Schachtel mit Munition für die Creedmore und zwei Schachteln für die AR15, die ich in der Bücherei gelassen hatte, eines von Sarahs Shirts und eine Handvoll Müsliriegel. Nicht gerade eine große Ausbeute. Ich hatte gestern im Dunkeln den halben Inhalt über den Boden der Bücherei verteilt. Jetzt saß ich vor dem Rest und fragte mich, wie weit ich damit wohl kommen würde. Ich streifte mir die nassen Klamotten ab, legte meine Schuhe und Socken zum Trocknen auf die warmen Steine und rieb meine Arme über den fröstelnden Körper. Nur mit meinen Boxershorts und einem Poloshirt bekleidet, saß ich auf einem der Felsen und verschlang gierig einen der Müsliriegel. Es klappte nur bedingt, da die aufgeplatzte Unterlippe bei jedem Bissen weiter aufriss. Gut, dass ich hier keinen Spiegel zur Hand hatte. Ich wollte gar nicht wissen, wie ich aussah. Nachdem ich meinen gröbsten Hunger gestillt und meinen Durst mit der Flüssigkeit aus den Obstdosen gelöscht hatte, kletterte ich auf den größten Stein, der hier stand und versuchte auszumachen, in welche Richtung ich weitergehen könnte. Nichts als Bäume, soweit das Auge reichte. Von meinem gut zwei Meter hohen Aussichtspunkt war aber auch nicht viel mehr zu erwarten. Ich wendete meine noch immer nassen Socken auf den Felsen und setze mich auf meinem Rucksack daneben. Der warme Stein im Rücken fühlte sich gut an und so schloss ich schnell vor Erschöpfung die Augen, was mehr einer Ohnmacht als Schlaf glich. Meine Hände schoben nasse Erde beiseite und es regnete in Strömen. Nur vereinzelte Blitze erhellten das tiefe Schwarz um mich herum. Bei jedem Aufleuchten tauchten wankende Gestalten neben mir auf, die um mich herum ihre Kreise zogen und mich mit ihren leuchtenden Augen anstarrten. Ich grub immer weiter, doch das Loch vor mir schien sich von allein wieder zu füllen. Die Gestalten begannen zu flüstern, aber ich konnte mich nicht von dem Loch abwenden. Ich grub, so schnell und so tief ich nur konnte, und je tiefer ich grub, desto lauter wurde das Geflüster. Sie zischten meinen Namen. Chris ... Chris ... Meine Hände waren völlig zerfetzt und die nasse Erde vermischte sich mit meinem Blut. Neben mir lag Sarah, die mich mit ihren weit aufgerissenen und leblosen Augen anstarrte. Dicke

Tropfen perlten von ihrer blassen Haut und ich versuchte, nicht auf das Geschehen um mich herum zu achten. Ich bohrte weiter mit meinen schmerzenden Händen in den nassen Boden und die Stimmen um mich herum wurden lauter. Ich kämpfte gegen die Tränen und versuchte, noch schneller den Schlamm aus der Kuhle zu schaufeln. Chris ... Chris ... Die Stimmen umkreisten mich wie Raubtiere ihre Beute, und als das Loch tief genug war, wollte ich Sarah packen und hineinlegen, doch sie war verschwunden. Chris ... Chris ... Immer wieder tanzte mein Name um mich herum und wurde von Mal zu Mal lauter. Chris ... Chris ... Ich konnte nicht darauf achten. Ich tastete verzweifelt den Boden ab und suchte nach Sarah, doch ich konnte sie nicht finden. „Sarah?", rief ich heiser und blickte zu den um mich herum wandelnden Gestalten. Sarahs Stimme gesellte sich zu ihren und rief weiter meinen Namen, doch ich konnte sie nicht entdecken. Chris ... Chris ... Die Stimme von Sarah schien überall und doch plötzlich ganz nah. Ich wandte meinen Blick in den Abgrund vor mir und Sarahs aufgerissene Augen und gefletschte Zähne blitzten mich an, als sie ihre Arme aus der Grube streckte und mich mit einem lauten Schrei zu sich hinab zog. Ich versuchte, mich zu wehren, doch der nasse Graben war zu rutschig, als dass ich mich daran hätte festhalten können. Mit einem ohrenbetäubenden Schrei bohrte sie ihre Finger tief in mein Fleisch und zog mich hinab in die Dunkelheit. Ich versank immer weiter, bis nur noch mein Kopf herausragte. Ein letztes Mal riss Sarah ihre Arme nach oben, ergriff fest mein Gesicht und presste mich zu ihr unter die Erde, bis sich meine Lungen vollständig mit Schlamm füllten und ich nichts mehr spürte außer Kälte und Schmerz. Ich schreckte auf und rang nach Luft. Meine Brust hob und senkte sich schnell im Takt zu meinem pochenden Herzen. Ich tastete meinen Körper ab, doch es schien noch alles dran zu sein. Die schnelle Atmung zischte schmerzend über meine Lippen, doch ich hatte das Gefühl zu ersticken und musste es ignorieren. Es war nur ein fürchterlicher Traum gewesen. Verwirrt und völlig verstört blickte ich mich um. Es war dunkel und um mich herum war nichts zu erkennen außer dicht gedrängte schwarze Bäume und nasses Gras, welches schwach im Mondlicht glitzerte. Was würde ich dafür geben, wenn ich jetzt in meinem Bett wäre, zu wissen, dass alles, was ich erlebt hatte, nur ein einziger großer Alptraum war, doch die Realität holte mich schnell wieder ein. Ich saß noch immer auf der Lichtung im Wald und legte die Arme um meinen vor Angst und Kälte zitternden Oberkörper. Vorsichtig taste ich um mich herum, um meine Klamotten von den Felsen einzusammeln. Zum Glück waren sie mittlerweile wieder einigermaßen trocken und so konnte ich zumindest etwas gegen meine drohende Unterkühlung machen. Ich streifte mir auch den Regenponcho aus dem Rucksack über und wickelte mich so fest wie möglich darin ein. Was sollte ich jetzt machen? Hier die Nacht zu verbringen war nicht gerade eine schöne Option, doch im Dunkeln ohne Licht durch den Wald zu spazieren, gefiel mir genauso wenig. Also entschloss ich mich, mich mit dem Rucksack als Unterlage so nah wie ich konnte an die schützenden Steine zu legen und zu warten, bis es hell wurde.

TAG 8

Auch die weitere Nacht war nicht weniger ungemütlich. An Einschlafen war nicht zu denken. Ich wollte auf keinen Fall erneut die Augen schließen. Dabei ging es mir nicht nur darum, dass ich zu viel Angst vor der dunklen Umgebung um mich herum hatte. Es war eher die Furcht vor einem weiteren Traum, in dem mich Sarah zu sich in die Tiefe zog, und so saß ich bis zur anbrechenden Dämmerung wie versteinert mit dem Gewehr in der Hand zwischen den Felsen und wartete. Wartete darauf, dass mich etwas aus der Dunkelheit heraus anfallen würde, doch es passierte nichts. Es war öfters ein Knistern oder Rascheln zu hören, sodass mein Adrenalin durch den Körper schoss und mein Blut vor Aufregung in den Ohren pochte. Doch ich war allein. Stundenlang überlegte ich, was ich als nächstes tun sollte. Eine wirklich logische Antwort fiel mir dabei nicht ein. Das klare Denken war wie abgeschaltet. Immer wieder schossen mir die Bilder von Sarahs vor Wut verzerrtem Gesicht durch den Kopf. Je mehr ich versuchte, mir diese Gedanken auszutreiben, desto stärker brannten sie sich in mein Gedächtnis. Als es hell genug war, um die Umgebung um mich herum zu erkennen, fasste ich einen Entschluss. Ich würde gehen. Gehen, bis ich etwas fände. Ein Haus, eine Straße, einen Pfad, egal was, und so warf ich mir den Rucksack über die Schultern und stapfte los. Das Gewehr behielt ich fest in den Händen, bereit, es jederzeit zu benutzen. Kaum hatte ich die Lichtung verlassen, wurde das Unterholz mit jedem Schritt dichter und dichter. Dürre Zweige und spitze Dornenbüsche zupften an meinem Poncho und stachen winzige Löcher hinein. Ich kam nur mühselig voran und die anfänglichen Stunden fühlten sich wie ein Marsch durch einen wilden Dschungel an. Als sich die ersten Sonnenstrahlen durch das Dickicht zeigten, lichtete sich der Wald langsam, bis aus dem fast unüberwindbaren Urwald eine karge Landschaft aus einzelnen vertrockneten Bäumen und Steinen wurde. Der Boden war mit kleinen Grashügeln übersät, auf denen der Morgentau glitzerte. Ich musste aufpassen, wohin ich trat, um nicht mit dem Fuß in eine Spalte zwischen den Steinen zu rutschen. Mir jetzt auch noch den Fuß zu verstauchen war das Letzte, was ich brauchte. Den Blick immer genau vor mich gerichtet stapfte ich durch diese unwirklich erscheinende Landschaft, die sich endlos vor mir erstreckte. Ich versuchte immer wieder, kleine Umwege zu gehen, um die flachen Hügel als Aussichtspunkt zu nutzen, doch hinter jedem Wald kam eine neue felsige Einöde und wieder dahinter ein neuer Wald. Ich hatte nicht damit gerechnet, so weit zu laufen, ohne auf ein Zeichen von Zivilisation zu stoßen. Allerdings kam ich über den weichen Untergrund auch nur langsam voran. Meine Schuhe waren nicht gerade für lange Wanderungen ausgelegt und auch meine Kraft ließ sehr schnell nach, sodass ich immer wieder kleine Pausen einlegen musste. Kleine Bäche schlängelten sich versteckt vor mir durch das hohe Gras, bei denen ich zumindest meinen Durst stillen konnte. Als die Sonne genau über mir schwebte, spürte ich die Hitze auf meinem Kopf und ich schwitze fürchterlich unter meinem Poncho, doch ich wollte ihn nicht ausziehen. Je tiefer ich in die Landschaft ging, desto weicher wurde der Boden und dicke Mückenschwärme stürzten sich hungrig auf mich. Für jede Mücke, die ich auf mir totschlug, schienen zwei neue auf mir zu landen. Irgendwann gab ich es auf und versuchte nur noch, mit eingezogenem Kopf meinen Nacken vor den fliegenden Blutsaugern zu schützen. In meine Gedanken vertieft fiel mir erst spät auf, dass sich vor mir einige kleine Bäche auf der Ebene verteilten und einen matschigen Teppich vor mir bildeten. Immer wieder trat ich auf eine Senke, in der mein Fuß bis zum Knöchel einsank und ich ihn mit einem lauten Schmatzen wieder herauszog. Als ich erneut von einem kleinen Felsen sprang, landete ich so unglücklich in einem Loch, dass ich mein linkes Bein bis zum Knie im Morast versenkte und große Mühe hatte, ihn wieder herauszubekommen. Mit einem schlürfenden Geräusch bekam ich das Bein wieder frei und machte genervt einen großen Schritt darüber. „Aua, was zum ... FUCK!" Ich hatte meinen Schuh in der schlammigen Brühe verloren und war nun mit meinem verschmierten Socken schmerzhaft auf einen Zweig getreten, der sich mit seinen spitzen Enden in meine Ferse bohrte. Das kann jetzt nicht wahr sein, dachte ich und hechtete zu dem Loch zurück, in dem sich der tiefe Abdruck meines Fußes schnell mit Wasser füllte. Ich zog meine Ärmel zurück und rammte meinen Arm in den Boden, in der Hoffnung meinen Schuh wieder daraus zu befreien, doch auch nach mehreren Anläufen konnte ich ihn nicht mehr ertasten. „Ganz große Klasse," stammelte ich und rieb mir die mit Schlamm verschmierte Hand in den Nacken. Wie zur Hölle sollte ich durch diese Landschaft kommen, mit nur einem Schuh an den Füßen? In meiner Fantasie stellte ich mir vor, wie ich auf einem Bein von Stein zu Stein hüpfte und verdrehte dabei genervt die Augen. Ich warf den Rucksack auf den Boden, setze mich darauf und zog die Dose mit Thunfisch unter meinem Hintern hervor. Mein Magen knurrte schon und ein leichtes Zittern machte sich durch den Unterzucker bemerkbar. Was würde ich jetzt dafür geben, wieder mit Anika und Jack in einem der Diner in ihrer Nähe zu sitzen und mir ein riesiges Frühstück zu bestellen. Einen großen Teller mit Rührei, Speck, Bratkartoffeln und dazu einen ganzen Eimer Kaffee. Bei dem Gedanken daran lief mir das Wasser im Mund zusammen und mein Blick fiel auf die halb geöffnete Thunfischdose, aus der langsam das Sonnenblumenöl tropfte, in das er eingelegt war. Naja, besser als nichts, redete ich mir zu und stopfte mir kleine Bröckchen des Thunfischs in den Mund. Ich muss zugeben, dass er besser schmeckte als erwartet, und so dauerte es nur wenige Sekunden, bis ich alles restlos aus der kleinen Blechdose verputzt hatte. Mein Magen bedankte sich bei mir für den winzigen Happen mit einem lauten Gurgeln und brüllte danach um mehr. Mein Hunger war so gewaltig, dass ich meinen gesamten Essensvorrat auf einmal hätte verschlingen können, doch ich wusste, ich musste es mir einteilen. Wer weiß,

wann ich wieder was zu essen finde. Ich schleuderte die leere
Dose, soweit ich nur konnte, vor mir ins Dickicht. Nicht gerade umweltbewusst, schoss es mir durch den Kopf, aber wen
sollte es jetzt noch interessieren? Verklagt mich doch. Noch
immer hungrig und erneut vor Durst schmatzend lehnte ich
mich zurück und blickte in den strahlend blauen Himmel. Mein
mit Schlamm überzogener Socken trocknete langsam in der
Sonne und mit jeder Bewegung meiner Zehen spürte ich, wie
etwas davon abbröckelte. Mit meinen Fingern zupfte ich vereinzelte Grashalme aus dem Boden und warf sie wie kleine
Speere vor mir in die Luft. Nach nur wenigen Zentimetern Flug
landeten sie wieder senkrecht im Boden, wo die steckenblie-
ben und aussahen, als wären sie genau dort gewachsen. Als
meine Hand weiter blind neben mir nach etwas Werfbarem
tastete, fühlte ich eine flache raue Scheibe unter meinen Fingern, die fest im Boden verankert war. Ich richtete meinen
Blick darauf und erkannte, dass es ein nur knapp aus der Gras-
narbe ragender Baumstumpf war. Das Holz war vergraut und
die Jahre der Witterung hatten ihre Spuren hinterlassen, doch
hier hatte definitiv ein Mensch einen Baum gefällt. Außer die
Biber hier in der Gegend hatten gelernt, mit einer Kettensäge
zu arbeiten, was zwar die Produktionsrate ihrer Dämme stei-
gern würde, aber dann doch eher unrealistisch war. Nein, hier
hatte jemand diesen Baum gefällt. Hier, mitten im Nirgendwo. Ich stand auf, machte ein paar Schritte bis zum nächsten
größeren Stein und versuchte, mir von dort aus erneut einen
Überblick über die Gegend zu verschaffen. Diesmal achtete ich
genau auf jedes Detail um mich herum. Jede Kuhle, jede Senke, jeder Baumstamm wurde genau betrachtet und dann fand
ich etwas, das meine Laune hob. Genau in der Richtung, aus
der ich kam, war am Waldrand ein alter, fast schon in den Boden eingewachsener Zaun zu sehen. Ich war nur wenige Meter
an ihm vorbeigegangen oder besser gesagt über ihn gestiegen,
ohne ihn zu bemerken. Mit zusammengekniffenen Augen und
die Hand schützend vor die Stirn gepresst, versuchte ich auszumachen, wo genau er entlanglief. Immer wieder sah ich klei-

nere Stempen aus dem Boden ragen, die unregelmäßige große Lücken aufwiesen. An einer kleinen Stelle, nahe am Waldrand waren zwei Pfosten sehr nahe beieinander, näher als die anderen. Sie sahen fast aus wie die Überreste eines alten Weidetores und waren auch vollkommen in die Landschaft eingewachsen. Der Zaun stand hier definitiv schon viele Jahrzehnte und war bis zur absoluten Unbrauchbarkeit verrottet, doch wo ein Tor war, war meist auch ein Weg. Hastig rappelte ich mich auf, schnappte meine Sachen und ging in die angepeilte Richtung, ohne das Ziel aus den Augen zu lassen. Ich hätte besser auf dem Boden vor mir achten sollen, denn schon bei den ersten Schritten trat ich mit meinem schuhlosen Fuß in eine kleine Felsspalte und der spitze Stein kratzte eine tiefe Schramme in meinen Knöchel. Schnell zog ich meinen Fuß zurück und betrachtete das Unglück. Ein dicker Hautfetzen war nach oben geklappt und weißes Fleisch war darunter zu erkennen, doch es blutete nicht. Noch nicht. Allerdings tat es höllisch weh. Mit vor Schmerzen zitternden Fingern versuchte ich, den umgeklappten Hautfetzen wieder an die ursprüngliche Stelle zu platzieren. Ich kam mir so blöd vor, dass ich nicht auf den Untergrund geachtet hatte, und als die Wunde langsam leichte Blutstropfen herausdrückte, riss ich den Hautfetzen mit einem Ruck ab. Lieber offen an der Luft trocknen lassen, als die Wunde mit Dreck und Blut zu verschließen, dachte ich und betrachtete den dünnen Lappen in meinen Fingern. „Hör auf, hier so herumzutrödeln", hörte ich Sarahs Stimme erneut in meinem Kopf schimpfen. „Jetzt sieh zu, dass du hier wegkommst und pass verdammt noch mal auf, wohin du trittst, du Tollpatsch". Sie hatte Recht. Ich sollte wirklich versuchen, hier so schnell wie möglich aus dieser sumpfigen Wiese zu verschwinden. Bis zum Tor war es doch ein kleines Stückchen und mit dem schmerzenden Knöchel von Stein zu Stein springend erklang mir immer wieder das Lied von Johnny Cash in den Ohren, während ich mir einen Weg durch den Hindernisparcours bahnte. Doch schon wenige Schritte vor dem Ziel konnte ich dahinter einen ausgewaschenen Weg durch den

Wald erkennen. Er war vollständig mit Kiefernnadeln bedeckt und sehr schwer zu erkennen, aber er war da. Ich war nur einen Steinwurf daneben hergelaufen, ohne ihn zu bemerken. Ich stütze mich mit einer Hand auf einen der Pfosten und nutze das Gewicht des Gewehrs zum Schwungholen, bis ich mit beiden Beinen fest auf dem Weg stand. Zumindest musste ich mich nicht entscheiden, in welche Richtung ich laufen sollte, denn das hier war eine Sackgasse und so gab es nur eine Option. Doch ein bisschen blöd kam ich mir schon vor, denn jetzt lief ich wieder zurück in die Richtung, aus der ich gekommen war. Meine Zehen krümmten sich erneut und umklammerten ein paar halb verrottete Kiefernnadeln. Der Untergrund fühlte sich weich und angenehm an, obwohl ich nur noch einen Schuh anhatte. Warum nicht, dachte ich und so zog ich auch den zweiten Stiefel aus. Ich schlüpfte mit der Ferse aus dem Schuh und schleuderte ihn mit der Fußspitze mit einem Ruck nach vorne. Eigentlich wollte ich ihn vor mir in die Büsche schießen, doch meine Zehen lösten sich zu spät und so flog er senkrecht hoch in die Luft und landete anschließend nur eine Handbreit neben mir. Profifußballer werde ich also keiner mehr, dann wäre das ja schon mal geklärt, schmunzelte ich und streifte mir auch die Socken von den Füßen. Jetzt, da ich komplett barfuß auf dem modrigen Waldweg stand, fühlte er sich doch ein wenig kühl an, doch ich war mir sicher, wenn ich erst mal in Bewegung war, würden meine Füße schon warm werden. Und außerdem sollte barfuß laufen ja sehr gesund sein. Die ersten Schritte waren noch sehr zögerlich und ungewohnt, zumal auch die Schramme am Knöchel bei jedem Tritt brannte, doch schnell gewöhnte ich mich daran und so schaffte ich in kurzer Zeit eine ordentliche Strecke. Der Weg zog sich einige Kilometer durch die dünn bewaldeten Hügel und führte mich vorbei an kleinen Tümpeln und Sümpfen. Immer wieder zuckte ich vor Schmerz zusammen, wenn ich mit den blanken Fußsohlen auf einen spitzen Stein trat und dabei ungeschickt auf einem Bein tanzte. Es kam mir fast vor wie zuhause, wenn ich einen Spaziergang durch die heimischen Wälder machte.

Die Achtsamkeit auf den Untergrund war schnell verflogen und die monotonen Schritte führten bald dazu, dass meine Gedanken wieder übersprudelten. Sarahs Gesicht ging mir nicht aus dem Kopf, und je mehr ich versuchte, mir das Bild ihrer vor Zorn zerfurchten Fratze aus dem Gedächtnis zu streichen, desto tiefer fraß es sich in mich hinein. Immer und immer wieder zwang ich mich, an schönere Szenen zu denken, doch meine innere Angst und das Gefühl, allein zu sein, machten mir dabei einen gehörigen Strich durch die Rechnung. Monoton und geistesabwesend schlenderte ich den Weg hinauf, bis ich bei einer mit spitzen Felsen überzogenen Anhöhe Halt machte. Die Sonne stand noch immer sehr hoch und die rötlichen Steine um mich herum leuchteten wie schmutzige Rubine aus dem mit ausgedörrtem Gras bewachsenem Boden. Ein paar Schritte noch, dachte ich. Dann mache ich Pause. Ich darf mich jetzt nicht hinsetzen. Doch während ich mich selber anfeuerte, nicht stehenzubleiben, wollten meine Beine nicht mehr auf mich hören. Erschöpft und zitternd ließ ich den Rucksack gerade von meinem Rücken plumpsen, stützte mich auf die Creedmore, als wäre es ein Gehstock, und ging in die Knie. Meine Schenkel brannten vor Anstrengung und meine Lungen fühlten sich an, als hätte man sie mit heißem Blei ausgegossen. Ich blickte mich um, ob ich in der Nähe etwas Schatten finden konnte, aber hier war nichts als Felsen und graue ausgedörrte Bäume, die keine Äste mehr trugen. Ich legte das Gewehr vorsichtig neben mich, setzte mich neben mein Gepäck und rieb mir die schmerzenden Beine. Ich kam um vor Durst und mein zitternder Körper signalisierte mir, dass mein Blutzucker gefährlich niedrig war. Ich öffnete die Deckeltasche meines Rucksacks und kramte erneut alles heraus, was ich bei mir hatte. Es war nur mehr eine kleine Dose mit Heinz Bohnen und eine angefangene Konserve mit Früchten übrig. Kein Wasser oder etwas anderes zu trinken. Auch um mich herum konnte ich nichts erspähen, was auf etwas Trinkbares hindeutete. Ich leerte mir gierig die letzten Tropfen aus der Dose mit Früchten in meinen trockenen Mund und aß ein paar

Stückchen kleingeschnittenen Apfel daraus. Es schmeckte süß und jeder Bissen war wie ein ganzes fünf Sterne Menü für meinen Mund. Die letzten Obstreste aus der Dose kratzend, immer darauf bedacht, mich nicht an der scharfen Kante der Blechdose zu schneiden, lehnte ich mitten auf dem Weg an meinem Rucksack und blickte verträumt in den türkisblauen Himmel. Noch kreisten keine Geier über mir, also konnte es nicht so schlimm um mich stehen. Ich warf die leere Blechdose neben mir ins Gras und zog die vor mir auf dem Boden liegende Creedmore zu mir. Meine rechte Hand umklammerte den Griff und mein Finger streichelte ganz vorsichtig den Abzug, so als wäre er aus Eiskristallen gemacht und könnte bei zu viel Druck zerbrechen. „Mach sie zu deiner Bitch", hatte Sarah bei den Schießübungen auf dem Dach gesagt. Mit der anderen Hand kratzte ich vorsichtig etwas Dreck vom Schaft, als mir die in der Sonne funkelnden Schrauben unter dem Visier auffielen. Als ich daran drehte, löste sich das Visier und fiel zwischen meine Beine in den Dreck. Gut, dass Sarah jetzt nicht hier war, sonst hätte sie mir den Arsch aufgerissen, wenn sie sehen könnte, was ich mit ihrer Waffe machte. Der Gedanke daran, wie sie mir eine Standpauke halten würde und mir dabei das Gewehr aus den Händen risse, ließ mich wieder lächeln. Erneut bildeten sich kleine Tränen in meinen Augen. „Bist du noch zu retten?", hörte ich ihre Stimme kreischen und sah sie förmlich auf mich zu fliegen. „Du hast sie wohl nicht mehr alle? Lass gefälligst die Finger davon, wenn du nicht damit umgehen kannst." Jetzt musste ich lachen, denn das wäre auch in der Realität meine echte Reaktion gewesen. Sie hätte geschimpft und geflucht, während ich lachend in Deckung ging. Selbst Sam war immer sehr belustigt über ihre Wutanfälle gewesen, von denen sie recht oft welche hatte, die aber meist nur ein paar Sekunden andauerten. Ich griff erneut in den Rucksack und zog ein weißes Shirt daraus hervor. Ich breitete es in meinen Händen aus und strich vorsichtig mit den Fingern über die darauf gedruckten Worte Foxtrott, Uniform, Charlie und Kilo. Kleine Tropfen landeten darauf und mein Kopf fing an

zu pochen. „Jetzt sei keine Pussy und steh auf, du Weichei",
hörte ich sie erneut. Als wäre sie tatsächlich neben mir, ging
ein Ruck durch meinen Körper. Sie hatte Recht! Sie war zwar
nicht wirklich hier, aber trotzdem hatte sie Recht. Ich wischte mir mit dem Handrücken über die nassen Augen und legte
ihr Oberteil zurück in den Rucksack. Ich hob das noch immer
im Staub liegende Visier auf und versuchte angestrengt, wieder auf die Beine zu kommen. „Na mach schon, wir haben nicht
den ganzen Tag Zeit", sagte Sarah und drehte mir den Rücken
zu. Ich ließ den Rucksack und das Gewehr auf dem Boden liegen und ging ein paar Schritte weiter, bis ich auf der anderen
Seite des Hügels in das folgende Tal sehen konnte. Mit dem
Visier ans Auge gepresst, ließ ich meinen Blick durch die weit
ausgestreckte Landschaft schweifen. Viel anders als zuvor sah
es dort nicht aus, doch in der Ferne konnte ich ein kleines
Waldstück erkennen, in das sich nach einigen kleinen Kurven
mein Weg schlängelte. Keine Häuser, keine Straßen, keine Ab-
zweigungen oder irgendetwas, was auf Zivilisation hindeuten
konnte. Einerseits war ich enttäuscht, nichts Neues zu erblicken, doch andererseits machte es mir meine Entscheidung,
wohin ich als nächstes gehen sollte, sehr einfach. Gerade als
ich das Visier wieder senken wollte, um meine Sachen zu holen, sah ich kurz vor dem Waldrand etwas quer über den Weg
huschen. Als ich genauer hinsah, erkannte ich einen kleinen
Kojoten, der eilig zwischen den Felsen hindurchrannte und
dabei kleine Haken schlug. Trotz der Hitze bildete sich eine
Gänsehaut auf meinem Körper und vor Schreck machte ich einen Schritt zurück, als ich sah, warum es der Kojote so eilig
hatte. Knapp hinter ihm lief eine Frau, deren lange schnelle
Schritte keinerlei Probleme hatten, ihn einzuholen. Ihr Oberkörper war frei und nur mit einem Slip bekleidet jagte sie dem
Tier hinterher, sodass ihre langen Haare im Wind wehten.
Kaum hatte sie ihr Ziel eingeholt, sprang sie mit ausgestreckten Armen auf ihn zu, packte ihn am Hinterlauf und fing augenblicklich an, ihn auseinander zu reißen. Der Kojote, der
sich vor Schmerzen unter ihr wand, winselte und jaulte dabei

so laut, dass selbst ich es einige hundert Meter entfernt noch hören konnte. Als sich das verwundete Tier nicht mehr wehren konnte, erblickte die Frau etwas anderes, was ihre Aufmerksamkeit auf sich lenkte. Sie ließ ihr Opfer liegen und sprintete nach rechts zurück in den Wald, aus dem sie zuvor gekommen war. Ich spürte, wie mir mein Blut aus dem Gesicht wich und voller Panik rannte ich zurück zu meinem Gepäck. Hastig und mit klammen Händen schraubte ich das Visier wieder auf die Creedmore, lupfte mir den Rucksack auf die Schulter und ging wieder zu der Stelle, an der ich die wilde Hetzjagd verfolgt hatte. Ich nahm das Gewehr in den Anschlag, um den Waldrand nach noch mehr Angreifern abzusuchen, doch in der Hektik hatte ich das Visier verkehrtherum auf die Fassung geschraubt. Als ich es erneut lösen wollte, fiel es mir aus der Hand und landete im Staub. Blind tastete ich danach, den abfallenden Hügel nicht aus den Augen lassend. Nachdem ich es erneut befestigt hatte, schwenkte ich mit dem Fadenkreuz den Übergang von Wiese zu Bäumen ab, auf der Suche nach der Frau. Sie war weg. Eifrig suchte ich jeden Winkel ab, doch es war nichts mehr zu sehen, so als hätte ich mir das alles nur eingebildet. Vielleicht hatte mir ja auch nur die Hitze und die drohende Dehydrierung einen Streich gespielt und dort unten war nichts. Sicher sein konnte ich mir dabei aber nicht und so zog ich das Magazin aus dem Schaft und überprüfte die Patronen. Es waren noch einige darin, denn Sarah hatte ihre Waffe nur zwei Mal abgefeuert und war ansonsten sehr darauf bedacht, auf alles vorbereitet zu sein. Was auch bedeutete, dass ihr Magazin immer vollgeladen war. Ich steckte es zurück, zog den Ladeschlitten an mich heran und eine Leere Patronenhülse fiel vor mir auf den Boden. Richtig, dachte ich. Ich hatte ja auch einen Schuss abgefeuert. Sarah fiel erneut mit einem kleinen Loch in der Wange vor mir auf den Boden. Meine Hände verkrampften sich so fest am Griff, dass meine Schnittwunden wieder aufplatzten und ein stechender Schmerz wie ein Stromschlag durch meinen Körper jagte. Ich hob die Hülse auf und betrachtet sie zwischen meinen Fingern. Vorsichtig strich

ich mit dem Daumen über die vom Schlagbolzen hinterlassene Kerbe am flachen Ende und musste mich beherrschen, nicht erneut zu heulen. Meine Erschöpfung verstärkte meine Emotionen um ein Vielfaches und ein klares Denken war mir kaum mehr möglich. Doch ich musste weiter. Zurück, woher ich gekommen war, war keine Option und so blieb mir nur die Richtung, in der ich das bizarre Schauspiel beobachtet hatte. Auch wenn es mir meinen Magen zusammenzog bei dem Gedanken daran, dort unten auf diese Frau zu treffen, ließ ich die leere Hülse in der Tasche meiner Armani Jeans verschwinden und ging langsam den sandigen Weg bergab. Bei jedem Schritt blickte ich aufgeregt nach links und rechts, um jegliche Art von Angreifer rechtzeitig zu erspähen, doch es war keiner hier außer mir. Wie auf Zehenspitzen schlich ich den staubigen Pfad vor mir entlang, immer darauf bedacht, keinerlei überflüssige Geräusche zu machen, bis ich kurz vor dem Waldrand auf der Höhe war, bei der die Frau den Kojoten eingeholt hatte. Es musste gleich hier links neben dem Weg gewesen sein. Ich reckte meinen Hals, um über das flache Dickicht etwas zu erkennen. Nur einige Meter weiter konnte ich Spuren von umgeknickten Halmen erkennen und als ich mich einen Schritt näherte, sah ich ein Stückchen braunes Fell aus dem Gras aufblitzen. Als ich mich dem Tier näherte, vernahm ich den Geruch von Blut und die Luft schmeckte metallisch. Vor mir ausgebreitet, lag der Kojote, dessen linker Hinterlauf fast vollständig abgetrennt war, und auf seiner unteren Bauchdecke prangte ein tiefes Loch. Er lebte noch und bei jedem seiner flachen Atemzüge quoll etwas Blut daraus hervor und versickerte im Boden. Das Tier tat mir leid und es schmerzte mich, es so leiden zu sehen. Am liebsten hätte ich mich daneben gesetzt und es erschossen, um die Qualen zu beenden, die es erdulden musste, doch ich konnte den Lärm eines Schusses nicht riskieren. Schon gar nicht, solange ich nichts über den Verbleib dieser Frau wusste. Trotz meiner Sorge, dass sie jederzeit aus dem Wald zurückkommen könnte, um ihr Werk zu beenden, blieb ich neben dem Tier sitzen und hielt die Waffe bereit in den Händen. Seine Atmung wurde flacher und nach nur wenigen Augenblicken war es vorbei. Der Kojote war tot und dennoch konnte ich meinen Blick nicht von ihm wenden. „Es tut mir leid, mein Freund", sagte ich zu dem leblosen Tier am Boden. „Ich fasse es nicht, dass sich dich wirklich erwischt hat." Wehmütig und doch angespannt, mit der Waffe im Anschlag, machte ich mich zurück auf den Weg. Ich war nur einen Steinwurf von den ersten Bäumen entfernt und auch wenn mir der dort versprochene Schatten gerade recht käme, schauderte es mich dennoch, dort hineinzugehen. Allerdings hatte ich auch keine Alternativen und so zwang ich mich, immer weiter einen Schritt vor den anderen zu setzen.

Als ich einige Zeit später am Tisch saß und mir hastig die Reste von Käseflips und Cashewnüssen mit literweise Dr. Pepper die Kehle hinunterspülte, vergaß ich für einen Moment meine schmerzenden Füße. Mein Blick wanderte aufgeregt durch das kleine Zimmer der aus dicken Stämmen gebauten Blockhütte. Der offene Kühlschrank war dunkel und leer. Die meisten Schubladen und Schränke waren geöffnet und deren Inhalt war wüst auf der kleinen Anrichte neben dem Waschbecken verstreut. Vor mir auf dem Tisch war ein riesiger Berg aus allerlei Nützlichem, was ich im Zimmer zusammengetragen hatte. Mein Rucksack lag mitten auf dem Fußboden und kleine Glassplitter schimmerten darunter hervor. Die Creedmore nah bei mir an den Stuhl gelehnt, schaufelte ich mir alles Essbare in meiner Reichweite gierig in den Schlund. Zwischen einigen Tüten Chips und Studentenfutter waren vier große Flaschen Cola, Handschuhe, eine Taschenlampe, zwei Walkie-Talkies und ein Notfallradio aufgetürmt. Ich konnte mein Glück kaum fassen und verschluckte mich bei einem weiteren Zug aus der dünnen Plastikflasche, sodass sich ein großer brauner Fleck über mein ohnehin sehr mitgenommenes Shirt ausbreitete. Ich wischte mir mit dem Handrücken über mein tropfendes Kinn und griff erneut nach ein paar Nüssen. Mit der anderen Hand drehte ich vorsichtig an dem Regler des Radios, aus dem ich aber nur Rauschen empfangen konnte. Ich war fast eine Stunde durch den langsam dichter werdenden Wald gelaufen, bis ich auf einen großen Sandparklatz gestoßen war, auf dem ein kleines Schild mit abgeblätterter Farbe stand. Clear Water Ranger Station GEORGE WASHINGTON & JEFFERSON NATIONAL PARK. Gleich dahinter am Ende des Parkplatzes stand diese Blockhütte, nicht größer als eine Gartenlaube, die gewissenhaft in die darumstehenden Bäume gebaut war. Auch ein silberfarbener Nissan Navara stand davor, auf dem mit grünen Buchstaben das Wort RANGER über eine Karikatur von Bergen, Bäumen und einem Fluss geschrieben war. Nachdem ich vergeblich geklopft und um Hilfe gerufen hatte, entschied ich mich dazu, mich selbst in die Hütte einzuladen. Die Tür war verschlossen, doch das war mir egal. Wie Sarah mir bei der Bücherei bewiesen hatte, waren verschlossene Türen kein ernsthaftes Hindernis, und so schlug ich kurzerhand mit dem Schaft der Creedmore eines der Fenster auf der Rückseite ein. Ich hatte, seit ich den Wald betreten hatte, keine Spur von der Frau gesehen und auch sonst war mir nichts untergekommen. Selbst die Vögel schienen diesen Wald verlassen zu haben und so freute ich mich umso mehr, dass ich wieder ein Dach über dem Kopf hatte, welches mir Schutz bot. Einen weiteren langen Rülpser von mir gebend schob ich die leeren Verpackungen vor mir weg und widmete mich den anderen Fundsachen. Das Radio noch immer leise rauschend im Hintergrund, zog ich eines der Walkie-Talkies zu mir und schaltete es ein. Es gab eine krachende Rückkopplung damit und so schaltete ich den kleinen gelben Kasten mit der Aufschrift Survivor DAB aus. Auch aus dem Funkgerät konnte ich nur Rauschen empfangen, doch vorsichtshalber ließ ich es eingeschaltet neben mir stehen. Neben einer ausgeblichenen Daunenjacke, aus der sich schon so manche Feder löste, hatte ich auch ein Paar Stiefel gefunden, in die ich mich hineinzuzwängen versuchte. Sie waren bestimmt eine volle Nummer zu klein für mich, doch auch das war mir egal. Alles war besser, als weiter barfuß durch diese Landschaft zu streichen. Das große Pflaster aus einem an der Wand hängenden

Verbandskasten, welches ich über meinen aufgeschrammten Knöchel geklebt hatte, rollte sich dabei wie eine Zimtstange ein und mit einem lautem Zischen durch die Zähne zog ich den Fuß wieder heraus. Meine provisorisch mit Verband eingewickelten Handflächen hatten große Mühe, die Ferse in den zu kleinen Schuh zu bugsieren, doch beim zweiten Versuch und mit einem neuen Pflaster bestückt klappte es. Meine Zehen krümmten sich an der Spitze und es schnürte mir leicht das Blut ab, doch immer noch besser, als mit blanken Sohlen zu laufen. Als ich satt und verarztet in dem alten Holzstuhl saß, schweifte mein Blick durch die kleine Hütte. Es sah aus, als wäre ein Bär hier hereingekommen, um alles auf der Suche nach Essbarem auf den Kopf zu stellen. Meine gewaltige Plünderung hatte aus dem sonst so gemütlichen Zimmer eine wahre Müllhalde gemacht, doch es hatte sich gelohnt. Neben der so dringend benötigten Verpflegung, dem Erste-Hilfe-Koffer und den Klamotten hatte ich in einer Schublade neben der Tür auch einen schwarzen Schlüssel mit einem silbernen Nissan-Logo gefunden. Ich stand auf, krümmte noch mal meine Zehen, um es mir in den Stiefeln etwas bequemer zu machen und sammelte alles ein und stopfte es in den Rucksack. Das noch laufende Funkgerät wanderte in meine Hosentasche und mit dem Schlüssel in der Hand kletterte ich zurück aus dem Fenster, durch das ich eingestiegen war. Langsam ging ich zum Fahrzeug, stellte den Rucksack daneben ab und blieb vor der Fahrertür stehen. Der Schlüssel hatte keine Funkfernbedienung und so musste ich ihn in das Schloss manövrieren, um zu testen, ob er passte. Doch etwas hielt mich zurück. Was, wenn er nicht passte? Was, wenn es der falsche Schlüssel war? Was, wenn … „Nun mach schon, wir haben nicht den ganzen Tag Zeit, du Träumer", hörte ich wieder Sarahs Stimme hinter mir und fast so, als hätte sie mir einen Schubs gegeben, machte ich einen Schritt nach vorne und der Schlüssel glitt ins Schloss. Nervös drehte ich ihn gegen den Uhrzeigersinn und mit einem leichten Klicken öffnete sich die Verriegelung. Mit einem freudigen Aufschrei tapste ich aufgeregt von einem Bein auf das andere und wuchtete mein Gepäck und die Waffe auf den Beifahrersitz. Mit Schwung nahm ich daneben Platz, knallte die Türe zu und startete den Motor. Sofort schallte mir das Geräusch eines starken Dieselmotors entgegen und mit einem Anflug von Heiterkeit legte ich den Gurt an und drehte mich zum Beifahrer. „Ja, ja, ja, ja, ja", rief ich freudig. „Wir haben es …" Meine Worte verstummten augenblicklich, als ich realisierte, dass ich alleine war. Ich hörte so oft die Stimmen von Sarah und Sam, dass ich manchmal das Gefühl hatte, sie seien noch genau neben mir. Doch das waren sie nicht. Ich hatte beide begraben und sie würden nicht mehr zurückkommen. Doch auch das erschütterte mich nicht so sehr, als dass ich nicht weiterkonnte, und so drückte ich fest auf das Gaspedal. Augenblicklich marschierten die Kolben im Takt und der Navara setzte sich in Bewegung. Nach einigen Kilometern über die löchrige Schotterpiste, durch die ich heftig hin und her geschaukelt wurde, lichtete sich der Wald und ich kam an eine Einmündung. Direkt vor mir verlief die Auffahrt zur Route 64, auf der ich schon mit Sarah gefahren war, doch hier waren wir nicht vorbeigekommen. Aufgeregt darüber, wieder in der Zivilisation zu sein, blickte ich ratlos auf die vor mir aufgestellten Wegweiser. Keiner der darauf angezeigten Orte kam mir bekannt vor und so entschied ich mich für die Richtung, auf der weniger Autos auf der Fahrbahn standen. Es dauerte nicht lange, bis ich die ersten kleineren Ortschaften erreichte und mit gefühlter Schrittgeschwindigkeit daran vorbeifuhr. Sie sahen fast normal aus, wenn nicht vereinzelte Gebäude niedergebrannt und zerfallen wären. Gut zwanzig Kilometer weiter musste ich erneut anhalten. An einer Kreuzung, auf der ein angesengtes Schild mit der Aufschrift CLIFTON FORGE stand, ragte eine große Überführung der Straße empor. Ein ausgebrannter Tanklaster hing quer über die Leitplanke und sein hochentzündlicher Inhalt hatte die Brücke zum Einsturz gebracht. Vorsichtig lenkte ich an den vielen davor stehengelassenen Autos vorbei und folgte einigen Bahngleisen ins Innere der Stadt. Als mir die ersten Häuser unterkamen, sah ich ein mir nur zu bekanntes Bild. Verlassene Häuser, zurückgelassene Autos, auf der Straße liegende leblose Körper, die in der langsam untergehenden Sonne verfaulten. Hätte ich diese Szenen nicht schon zur Genüge auf der Fahrt mit Sarah gesehen, wäre ich definitiv geschockt gewesen, doch so versuchte ich vorsichtig, allen Hindernissen einfach nur auszuweichen. Als ich von der River Gate Street in die Main Street einbog, lenkte ich das Gefährt vorbei an einem Spirituosenladen und folgte einem kleinen Schild mit der Aufschrift POLICE DEPARTMENT, welches sich direkt hinter der nächsten Straße befand. Langsam und wie in Zeitlupe steuerte ich neben einen davor geparkten Polizeiwagen und ließ meinen Blick durch die Straßen schweifen. Ein großes, rot gestrichenes Lagerhaus, von dem im Laufe der Zeit die meiste Farbe abgeblättert war, verdeckte die langsam untergehende Sonne. Im Schein der Dämmerung sah ich durch den Rückspiegel eine verlassene Tankstelle, auf der sich ein riesiger Reifenstapel auftürmte. Gegenüber der kleinen Polizeistation war ein weitläufiger, mit Maschendraht eingezäunter Lagerplatz, auf dem allerlei Rohre und Baumaterialien abgelegt waren, und gleich daneben war eine Fahrzeughalle der örtlichen Feuerwehr. Ich öffnete das Fenster einen kleinen Spalt und lauschte. Nichts. Es war totenstill in dieser Stadt. Nur ein leichter Windstoß war zu vernehmen, der die nach Kohle und verbranntem Plastik riechende Luft zu mir herüberwehte. Ich machte den Motor aus und löste den Gurt. Mit einem leisen Klicken ging die Wagentür auf und ich sprang ins Freie, immer bedacht, meine Umgebung im Blick zu behalten. Langsam zog ich das Gewehr vom Beifahrersitz zu mir herüber und legte den Riemen über meine Schulter. Auf der hölzernen Treppe des Polizeireviers stand in großen weißen Buchstaben die Straßennummer 325 und auf die obersten Stufen hatte jemand zwei Thujen in kleinen grauen Kübeln gestellt. Den Eingang des Hauses musternd, schloss ich die Autotür und ging über den Parkplatz. Es war gespenstisch und das schwächer werdende Licht tauchte die Umgebung in ein leichtes Blau. Als ich einen kleinen Satz auf den Bordstein machte und sich dabei mein Riemen an der Schulter leicht lupfte, hielt ich ruckartig an. Mit einer geladenen Waffe auf dem Rücken in eine Polizeistation zu gehen, war vermutlich nicht die beste Idee. Was, wenn dort nervöse Polizisten waren, die nach tagelangem Alarmzustand einen lockeren Finger an der eigenen Waffe hatten? Sollte ich meine nicht lieber im Auto lassen? Nein, das kam nicht in Frage. Am Ende werde ich von einem Polizisten gefressen, nur weil ich an zivilisierten Regeln festhalte, dachte ich, doch mulmig war mir schon. Ich entschied mich dazu, die Creedmore bei mir zu lassen, doch um niemanden zu erschrecken, hielt ich sie, soweit ich konnte, über meinem Kopf und schritt langsam weiter auf den Eingang zu. Nur noch wenige Meter davon entfernt, revidierte ich meine Entscheidung und umklammerte schnell wieder den Griff, als ich in der halb geöffneten Türe eine Person am Boden liegen sah. Sie hatte eine graue Uniform an und die schwarz polierte Fersen der Schuhe und ein leeres Holster an der Seite funkelten mich an. Der Mann hatte tiefe Schrammen am Arm und einen großen roten Fleck auf dem Rücken. Ich wollte etwas sagen, doch ich brachte keinen Ton heraus. Ich hob einen kleinen Stein vom Gehweg auf, warf ihn die Stufen hinauf und traf ihn am Oberschenkel. Nichts passierte. Keinerlei Reaktion, kein Zucken, kein Ton. Nur das Geräusch des von ihm abprallenden Steins, der jetzt in das Innere des Hauses rollte. Mir war nicht wohl dabei, doch etwas zwang mich dennoch, weiter Richtung Eingang zu gehen. Als ich am unteren Ende der Treppe stand, zielte ich auf den Mann und trat mit meinem Fuß fest gegen seinen, doch er bewegte sich nicht. Langsam machte ich einen großen Schritt und versuchte, ihn im Vorbeigehen nicht noch einmal zu berühren. Vor der Tür angekommen, blickte ich ins Innere und biss dabei auf der Innenseite meiner Lippe kleine Hautfetzen einer aufgeplatzten Stelle ab. Schritt für Schritt näherte ich mich einem kleinen Tresen, der mitten in der Eingangshalle stand und von einem hölzernen Geländer umringt war. Es sah von innen noch kleiner aus als von außen, denn neben einem dahinter liegenden

Büro gab es nur eine kleine Zelle, in der es eine harte Pritsche und eine aus Aluminium gefertigte Toilette gab. Die Zellentür mit Gitterstäben so dick wie mein Arm stand offen und überall lagen Papier, Patronenhülsen und Glassplitter. Einige der Schränke neben dem Büro waren aufgerissen und leer. Sie hatten keine Regalböden, sondern kleine Verankerungen, in denen für gewöhnlich die Waffen der Polizisten verstaut wurden. Auch mein flüchtiger Blick in das Büro war sehr ernüchternd, denn neben einer kleinen Schlafcouch und einem Schreibtisch waren nur ein paar aufgerissene Aktenschränkte darin. Enttäuscht, niemanden angetroffen zu haben, schritt ich wieder ins Freie und sah mich um. Vielleicht hatte ich bei der Feuerwache mehr Glück. Das große, aus Backsteinen gemauerte Haus hatte zwei riesige Rolltore, von denen eines offenstand. Ein gigantischer Leiterwagen war darin geparkt, der für die behagliche Gegend etwas zu überdimensioniert wirkte. Ich blickte nach links und rechts, ging über die Straße und näherte mich dem Einsatzfahrzeug. Die Halle war riesig und roch nach Hydrauliköl und Benzin. Um mich vorsichtig ins Innere zu bewegen, senkte ich den Lauf und zwängte mich quer zwischen der Wand und der nur wenige Zentimeter ins Freie ragenden Stoßstange durch, krampfhaft darauf achtend, nichts zu berühren, was laute Geräusche machen könnte. Hinter dem Leiterwagen angekommen blickte ich nun durch eine sonst wie leer gefegte Einsatzhalle. Allerlei Jacken und Stiefel waren unter einer silbernen Metallstange an der Wand befestigt. Hier rutschen also die Feuerwehrmänner von oben herunter, wenn es irgendwo brennt, dachte ich, als ich im Näherkommen das kleine Runde Loch an der Decke betrachtete. Daneben war eine rote Tür aus Metall, auf der eine mit weißer Farbe geschriebene Zwei prangte. Unbeirrt ging ich darauf zu und wollte sie öffnen, doch mein Instinkt riet mir, zuerst daran zu lauschen. Ich hatte keine Ahnung, was sich dahinter befand, und um auf Nummer sicher zu gehen, hielt ich zuerst mein Ohr daran. Das kalte Metall fühlte sich seltsam an meinem pochenden Ohr an, doch ich konnte nichts hören. Ich griff nach der Klinke und drückte sie vorsichtig nach unten. Die Türe war schwer und ich musste mich leicht dagegenstemmen, um sie zu öffnen. Vor mir tat sich ein kleiner eingezäunter Innenhof auf, auf dem einige Bänke und Tische standen. Der aus Beton gegossene Boden hatte viele Risse, durch die schon allerlei Unkraut wuchs, und einige Löschutensilien waren darüber verstreut. Es sah aus wie ein kleiner Übungsplatz. Vorsichtig schob mich weiter ins Freie. Kaum draußen angekommen, erkannte ich in dem schummrigen Licht zwei Männer, die sich aufgeregt zu unterhalten schienen. Sie hatten mir den Rücken zugewandt und blickten durch den Maschendraht in die umliegenden Straßen. Ich ließ meine Waffe rasch sinken und hob eine Hand in die Höhe, um mich bemerkbar zu machen. Mein Herz klopfte mir bis zum Hals und ein breites Grinsen wuchs in meinem Gesicht, während ich meine Schritte schneller zu ihnen lenkte und dabei nach den richtigen Worten suchte, um sie nicht zu erschrecken. Entschuldigung, mein Name ist Chris. Ich bin so froh jemanden zu treffen. Ich brauche dringend Hilfe. Vor meinem inneren Auge spielte sich schon die Szene ab, wie sie auf mich zukamen, mich fragten, ob bei mir alles in Ordnung sei und mich in ihre schützende Obhut nahmen. Mich weg vom Hof in ein sicheres Areal brachten, in dem noch andere Leute waren, die bestens ausgerüstet dieser irrwitzigen Apokalypse trotzten. Mir zu Essen und Trinken gaben und mir beim Auffrischen meiner Ausrüstung halfen. Ich wollte gerade etwas sagen, als die Tür hinter mir mit einem lauten Knall ins Schloss fiel. Mein gesamtes Blut rutschte im Bruchteil einer Sekunde in meine Füße und ein Ruck ging durch meinen Körper. Die nur wenige Schritte von mir entfernten Gestalten drehten sich wie von Sinnen um, beugten ihre Oberkörper weit nach vorne und flogen auf mich zu, als wären sie Sprinter auf einem Startblock und das Geräusch der einrastenden Tür der Schall einer Signalpistole. Fassungslos und starr vor Angst blickte ich in die auf mich zufliegenden Fratzen. Jeder Muskel in meinem Körper war verkrampft und meine Haare im Nacken stellten sich auf. Als ich in blanker Panik einen Schritt zurückwich und sich die harte Klinke in meinen Rücken bohrte, riss es mich aus meiner Trance. So fest ich nur konnte, schmetterte ich die schwere Tür auf, die mit viel Schwung hart in die Backsteinmauer krachte. Ich rannte so schnell los, dass der Riemen von meiner Schulter rutschte und ich die Creedmore nur mehr mit der Armbeuge haltend hinter mir herzog. Der Hall meiner Schritte schallte durch den dunklen Innenraum und wurde nur von dem grauenhaften Geschrei hinter mir übertönt. Mit einem Satz hechtete ich an dem Fahrzeug vorbei und verlor fast das Gleichgewicht, sodass meine Finger im Straucheln schon den Boden berührten. Auf dem Weg zurück zu meinem Auto sah ich weitere Schatten auf mich zufliegen, die kreischend durch die Straßen liefen. Abrupt schlug ich einen Haken und lief in die einzige Richtung, aus der mir niemand entgegenkam, über die Straße durch das offene Tor in Richtung der schwarzen Rohre des Lagerplatzes. Noch im Sprint suchte ich nach einer Lücke im darum herum verlaufenden Zaun, doch als ich nichts in meiner Nähe finden konnte, durch das ich entkommen konnte, entschied ich mich für den letzten Ausweg. Mit Riesenschritten glitt ich in die Ecke des Geländes, warf das Gewehr weit vor mir in einen großen rostigen Müllcontainer aus Metall und hechtete hinterher. Ich schaffte es gerade noch, mich auf den Rücken zu drehen und die dünne Plastikklappe zu schließen, als schon der erste Angreifer mit voller Wucht gegen die Blechwand prallte. Eine tiefe Delle drückte sich zu mir ins Innere und der gesamte Müllcontainer rollte ein Stück nach hinten, bis er sich am Rand des Platzes im Zaun verfing. Vergeblich versuchte ich, mich aufzurichten und das Gleichgewicht zu behalten, doch immer mehr Objekte trafen mein Versteck und die vielen prall gefüllten Müllsäcke machten es mir schwer, mich zu bewegen. Mit einer Hand den Deckel über mir haltend, bugsierte ich die Waffe zwischen meine Füße und versuchte, sie mit der anderen auf den Einstieg zu richten, doch ein erneuter Treffer von außen warf mich wild umher. Jetzt zog ich auch mit der zweiten Hand an der Klappe und hängte

mein gesamtes Gewicht daran. Meine Augen fest zusammengekniffen und den Kopf schützend zwischen die nach oben ge-
richteten Arme klemmend, ließ ich einen Aufprall nach dem
anderen über mich ergehen. Zitternd und mit verkrampften
Fingern hing ich, so fest ich nur konnte, an einem dünnen
Blechhaken über mir, bis mir alles Gefühl in den Fingern ver-
lorenging. Zwei weitere Einschläge auf den Container warfen
mich zur Seite, doch ich ließ nicht los. Das rostige Metall schnitt
mir tief ins Fleisch und ich konnte Blut spüren, wie es mir zu
den Handgelenken hinunterlief. Immer mehr wie Sirenen heu-
lende Gestalten warfen sich gegen mein Versteck und der Lärm
von draußen wurde zur Zerreißprobe für mich. Es war stockdunkel und ich konnte nicht das Geringste erkennen und so
hing ich an der Klappe und wartete. Als der Container ein weiteres Mal fest in den Zaun katapultiert wurde, verlor ich den
Halt und der Haken glitt mir aus den nassen Fingern. Ich kippte nach hinten und landete mit dem Rücken auf einem dicken
Müllsack, der daraufhin aufplatzte und eine kalte, klebrige
und übelriechende Masse auf meiner Haut verteilte. Ich versuchte, mich noch einmal aufzuraffen, um weiter den Deckel
zuzuhalten, doch es gelang mir nicht. Zitternd vor Schmerzen
und mit angehaltenem Atem starrte ich nach oben und wartete darauf, dass die Klappe sich öffnete. Ich rechnete fest damit, dass jeden Moment jemand sie öffnen und zu mir ins Innere springen würde, um mich aufzureißen wie den
Plastikbeutel unter mir. Doch es passierte nicht. Der Lärm
wurde lauter und immer wieder wurde ich heftig durchgeschüt-
telt, doch niemand kam herein. Als mir klar wurde, dass sie
nicht ohne weiteres zu mir hereinkonnten, griff ich wieder
nach dem Haken und tastete mit der anderen Hand nach der
Creedmore. Mit schmerzverzerrter Miene löste ich den Trageriemen, band ihn über mir zwischen den Fingern an der Klappe fest und fixierte das andere Ende im Inneren. Ich drückte
leicht an den Deckel, um zu testen, ob er fest saß, zog das Gewehr an mich heran und krabbelte auf dem Rücken liegend in
die tiefste Ecke, die ich finden konnte. Mein Herz sprang mir

förmlich aus der Brust und meine Lunge brannte wie Feuer. Wieder traf etwas Hartes außen auf das Blech und ich musste mich erneut abstützen, doch der Deckel blieb geschlossen. Allerdings hatte der letzte Aufprall das Metall der Außenwand so weit ins Innere gedrückt, dass sich ein wenige Zentimeter großer Spalt bildete, durch den ich hinaussehen konnte. Ich befürchtete, dass mein Versteck nicht ewig halten würde, doch im Augenblick war ich sicher. Ich umklammerte den Lauf der Creedmore in meiner Hand so fest, dass ich meinen Puls in den Fingern spürte und fing an, laut zu lachen. Es klang etwas künstlich und gequält, doch ich lachte. Ich lachte, so laut ich nur konnte, damit sie mich draußen auch hören konnten. „Zu langsam, ihr Scheißwichser", schrie ich aus vollem Hals und warf ein erneutes Lachen hinterher. „Um mich zu kriegen, müsst ihr schon früher aufstehen, ihr Versager!" Noch während ich diese Worte nach draußen warf, füllten sich meine Augen mit Tränen, doch ich lachte weiter. Bei jedem Aufprall von außen, schlug ich mit geballter Faust wie ein Echo zurück und schrie freudig, aber auch angestrengt durch die Dunkelheit. Als das Adrenalin langsam aus meiner Blutbahn wich, spreizte ich meine Beine an die Wände und lehnte mich vorsichtig zurück. Ich ließ die Creedmore los und spürte, wie meine Finger entkrampften und kribbelten. Ich tastete einen Augenblick um mich herum, um mir einen besseren Überblick zu verschaffen, bis mir das Feuerzeug in meiner Hosentasche einfiel. Flackernd tanzte die kleine Flamme vor meinem Gesicht und tauchte die Finsternis um mich herum in ein schwaches Orange. Die rostigen Metallwände waren zerkratzt und schimmlig. Dicke Beulen ragten zu mir hinein und quetschten die zahlreichen Müllsäcke noch enger zusammen. Schwer atmend prüfte mein Blick jede Ecke und erst jetzt fiel mir der beißende Gestank im Inneren auf. Es roch nach alter Farbe und vergammelten Essensresten, in denen ich meinen Hintern tief vergraben hatte. Die nasse Kälte hatte sich durch meine Kleidung flach auf die Haut gelegt. Ein kurzer Würgereflex überkam mich, als meine Hand in etwas Schleimiges griff. Ich wischte sie schnell auf meiner Jeans ab und ertastete dabei das Funkgerät, welches sich noch immer eingeschaltet darin befand. Ich zog es heraus und blickte auf das Display, auf dem der ausgewählte Kanal Fünf und eine Batterie mit wenig Füllstand angezeigt wurde. Mit meinem Daumen strich ich vorsichtig etwas Dreck davon ab und ließ es in meinen Schoß sinken. Ich bin am Arsch. Ich bin sowas von am Arsch, dachte ich und klopfte mit meinem Hinterkopf gegen die Außenwand, die als Antwort sofort wieder erschüttert wurde. Vergesst es, ihr hattet eure Chance. Ich drückte auf die Sprechtaste des Walkie-Talkies und hielt es an meinen Mund, doch zögerte noch kurz. „Ist da jemand?", sprach ich hinein und runzelte dabei skeptisch die Stirn. Niemand hörte mich. Diese kleinen Funkgeräte hatten eine Reichweite von nur wenigen Kilometern. Wenn überhaupt. Hier, eingesperrt in einer kleinen Metallkiste, bestimmt weniger. „Ich sitze hier fest. Kann mich irgendjemand hören?" Ich ließ die Taste wieder los, um zu lauschen, ob eine Antwort kam. „Mein Name ist Chris und ich bin in einem Müllcontainer, irgendwo auf einem Lagerplatz. Falls mich jemand hört, ich muss in Nähe sein." Ich senkte meine Hände wieder in den Schoß. Ich werde hier verdammt noch mal draufgehen, dachte ich und putzte mir noch mal die Hände an meiner Hose ab. Draußen war es jetzt ganz dunkel geworden, denn das letzte Licht, welches sich durch den kleinen Spalt beim Deckel hindurchgezwängt hatte, war verschwunden. Ich hätte meinen Rucksack nicht im Auto lassen dürfen. Ich hätte gar nicht erst aussteigen sollen, so eine verdammte Scheiße. Wieso bin ich nicht vor dem Haus stehengeblieben? Ich hätte mit verschlossenen Türen im Wagen bleiben können und einfach nur Hupen. Lange und laut hupen, während der Motor läuft. Und wenn etwas zu mir gekommen wäre, hätte ich auf das Gaspedal gedrückt und wäre mit einem Affenzahn abgehauen. Ganz tolle Idee, du Idiot. Das fällt dir jetzt ein, nachdem du dich selber in diese beschissene Lage gebracht hast? Sarahs Stimme hatte einen Anflug von Fremdschämen. „Halt die Klappe", nuschelte ich kaum hörbar. Ich griff in meine Hosentasche und zog die Patronenhülse daraus hervor. Der Schein der Flamme spiegelte sich im Messing und funkelte mich an. Sanft tastete ich den Abdruck des Schlagbolzens ab, so als würde ich zärtlich über Sarahs Handrücken streichen. Meine Augen brannten und eine weitere dicke Träne lief mir über die Nasenspitze. „Ich hab' mich hier ganz schön in die Scheiße geritten. Wisst ihr, wenn mich jemand hören kann ..." Ich schluckte kurz einen dicken Klumpen aus Rotz und Spucke hinunter, der mir tief im Hals steckte. „dann wäre jetzt der perfekte Zeitpunkt, mir zu helfen." Im schwachen Schein meines Feuerzeugs betrachtete ich das kleine Stück Metall in meiner Hand. Um mich herum war alles so dunkel, dass ich nicht einmal meine Füße sehen konnte. Nur das kleine goldene Objekt in meiner Hand glitzerte aus dem Schwarz. „Hätte ich doch nie abgedrückt", stammelte ich reumütig, so als wäre Sarah selbst am anderen Ende des Funkgeräts und presste die Hülse in meine Faust. „Wisst ihr," und mein Tonfall erhob sich zu einer gekünstelten Heiterkeit, „wenn ich es nicht getan hätte, würde ich nicht mit meinem Arsch so tief in der Scheiße sitzen. Dann wäre es nicht so weit gekommen." Ich wischte mir mit dem Handrücken die triefende Nase. „Einen Moment war sie noch da und im nächsten ..." Meine Worte blieben mir im Hals stecken, bei dem Gedanken an Sarahs vor Zorn verzerrtes Gesicht. „Das hatte sie nicht verdient. Keiner hat sowas verdient. Und doch ist es passiert. Es ist unausweichlich. Man kann davor nicht weglaufen. Unser Instinkt zwingt uns zwar dazu, doch es bringt nichts. Keiner stellt sich und kämpft, wenn er alleine ist. Alleine gegen alle. Jeder von uns würde fliehen, aber es ist trotzdem sinnlos. Wir gehen alle drauf!" Als ich die Sprechtaste kurz löste und das Funkgerät ein erneutes kratzendes Geräusch machte, rammte sich eine der Gestalten so fest gegen die Wand rechts von mir, dass die dadurch ins Innere gedrückte Delle mich zur Seite warf und mir die Hülse aus den nassen Fingern glitt. Ich versuchte noch sie zu greifen, doch die Flamme erlosch und ich verlor sie an die Dunkelheit. Der Spalt beim Deckel war jetzt schon faustgroß und das Geschrei zerrte an mir wie Fingernägel, die man über eine Schiefertafel zog. „Es ist nur eine Frage der Zeit, bis sie mich bekommen", stammelte ich kaum hörbar, den Blick auf das kleine Display gerichtet. „Es ist keiner da, hab' ich recht? Jeder einzelne von euch ist auf der anderen Seite und wartet auf mich. Doch ich werde keiner von denen. Ich werde keiner von euch." Meine Stimme bebte und meine Unterlippe zitterte vor Angst. Ich schloss die Augen und versuchte, die Geräusche um mich herum auszublenden. Mit aller Kraft versuchte ich, an etwas Schönes zu denken. An die schönsten Tage, die ich je erlebt hatte. Sam, der mir die Hand entgegenstreckte. Sarah, die hinter der Rezeption mit den Schlüsseln hantierte und dumme Sprüche riss. Wie ich mit Anika auf der Terrasse saß und gemütlich eine Zigarette rauchte, während Jack seine unschlagbaren Burger auf den Grill warf. Der Pitbull Hans, wie er fast schon lächelnd auf mich zuflog und mir über das gesamte Gesicht leckte. Noch während ich mir diese Bilder im Kopf abrief, drehte ich die Creedmore um sich selbst. „Ich und nur ich entscheide, was mit mir passiert. Kein anderer wird mich zu etwas machen, das ich nicht sein will. Passt auf euch auf." Mit diesen Worten lehnte ich mich zurück, ließ das Funkgerät neben mich in den kalten Schleim fallen, zog den Lauf näher an mich heran und schloss fest die Augen. Der Hahn spannte sich und die Zugfeder im Inneren knarzte leise. Und als der Widerstand unter meinem Finger verschwand, hörte ich ein Rauschen und eine mir sehr vertraute Stimme flüsterte mir kaum hörbar, aber doch klar zu. „Chris?"

Sebastian Schuster wurde 1988 in Salzburg geboren, wuchs jedoch in Berchtesgaden auf. Nach dem Schulabschluss machte er eine Ausbildung als Holzbildhauer, lernte das Arbeiten mit unterschiedlichen Materialien, Kalligrafie und Kunstgeschichte, und begann, seine kreativen Fähigkeiten zu entwickeln.

Neugier und der Wunsch nach Veränderung führten ihn zur beruflichen Veränderung: Nach einer Ausbildung als Hotelfachmann arbeitete er fast 10 Jahre als Barkeeper.

Mit 28 machte er in dem Bestreben, seine kreativen Fähigkeiten weiter zu entfalten, eine Ausbildung als Kommunikationsdesigner. Danach arbeitete er bei einer der besten Werbeagenturen Deutschlands, wo er sein Talent für visuelle Kommunikation und sein kreatives Denken unter Beweis stellen konnte.

In dieser Zeit entdeckte er seine Liebe zum Schreiben. Eine längere USA-Reise inspirierte ihn, erste Erzählungen zu schreiben, und aus einem Hobby wurde schnell eine große Leidenschaft.